Knigge für Mörder

Doris Köhler

Knigge für Mörder

Bremen-Krimi

EDITION TEMMEN

1

»Wer ist da?«, fragte Hannah benommen. Sie stand barfuß im Flur und der Telefonhörer in ihrer Hand fühlte sich so befremdlich an wie ein toter Fisch.

»Mechthild!«, die Stimme klang verzweifelt, aber unbekannt. »Hannah, meine Tochter, sie meldet sich einfach nicht.«

Mechthild? Hannahs Gedächtnis verweigerte noch immer jedes Erkennen.

»Ich weiß wirklich nicht ...«, Hannah kaute die Worte, weil ihr Mund noch nicht ganz wach war. Der Anruf hatte sie aus einem wirren, langsam verblassenden Traum geholt.

»Hannah, bitte. Mechthild aus dem Seminar Mathedidaktik. In Erfurt! Daran musst du dich doch erinnern!«

»Erfurt?« Gab es ein Erfurt in ihrer Vergangenheit? Hannah kramte verwirrt in den aufblitzenden Fetzen ihrer Lehrerinnen-Geschichte. Einer zwängte sich nach vorne und brachte ihr Bilder von schwitzenden Teilnehmern in einer Art Gewächshaus. Und das Gesicht einer Frau. Da war sie endlich: Mechthild. Eine kleine, runde, weiche Frau, die verdammt giftig werden konnte, wenn einer der wenigen männlichen Seminarteilnehmer Witze über die weibliche Logik machte.

»Du warst aus Güstrow, stimmt's?«

»Hannah, Birte ist in Bremen. Sie hat einen Job bekommen – Gasuhren ablesen. Sie hat nicht angerufen – das tut sie sonst jeden Abend. Heute nicht. Sie geht nicht ans Handy – ausgeschaltet. Ich kann sie nicht erreichen!« Mechthild weinte jetzt fast.

»Was für eine Birte?«, Hannahs Gehirn arbeitete noch zu langsam, um einen Zusammenhang zu erkennen.

Mechthild knurrte. »Meine Tochter, Hannah. Birte ist meine Tochter!«

»Wie alt ist sie denn?« Eigentlich wollte Hannah das gar nicht wissen.

»Achtundzwanzig, aber …«

Hannah unterbrach sie. »Also eine erwachsene Frau, dann hat sie vielleicht einfach einen Mann …«

»Auch dann hätte sie mich angerufen«, Mechthilds Stimme klang ungehalten. »Sie weiß doch, dass ich mir Sorgen mache.«

»Bist du nicht ein bisschen überängstlich?«

»Bitte, kannst du nicht mal nachsehen?«

»Wo denn?« Warum fragte sie das bloß? Wollte sie wirklich mitten in der Nacht durch Bremen laufen und eine Unbekannte suchen?

»Auf einem Campingplatz am See, ganz in der Nähe von der Uni. Da muss ihr Wohnwagen stehen.«

»Wohnwagen?«

»Ihr kleines Wägelchen! Sie wohnt jetzt direkt am Wasser, hat Birte gesagt.« Mechthilds Stimme klang nun drängend.

»Du willst, dass ich mitten in der Nacht auf einen Campingplatz gehe, einen Wohnwagen suche und die Leute darin wachklopfe?«

»Ich weiß nicht mehr weiter! Die Polizei will erst nach 48 Stunden was unternehmen!«

Hannah schwankte zwischen Mitleid und Abwehr. Sie hörte die Verzweiflung aus Mechthilds Stimme, wollte ihr nur zu gerne helfen. Aber nächtliches Herumschleichen auf einem Campingplatz konnte nicht wirklich hilfreich sein.

»Mechthild, bitte beruhige dich. Es wird sich sicher alles aufklären. Vielleicht war sie einfach müde und wollte nicht telefonieren. Oder sie hat jemanden getroffen und ist noch ein Bier trinken mit ihm.«

»Ich weiß nicht, sie könnte doch trotzdem anrufen oder wenigstens eine SMS schicken.« In Mechthilds Stimme hatte sich ein zweifelnder Unterton geschlichen.

Hannah beschloss, diese Unsicherheit zu nutzen. »Jetzt stell dir mal vor, ich finde ihren Wohnwagen tatsächlich. Ich klopfe höflich an und hole sie aus ihrem wohlverdienten Schlaf. Sie öffnet und vor ihr steht eine Fremde, die behauptet, ihre Mutter habe sie geschickt. Was glaubst du wohl, was sie mit mir macht?«

Hannah hörte ein nachdenkliches »Hm« und dachte schon, sie hätte gewonnen. Doch dann holte Mechthild Luft.

»Aber ich habe solche Angst um Birte. Vor einem halben Jahr ist jemand handgreiflich geworden und wollte ihre Tasche stehlen. Kurz darauf haben zwei Männer die Gelegenheit genutzt und sie im Keller bei der Arbeit betatscht. Und im Duschgebäude auf einem Campingplatz wurde sie vor einem Monat fast vergewaltigt. Das waren jetzt schon drei schlimme Erlebnisse in so kurzer Zeit!«

So schnell wollte Hannah nicht nachgeben. »Aber wenn wirklich etwas passiert wäre, dann wüsstest du es doch. Birte hätte dich längst angerufen!«

Hannahs Einwände schienen Mechthild nicht zu beeindrucken.

»Und wenn jemand sie auf dem Campingplatz überfallen hat? Es ist Herbst, der muss doch fast leer sein …« Mechthild schwieg einen Augenblick. »Seit Birte wieder bei mir wohnt, sind wir uns so nah«, ihre Stimme war ganz leise geworden. »Ich fühle, dass was nicht stimmt. Ich fühle, sie ist in Not. Hannah, bitte, bitte, tu doch was.«

Hannah schluckte. Mechthilds Angst war spürbar. Sie wollte ihr ja gern helfen, aber sie wollte auch schrecklich gern zurück in ihr warmes Bett. Ihr kam eine Idee, wie sie Mechthild helfen konnte und trotzdem nicht in die Nacht hinausmusste.

»Ich kann versuchen, meine Nichte Rena zu erreichen. Sie ist seit einem Jahr Kommissarin in Bremen. Sie wird wissen, was zu tun ist.«

Mechthilds Stimme wurde hoffnungsfroher. »Dann soll sie unbedingt zu diesem Campingplatz an der Uni fahren. Ich versuche jetzt, Birtes Chef zu erreichen. Der muss mir sagen, wo sie zuletzt eingesetzt war.«

»Aha?!« Hannah hatte keine Ahnung, was Mechthild eigentlich vorhatte. Aber wenn sie sich richtig erinnerte, war Mechthild genau die Richtige, jemanden nachts aus dem Bett zu holen und ihn dazu zu bringen, Nachforschungen anzustellen. Als sie damals in Erfurt nach einer ausgiebigen Kneipentour die Türen zum Gästehaus verschlossen fanden, war es Mechthild, die erst den Seminarleiter aus dem Bett klingelte, um die Nummer des Hausmeisters zu erfragen, und dann den Hausmeister aufscheuchte, der ihnen schließlich brummend und schimpfend die Tür aufschloss.

Hannah hörte ein Klicken. Mechthild hatte bereits aufgelegt, vermutlich, um den Chef ihrer Tochter anzurufen. Und nun? Das Gespräch war beendet, ohne dass sie nach der Nummer von Mechthild gefragt hatte. Und an ihren Nachnamen konnte sie sich beim besten Willen nicht erinnern.

2

»Bitte!«, murmelte Conny, während er an Renas Ohrläppchen knabberte. Es kribbelte. Und es kribbelte nicht nur am Ohr.

»Ich will aber nicht«, hauchte Rena.

Conny knabberte weiter. »Ach, komm doch!«

Rena befürchtete, dass ihr Widerstand dahinschwinden könnte und wand sich aus seiner Umarmung. Conny legte den Kopf schief und schaute sie an wie ein Dackel, der um ein Leckerli bettelt. Rena lachte auf und wehrte sich nicht, als Conny sie wieder zu sich zog, um ihr Ohrläppchen erneut in die Reichweite seiner Zähne zu bringen. Doch sie drehte den Kopf weg.

»Sei nicht so verbissen«, nuschelte Conny.

Rena lachte. »Wer beißt denn hier?«

Sie drehte sich aus seinen Armen, schob ihn ein Stück zurück und sah ihm in die Augen.

»Conny, was soll ich da?«

Er versuchte es erneut mit dem Dackelblick, doch Rena verkniff sich das Lachen, das wieder aufsteigen wollte.

»Ich möchte einfach, dass du auch bei diesem Teil meines Lebens dabei bist.« Conny senkte den Kopf und sah sie von unten an – die Steigerung des Dackelblicks.

Damit hatte er sie herumgekriegt, vor sechs Wochen bei ihm einzuziehen. Was war so wichtig an dieser verdammten Einladung? Sie versteifte sich ein wenig. Er schien zu spüren, dass sie aus ihrer anfangs nachgiebigen Stimmung glitt. Nun sah er sie direkt an, gradlinig, ohne Pose.

»Als Falk kann ich zwar nicht dein Freund sein, aber ich möchte dich bei mir haben.«

Rena seufzte. »Das ist so schizophren!«

Conny nickte. »Aber so ist es nun einmal. Schau, Daniel kommt gleich. Er kümmert sich um meine Maske. Bitte zieh dich um, mach dich fein.«

Rena sah ihn zweifelnd an. »Okay, ich ziehe mich um, das heißt aber nicht, dass ich mich schon entschieden habe.«

Conny nickte, vermutlich rechnete er sich Chancen aus.

Es klingelte und Rena verzog sich in ihr Zimmer. Lange musste sie nicht überlegen, was für einen Abend bei einer reichen Industriellenwitwe passend wäre. Sie besaß nur ein Kleid, das annähernd chic aussah. Ein schlichtes schwarzes Etuikleid. Conny hätte ihr gerne einen Berg schöner Kleider geschenkt, das wusste sie. Doch im Grunde machte sie sich nichts aus Mode. Kleidung musste praktisch und dem Wetter angemessen sein.

Manchmal, ganz selten, wenn sie mit Conny ausging, verglich sie sich verstohlen mit den anderen Frauen in den Restaurants. Doch die kurzen Anfälle, sich tolle Outfits zuzulegen, verloren sich spätestens, wenn sie vor einem der angesagten Modegeschäfte stand. Allein der taxierende Blick der Verkäuferinnen, die potenzielle Kundinnen schnell in jene aufteilten, die man anlächelt, und in jene, denen man nur einen reservierten Blick gönnte, hielt sie davon ab, einzutreten. Und jedes Mal fand sie, dass das schwarze Kleid durchaus genügte, und drehte wieder um. Und außerdem konnte sie bei den meisten Gelegenheiten ihre Jeans tragen. Die Kneipen im Viertel waren nicht so elitär.

Rena legte die schwere silberne Kette um, die Conny ihr zu ihrem letzten Geburtstag geschenkt hatte, und Strass-Ohrhänger. Sie warf einen letzten Blick in den Spiegel. Ihre braunen Locken verrieten, dass sie erfolglos versucht hatte, sie zu bändigen. Das Kleid sah dank ihrer schlanken, sportlichen Figur ganz passabel aus. Schwarze, nicht allzu hohe Pumps rundeten ihre Garderobe ab. Besser ging's nicht.

Das war alles an Eleganz, was aus ihr herauszuholen war. Mehr hätte sie nur durch wesentlich längere Beine erreichen können, aber mit ihren einsfünfundsechzig war sie kein Typ für den Laufsteg.

Sie lief die Treppe hinab und traf im Esszimmer auf Daniel, der dabei war, Conny in Falk zu verwandeln. Rena hatte Daniel bei einer kleinen Feier zum Ende der dritten Staffel des *Dämonenjägers* kennengelernt. Seine weiche, manchmal etwas aufgesetzt schwule Art hatte ihr gefallen.

Er setzte mit einem Pinsel dunkle Schatten unter Connys Augen. Als er sie bemerkte, blickte er kurz auf.

»Hallo, Schönheit!«, säuselte er ihr entgegen. Daniels Standardbegrüßung für alle Frauen.

Rena setzte sich dazu und verfolgte, wie durch geschickte Striche Connys Wangen begannen, verhärmt auszusehen.

»Hat Conny schon mal erzählt, dass ich es war, der ihm die Hauptrolle im *Dämonenjäger* verschafft hat?«

Rena horchte auf. Conny erzählte nie viel über Falks Vergangenheit. Meistens redete er über Schwerter, seine Leidenschaft.

»Na, lass mal, das interessiert doch niemanden«, versuchte Conny Daniel zu bremsen.

Rena schenkte ihm ein rachsüchtiges Grinsen. »Das will ich hören!«

Daniel widmete sich Connys Augenbrauen, klebte winzige Toupets daran und färbte alles schwarz.

»Wir waren ja schon lange befreundet. Er sollte für den *Dämonenjäger* vorsprechen. Gesucht wurde ein Schauspieler für eine düstere, tragische Gestalt, für den Helden Darker. Er war nervös ...«

Von Conny kam ein Schnauben.

Daniel blickte auf und grinste. »Er war sehr nervös. Schließlich sah er mit seinen blonden Haaren – damals trug er sie noch etwas länger – und seinem Engelsgesicht nicht gerade aus wie ein tragischer Held. Ich kam auf die Idee, ihn für das Vorsprechen etwas herzurichten. Man kann von diesen Castingleuten nicht erwarten, dass sie sich vorstellen können, wozu ein guter Maskenbildner fähig ist.«

Er trat einen Schritt zurück und betrachtete Connys Augen. Mit einem sehr dünnen Pinsel korrigierte er einen Schatten an der Nasenwurzel.

»Er trat also mit Bärten, schwarzer Langhaarperücke und einem hageren Gesicht auf. Er gab als Künstlernamen Falk Denaro an, legte seine Stimme etwas tiefer … und bekam die Hauptrolle! Die hatten ja nur seine Bewerbungsfotos und waren begeistert von seiner Wandlungsfähigkeit.« Wieder prüfte er Connys Gesicht aus einigem Abstand. Er schien zufrieden und griff zu einer Perücke mit langen, schwarzen Haaren.

»Und mich stellten sie auch gleich ein!« Stolz klang in seiner Stimme mit. »Ich bin sozusagen der Schöpfer von Falk Denaro, dem Star der *Dämonenjäger*-Serie!«

Conny brummte irgendetwas Unverständliches.

»Und hast du ihm auch geraten, seine Verkleidung als Falk beizubehalten?«, wollte Rena wissen.

Daniel lachte. »Nein, das war *seine* Entscheidung. Schon nach der zweiten Folge war er ein begehrtes Opfer kreischender Teenies. Wenn er aber als Conny Normalo das Studio verließ, kümmerte sich niemand um ihn.«

»In meiner Freizeit bin ich Conny Sanders, der Alleininhaber vom *Edlen Ritter.* Manche Leute bezeichnen mich zwar als Waffenhändler, weil ich Morgensterne, Streitäxte und Schwerter verkaufe. Aber ich habe keine Probleme mit Paparazzi oder hysterischen Fans.« Connys Stimme klang, als müsse er sich rechtfertigen.

Daniel lachte. »Und als Nebeneffekt musste das merkwürdige Verschwinden von Falk Denaro nach den Dreharbeiten sehr geheimnisvoll wirken, was Fans und Presse bis heute zu wilden Spekulationen treibt.«

Rena nickte. Als sie Conny kennenlernte, war er für sie ein sympathischer junger Mann mit blondem, kurzem Haar. Er flirtete ungeniert vom ersten Augenblick an mit ihr, führte sie chic aus, war witzig und charmant. Manchmal kam er ihr etwas unbekümmert vor. Aber waren das nicht alle Männer? Erst durch Zufall entdeckte Rena, dass *ihr* Conny der Star einer Serie war, die schon seit drei Jahren in Bremen produziert wurde. An düsteren Schauplätzen wie dem Industriehafen schlugen die beiden Helden *Darker* und *Barfly* auf Styroporsäulen ein, die in der Film-Nachbearbeitung durch grüne, sabbernde Monster oder schwarze Dämonen ersetzt wurden. Nacht für Nacht retteten die beiden Helden die alte Hansestadt vor finsteren Bedrohungen.

Auch Rena mochte diese Serie und schwärmte wie viele weibliche Fans heimlich für Falk Denaro. Die Augen waren das Einzige, das Conny und Falk gemeinsam hatten. Doch das erkannte Rena erst, als sie begriff, dass die beiden ein und dieselbe Person waren. Seitdem hatte sie das Gefühl, eigentlich mit zwei Männern eine Beziehung zu haben.

Daniel klebte die Bärte an, einen Schnurrbart, der an Zorro erinnerte, und einen kurzen Spitzbart am Kinn. Er prüfte sein Werk und schien zufrieden. Er wandte sich Rena zu. »Soll ich dir noch eben die Schlupflider und den kleinen Knick in der Nase wegschminken? Das Grübchen könnten wir betonen und den Mund etwas voller machen, die Augen ausdrucksstärker und …«

Rena hob die Hand. »Nix da! Wenn ich für dieses blöde Essen nicht schön genug bin, bleibe ich zu Hause.« Sie verschränkte die Arme vor der Brust.

Daniel trat einen Schritt zurück und musterte sie mit zusammengekniffenen Augen von oben bis unten.

»Wie alt bist du?«

Rena stemmte die Hände in die Seiten. »Siebenundzwanzig. Warum?«, fragte sie drohend.

Auf Daniels Gesicht erschien ein breites Grinsen. »Reg dich ab, Schönheit. Du siehst blendend aus, höchstens wie sechundzwanzigeinhalb. Aber hier oder da …« Er zeigte auf Renas Nase.

»Lass das, Daniel«, schaltete sich nun auch Conny ein, der sich vermutlich wieder Hoffnungen machte, dass Rena doch mitkäme.

Daniel schien seine Absicht zu begreifen. »Ach, Kindchen, du musst einfach mitkommen. Das Essen bei der alten Worms ist immer umwerfend.«

»Ich verstehe nur nicht, warum ich nicht als Falks Freundin mitgehen kann.« Rena merkte, dass sie wie ein trotziges Kind klang. Sie kannte den Grund nur zu gut.

Conny, nein inzwischen Falk, beugte sich zu ihr hinüber. »Ach, Rena. Willst du dein Gesicht etwa tagelang auf den Titelseiten der Yellow Press sehen? Diana Grollmann, ihres Zeichens Klatschreporterin, wird heute Abend nämlich mit von der Partie sein. Sie ist eine Busenfreundin von Melinde Worms, das wäre für sie der Artikel des Jahres! Überschrift: Die Frau an Falk Denaros Seite.«

»Dann bleibe ich eben doch weg. Ich liebe Conny, aber was habe ich im Leben von Falk Denaro zu suchen?«

»Du hörst dich schon genauso schizophren an wie ich, weißt du das?«

Rena bemerkte, dass Daniel sich vorsichtig in den Hintergrund geschoben hatte. Er wollte wohl nicht wieder in die Schusslinie geraten.

»Ich komme mir auch schizophren vor, wenn ich dir gegenübersitze, aber so tun muss, als wären wir nicht zusammen«, grollte Rena. »Meinst du nicht, dass wir sowieso irgendwann damit aufhören müssen?«

»Das kann sein, aber dann wirst *du* auch entscheiden müssen, ob du bei der Polizei bleibst.«

Wie kam er denn darauf? »Was?«

»Glaubst du, die Kripo kann sich eine Kommissarin leisten, die erst mal Autogrammwünsche entgegennehmen muss, bevor sie Zeugen befragen oder Verdächtige verhaften kann? Oder die bei jeder heimlichen Verfolgung auffliegt, weil sie auf der Straße als meine Freundin erkannt wird?«

Rena dämmerte, dass Conny recht hatte. Mit Conny konnte sie eine Beziehung haben und trotzdem ihrem Beruf nachgehen, mit Falk nicht.

»Mist!«

»Du sagst es. Das ist nun mal unsere Verstrickung in mein Doppelleben – auch wenn ich das genauso wenig mag wie du. Wenn die Serie irgendwann abgesetzt wird, kann Falk sterben, aber so lange ...«

Nun mischte sie Daniel wieder ein. »Ich wüsste da eine Lösung!«

Conny und Rena hoben ruckartig die Köpfe und sahen ihn an.

»Kindchen, wenn wir dich Mona nennen, ein bisschen auf Vamp schminken, eine blonde Perücke, ein kleines bisschen mehr Absatz, ein Kleid, das ...«

»Nein!«, wie aus einem Mund stoppten Rena und Conny Daniels Vorschlag.

Er riss die Augen auf und streckte abwehrend die Hände aus. »War ja nur ein Vorschlag.«

Conny wandte sich wieder Rena zu. »Es wird sicher ein netter Abend bei Frau Worms. Sie ist die Hauptsponsorin der Serie. Es ist wichtig!«

Er betrachtete sich im Spiegel und schien mit Daniels Werk zufrieden. Vorsichtig, um die Bärte nicht zu gefährden, küsste er sie auf den Mund.

»Sieh es doch mal so: Du hast mit Conny den besten Liebhaber Bremens und bist auch noch heimliche Geliebte von Falk Denaro. Jede, aber auch wirklich jede Frau würde dich ben...« Er duckte sich, um der Bürste auszuweichen, die Rena nach ihm warf. Beide lachten.

Conny stand auf und ging auf Rena zu. Mit seiner dunkleren Falk-Stimme raunte er Rena zu: »Hey Süße, wenn sich die Worms als Dämon entpuppt, werfe ich mit Steakmessern nach ihr. Oder soll ich mein Schwert mitnehmen?«

Rena zog mit beiden Händen an ihren Locken und mimte die Rasende. »Aaaah! Alle Schwerter bleiben hier!«

»Schade«, kam es gedehnt von Conny.

Daniel sprang zu Rena und begann, an ihren Haaren zu zupfen. »Wenn ich etwas Spray und dort vielleicht ein bisschen Schaum ...«

»Daniel, bitte!«, unterbrach ihn Conny.

Rena wich aus. »Ich habe einfach den Eindruck, dass Falk immer öfter in Connys Leben schwappt. Und in meines auch.«

»Es ist mein Job, Rena. Und er wird gut bezahlt. Das Essen bei Frau Worms läuft sozusagen unter Überstunden.«

»Und, Kindchen«, mischte sich nun auch Daniel wieder ein, »vergiss nicht, du darfst meine Freundin spielen. Ich darf meinen Mann nicht mitbringen, die Worms würde durchdrehen. So weit geht ihre Liebe zu den Künstlern denn doch nicht. Deshalb tun wir beiden Hübschen uns zusammen. An meiner Seite wirst du einen wunderbaren Abend erleben!«

Rena sah ihn misstrauisch an. »Na gut. Ich spiele mit. Ich hasse nur diese förmlichen Geschäftsessen. Ich fühle mich immer fehl am Platz.«

Conny schüttelte den Kopf: »Es wird ein kleines, legeres Essen, entspann dich!«

3

Rena fand schnell heraus, dass das einzig Legere an diesem Abend *im* Essen zu finden war: Crème légère. Schon vorher, beim Schräge-Blicke-auf-ihr-Kleid-Aushalten hatte sie sich weit fortgewünscht, daran hatte auch Connys ausdrückliches Kompliment nichts geändert. Natürlich war ihr schwarzes Kleid keine Designer-Klamotte und sie hatte auch keine Tonne Goldschmuck um den Hals gewickelt wie eine der Freundinnen von Frau Worms, aber sie fand sich eigentlich ganz passend gekleidet.

Der Raum, in dem Frau Worms ihre Gäste empfing, machte auf Rena den Eindruck einer Wartehalle. Gefliester Boden, zwei geschwungene Treppen, eine Doppeltür im Hintergrund, die nur angelehnt war und durch die Geschirrklappern drang. Auf einigen Säulen präsentierten sich bunte Vasen, vermutlich chinesisch, vermutlich teuer. Rena bemühte sich, Abstand zu ihnen zu halten. Womöglich hätte sie mit ihrer großen Tasche unter dem Arm sonst noch eine dieser Kostbarkeiten vom Sockel gerissen. Allerdings stand sie so fast immer in der Mitte des Raumes und fühlte sich beobachtet.

Daniel hatte sich gleich nach ihrer Ankunft an einen gut gekleideten jungen Mann herangemacht und ihn in ein Gespräch verwickelt. Und Falk wurde sofort von zwei jungen Mädchen belagert, die ständig kicherten. Ab und zu warf er ihr heimlich einen Verständnis heischenden Blick zu.

Endlich öffnete sich die Doppeltür und ein Ehrfurcht einflößender Butler lud sie mit einer dezenten Handbewegung zu Tisch. Auf der Schwelle blieb Rena gebannt stehen. Der Raum schwelgte in Gold, Silber und Kristall. Golden schimmernde Vorhänge verdunkelten die Fenster, Kronleuchter machten Kerzen in silbernen Leuchtern Konkurrenz, silberne Platzteller und glänzendes Besteck brachen gleißend das Licht.

Rena hörte hinter sich Gemurmel und merkte, dass sie gerade einen Stau verursachte. Rasch ging sie zum nächstbesten Stuhl, um sich zu setzen, wurde aber von Daniel daran gehindert. Er zeigte auf ein Schildchen, das auf dem Teller lag. Pit Laske stand darauf. Rena zuckte zurück. Jetzt musste sie wohl ihren Platz suchen. Doch Daniel war schneller und dirigierte sie am Ellbogen zu ihrem Stuhl, den er für sie zurechtrückte. Gleich neben Pit, dem zweiten *Dämonenjäger*-Helden, der mit seiner Frau Kirsten gekommen war.

Rena blickte sich nach Conny um und nahm erleichtert zur Kenntnis, dass er ihr schräg gegenüber platziert war. An seiner Seite saßen Diana Grollmann und Christina, die Tochter von Frau Worms, die ihn unverblümt anhimmelte. Und wie zu erwarten war, versuchte Diana hartnäckig, Falk irgendwelche Details aus seinem Privatleben zu entlocken.

Rena bemerkte, dass nicht nur sie die Menge an Besteck und Gläsern unübersichtlich fand, auch andere aus dem Team sahen sich manchmal verstohlen um, bevor der nächste Gang serviert wurde. Als Schnecken gereicht wurden, lehnte Rena dankend ab und ersparte sich, das passende Werkzeug auswählen zu müssen. Nur die Schwertexperten Conny und Daniel hatten offensichtlich keine Probleme mit dem breiten Angebot an kuriosen Haken und Zinken.

Frau Worms und ihre Freundinnen schienen das Essen wirklich zu genießen. Manchmal tauschten sie ein kleines säuerliches Lächeln aus, vermutlich dann, wenn einer der Gäste in ein Etikette-Fettnäpfchen getappt war. Rena kam für sich allein auf fünf Sauergrinser. Dass es nicht sieben wurden, war Connys Augenbrauen zu verdanken, die sich warnend hoben, als Rena ihr Wasserglas mit Weißwein füllen lassen und das Mundtuch an der falschen Seite des Tellers ablegen wollte.

Töchterlein Christina plapperte unterdessen unbekümmert auf Conny ein. Sie erzählte von einer adeligen Freundin, die sich ins Moskauer Nachtleben gestürzt hatte, nun aber von ihrer Familie zurückgeholt worden war. Jäh wurde sie von Frau Worms unterbrochen.

»Liebes, es gehört sich nicht, Einzelheiten aus dem Privatleben von Freundinnen zu erzählen.«

Christina zog einen Schmollmund. »Aber Magetts Geschichte ist doch so aufregend. Bei mir passiert nie etwas!«

»Dafür bist du ein wohlerzogenes Mädchen, Christina. Du hast keinen Kniggekurs nötig, während Magett nun endlich Nachhilfe bekommt.«

Frau Worms nickte ihrer Tochter selbstgefällig zu und wandte sich an eine ihrer Freundinnen, die ihr gegenübersaß.

»Die kleine Wagenfeld nimmt an diesem Wochenende an einem Seminar der Hirnreuthers teil. Du weißt schon, sie gastieren wie immer mit ihrer Veranstaltung auf Schloss Schönebeck.«

Dabei blickte Frau Worms Rena und einige andere Gäste so eindringlich an, als wenn sie auch ihnen den Besuch des Knigge-Seminars nahelegen wollte.

Als die beiden Freundinnen sich in eine Aufzählung der Beziehungen stürzten, die sie durch die Hirnreuthers schon hatten knüpfen können, verlor Rena jedoch schnell das Interesse an dem Gespräch.

Sie begann sich zu langweilen. Statt mit Conny auf dem Sofa zu kuscheln und die nächste Radtour zu planen, musste sie Daniel zuhören, der einen Vortrag über das Kaschieren von Augenringen hielt. Dankbar vernahm Rena das Klingeln ihres Handys. Ein Fall, bitte, bitte ein dringender Fall! Die Arbeit ruft, das würde Conny verstehen. Sie riss das Handy ans Ohr und ignorierte den genervten Blick ihrer Gastgeberin.

»Ja«, hauchte sie ins Telefon und setzte bereits bei den ersten Worten ihrer Tante eine alarmierte Miene auf. Sie stand auf und flüchtete mit einem betont charmanten Lächeln in Richtung Frau Worms in den Flur. »Kannst du das bitte wiederholen?«

Hannahs Stimme klang düster und müde: »Die achtundzwanzigjährige Tochter einer Freundin ist verschwunden. Hat sich seit vorgestern nicht mehr bei ihrer Mutter gemeldet. Kannst du vielleicht am Campingplatz an der Uni vorbeifahren? Dort steht ihr Wohnwagen. Sie ist allein unterwegs. Ich weiß, es ist schon spät, aber meine Freundin Mechthild macht sich große Sorgen!«

Hannah war Renas Tante. Nach dem frühen Tod von Renas Mutter war Hannah zu ihrem Bruder gezogen und hatte die Betreuung der damals vierjährigen Rena übernommen. Dafür gab sie sogar einige Jahre lang ihre Lehrerinnentätigkeit auf. Nicht aber ihr Engagement für Umwelt und Frieden. Erst als kein anderes Kind in der Schule von abenteuerlichen Blockadeaktionen erzählte, dämmerte es Rena, dass es in anderen Familien eher unüblich war, Kinder auf Demos mitzunehmen. Auch Renas Vater war skeptisch, ob sich diese frühe politische Bildungsarbeit positiv auf sein Töchterlein auswirken würde. Rena aber hatte sich längst entschieden: Sie bewunderte Hannah und hing an ihr. Für ihre Tante würde sie durchs sprichwörtliche Feuer gehen.

»Klar kann ich das machen! Wie heißt die Tochter denn?«

»Birte.« Hannah schien tatsächlich nicht richtig wach zu sein.

»Und wie weiter?«

Hannahs Stimme wurde maulig. »Weiß ich nicht, Mechthild hat zu früh aufgelegt.«

»Hannah, soll ich etwa den Platzwart rausklingeln, um ihn nach einer Birte zu fragen? Wie denkst du dir das?«

»Weiß ich doch auch nicht, ich will wieder ins Bett. Wie spät ist es denn jetzt?«

»Gleich Mitternacht. Geh schlafen. Um erwachsene Frauen muss man sich keine Sorgen machen, nur weil sie einen Abend mal nicht bei Mami anrufen.«

»Du hast vermutlich recht. Vergiss es!« Hannah schien dankbar zu sein, dass Rena die Sache so nüchtern sah.

Enttäuscht klappte Rena das Handy zu. Sie wusste nicht, was die anderen Gäste mitbekommen hatten, aber dieser Anruf taugte definitiv nicht als Grund für einen überstürzten Aufbruch. Rena setzte sich wieder neben Daniel und wich Connys prüfenden Blicken aus. Daniel bot ihr Wein an und drückte rasch ihre Hand herunter, als sie ihm ihr Glas reichen wollte. Schon wieder das falsche Glas? Nein, nur das Timing stimmte nicht. Himmel, warum war es wichtig, wer wem wann welches Glas reichte? Schmeckte der Wein deshalb anders? Wozu musste man sich mit Besteckteilen auskennen, die einem Fußballfan vor dem Stadion wegen unzulässigen Waffengebrauchs abgenommen würden? Und wenn nur noch ein einziges Mal jemand schief guckte, nur weil sie die Serviette an die falsche Seite des Tellers legte, würde sie der Person den Fetzen in den Hals stopfen. Und dann die Gläser an die Wand pfeffern, die Teller auf den Teppich schmettern und den Inhalt des silbernen Sektkübels über die kunstvoll drapierten Enden der Vorhänge schütten.

Sie blickte auf und sah in die schreckgeweiteten Augen von Conny. Hatte sich ein Echo ihrer Rachefantasien bis in ihre Mimik gekämpft? Oder verriet sie dieses Glitzern in den Augen, von dem Conny sich bei anderen Gelegenheiten gerne anstecken ließ? Sie lächelte Conny beruhigend zu.

Frau Worms begann eine Rede zum Thema Kunstmäzenatentum und Bremen als Medienstandort. Rena seufzte vernehmlich und verdrehte ihre Augen nach oben.

»Bitte!«, formten Connys Lippen lautlos.

Rena nickte leicht und legte ihre gefalteten Hände in den Schoß.

»... und deshalb möchte ich darauf anstoßen, dass die Dämonenjäger Bremen noch lange beschützen!« Die Gastgeberin hatte ihr Sherry-Glas erhoben und sah alle ihre Gäste einen nach dem anderen an.

»Wir müssen leider schon gehen – das Set für morgen muss noch vorbereitet werden«, entschuldigte sich Daniel und stand auf. Einige Gäste folgten seinem Beispiel. Rena bemerkte auf ihren Gesichtern, wie froh sie waren, dass jemand anders sich unbeliebt machte, weil er den Aufbruch einläutete. Conny wurde mitten in einem steifen Austausch von überflüssigen Nettigkeiten von der Gastgeberin zur Seite genommen. Mit einer Stimme, die verstohlen klang, von der Rena aber annahm, dass sie so moduliert war, dass dennoch jedes Wort bei den anderen Gästen im Flur ankam, redete Frau Worms auf Conny ein.

»... jetzt, an diesem Wochenende in Schloss Schönebeck. Sehr renommierte Leute. Nicht ganz billig natürlich. Aber alles drin, Tischregeln, Konversation, Kleidung, sogar eine individuelle Beratung. Vielleicht gibt es einen Rabatt, wenn das ganze Team ...?« Nun wurde die Stimme so leise, dass Rena nichts mehr verstand. Conny war sehr blass, als er sich wieder zu ihr umdrehte.

Daniel fuhr sie zu dem Treffpunkt, an dem Rena in das Auto von Conny umsteigen sollte. Endlich kam Connys Limousine vorgefahren und das Versteckspiel hatte ein vorläufiges Ende.

»Tut mir leid ...« Conny begann, seine Bärte abzunehmen. »Ist wohl doch etwas steifer geworden, der Abend.«

Rena lachte genervt auf. »Und dann schlägt die Worms auch noch vor, dass wir alle mal lernen sollten, uns à la Knigge zu benehmen.«

Conny nickte. »Tja, auch nicht die feine englische Art.«

»Und wenn wir alle dressiert sind, dürfen wir wieder zurück in den Zirkus? Diesmal als Tanzbären verkleidet? Ich gehe da auf jeden Fall nicht mehr hin.«

Renas Telefon klingelte. »Ja?«

»Hier ist Hannah. Mechthild hat sich noch mal gemeldet. Sie hat tatsächlich den Chef ihrer Tochter aus dem Bett gekriegt. Der hat in irgendwelchen Systemen nachgeguckt und herausgefunden, dass Birte zuletzt in Bremen-Nord war. Ganz merkwürdig, hat der gesagt, sie hat ihren Standort eingeloggt, aber nichts weiter eingegeben. Die sollte da Gaszähler ablesen mit so einem Gerät, Handy oder so. Die Zahlen werden dann gleich auf den Server der Firma übertragen, wenn ich das richtig verstanden habe.«

»Ja und?« Rena war nicht ganz klar, was das hieß.

»Das bedeutet, sie war an dem Haus, hat aber dann keinen Zählerstand übertragen. Als ob sie mittendrin abgebrochen hat, sagte der Chef.«

»Du meinst, ihr ist was zugestoßen? Als sie gerade dabei war, ins Haus zu gehen?« Das wäre immerhin ein Ansatzpunkt.

»Weiß ich nicht, aber da müsste man mal nachfragen.«

»Und wo ist das genau?« Morgen war Samstag, da konnte sie ja mal nach Bremen-Nord fahren und ein paar Leute befragen.

»Schloss Schönebeck. Soviel ich weiß, gibt es da nur ein Heimatmuseum. Ich kann mir gar nicht vorstellen, was da passiert sein kann ...«

Schloss Schönebeck. Vor ihrem geistigen Auge sah Rena, wie Frau Worms und ihre Freundinnen mit einer armen Gasableserin stritten, weil diese gegen irgendeine schwachsinnige Benimmregel verstoßen hatte. Und dann stellte sie sich genüsslich vor, wie sie alle verhaftete und sich die Sippe später im Gefängnis vergeblich bemühte, verbindliche Tischsitten einzuführen. Sie grinste.

»Ich kümmer' mich drum, Hannah.«

Rena steckte ihr Handy weg und sah Conny an, der in der Zwischenzeit auch seine Perücke abgenommen hatte und schon fast wieder wie ihr Conny aussah.

»Probleme?«, fragte er.

»Hannah. Die Tochter einer Freundin ist verschwunden.« In Rena reifte ein Plan. »Sag mal, mein Held. Was, wenn ich nun wirklich an diesem blöden Benimmkurs mitmachen will, von dem die Worms geredet hat?«

Conny sah sie sprachlos an.

»Schatzi, Liebster«, gurrte Rena, »wo ist dieser Kurs, was kostet er?«

»Huch, bist du sicher, dass du das wirklich willst?«

Rena nickte. »Ich betrachte es als Weiterbildung. Kann mir als Ermittlerin nur nützen, wenn ich mal in den feinen Kreisen investigativ unterwegs bin.«

»Ich kenne die Seminare der Hirnreuthers. Du wirst dort auch drei Tage am Stück im Schloss wohnen müssen. Die machen das immer so.«

Noch besser, dann konnte sie vielleicht die Zimmer dieser Brut durchsuchen. »Meinetwegen.«

Er sah sie zweifelnd an. »Dann rufe ich Melinde Worms gleich an. Sie kann dich sicher noch irgendwie in den Kurs schleusen. Und unser Filmteam zeigt dadurch guten Willen.«

Rena saß auf dem Badewannenrand und sah Conny beim Abschminken zu. Er beobachtete sie immer wieder aus dem Spiegel.

»Wenn du es dir anders überlegt hast …«

Sie erwiderte den Blick seines Spiegelbildes. »Nein. Ich tu's.«

Er drehte sich um und hockte sich vor sie hin. »Wenn du es dir anders überlegst, ist das auch kein Drama. Wenn du vor Ort merken solltest, dass es nichts für dich ist …«

»Conny, ich habe schon Mörder verhaftet und Einbrecher aufgespürt, da werde ich in einem simplen Seminar nicht zusammenbrechen.«

Er lächelte. »Ich vergesse immer, dass ich mit einer der härtesten Polizistinnen Bremens zusammen bin. Ich weiß, dass du jede Situation meistern kannst. Aber …«, er machte eine Pause, »die Hirnreuthers können ganz schön persönlich werden.«

Rena lächelte zurück. »Ich liebe es, wenn du dir Sorgen um mich machst. Aber ich bin ja nicht …« Beinahe hätte sie sich verplappert. Aber warum erzählte sie Conny nicht, dass sie aus einem ganz anderen Grund ins Schloss wollte, dass es ihr gar nicht darum ging, sich in Benimmfragen weiterzubilden? Hatte sie etwa Angst, er könnte sie aufhalten wollen? Warum sollte er das tun? Vermutlich würde er mitkommen wollen. Das war's. Sie wollte sich um die verschwundene Frau kümmern und nicht auf Conny aufpassen müssen. Oder?

Sein Blick war aufmerksam geworden und sie wich ihm aus.

»Du bist ja nicht …? Was?«, hakte er nach.

Rena überlegte fieberhaft. »Ich bin ja nicht auf den Mund gefallen. Ich kann mich wehren.«

Connys Blick wurde weich. Er hob mit der Hand ihr Kinn und streifte ihre Lippen mit den seinen.

»Das wäre für diesen schönen Mund auch nicht gut. Bitte fall niemals darauf …«

Er begann, ihre Lippen mit der Zunge nachzuzeichnen. Rena spürte ein Kribbeln, wie vor Stunden, als er an ihrem Ohrläppchen geknabbert hatte. Sie gab dem Kribbeln nach. Jetzt war sie hier bei ihm. Jetzt wollte sie hier sein, egal womit sie sich morgen herumschlagen musste.

4

Am Samstagmorgen fuhr Rena auf den Parkplatz von Schloss Schönebeck. Sie nahm ihren Rucksack aus dem Wagen und lief los. Der Weg führte sie um ein Fachwerkhaus herum und gab plötzlich den Blick auf das Schloss frei, vor dem ein riesiger abgestorbener Baum stand. Ein älterer Mann in Cordhosen harkte Laub zusammen und schaufelte es in Säcke, die neben einer Gartenkarre standen.

Rena hatte sich eine Art Märchenschloss mit Türmen, Erkern, Torbögen und großen Balkonen vorgestellt. Was sie sah, war ein rechteckiger Fachwerkbau, der zwar beeindruckend groß war, aber schnörkellos – ohne jeden Turm oder Erker.

Über eine steinerne Treppe erreichte sie den Eingang. Diese Tür war alt und schwer, das sah schon mehr nach einem ehemaligen Adelssitz aus. Sie drückte die große Messingklinke hinunter und die Tür öffnete sich überraschend lautlos. Rena stand in einem kleinen Windfang und blickte durch die begrenzenden Fensterelemente in eine Halle mit Vitrinen, Stelltafeln und einem Tresen, hinter dem zwei ältere Frauen Kaffee tranken. Im Hintergrund wand sich eine Treppe mit grünem Geländer und weißen Blattverzierungen nach oben.

Aus einem angrenzenden Raum war eine gedämpfte Stimme zu hören, so als ob jemand telefonierte. Heimatmuseum und Knigge-Kurs, wie konnte das zusammenhängen? Die beiden Frauen sahen Rena neugierig fragend an.

»Guten Morgen, ist hier das Seminar …«

Einer der Frauen sah man die Enttäuschung an: keine Museumsbesucherin! Nach einem tiefen Seufzer wies sie auf einen Durchgang an der rechten Seite.

»Durch das Teezimmer, äh, die bürgerliche Wohnkultur, meine ich, in das Uhthoff-Zimmer, dann nach links, in den Flur, dort rechts bis zur Halle, dann sehen Sie es schon.«

Die telefonierende Stimme war lauter geworden. »Nein, da war niemand, wie oft soll ich das noch sagen? Weder bei der Gasuhr noch im Gang. Sie wird wohl das Schloss verlassen haben, als ich meinen Abendrundgang gemacht habe. ... Was soll das heißen? ... Hören Sie, hier ist niemand und ich weiß wirklich nicht, wo Ihre Tochter geblieben ist.«

Zögernd wandte sich Rena dem Durchgang zu. Die Frau nickte, als Rena sie noch einmal fragend ansah. Der angrenzende Raum beherbergte alte Schränke, geschwungene Stühle um einen Tisch, einen Perserteppich und eine Kinderwiege. Das Uhthoff-Zimmer wurde durch dunkles Holz dominiert und einen riesigen Eisenofen. Ein Tisch mit Stühlen, kein Sofa, keine Gemütlichkeit. Hinten musste der Flur sein, da sollte sie nach rechts. Bis zur Halle? Ob die hinter der riesigen Flügeltür lag? Rena öffnete die Tür und stand in einem hohen Raum, von dem mehrere Türen in weitere Räume abgingen. Eine breite Treppe mit üppig verziertem Geländer führte nach oben. Kein Mensch war zu sehen.

»Hallo?«, rief Rena und stellte ihren Rucksack neben sich.

Sollte sie einfach an eine der Türen klopfen und eintreten? Oder noch einmal laut rufen? Bevor sie sich entscheiden konnte, erschien am oberen Treppenabsatz eine Frau in einem glänzenden dunklen Kostüm, das ihre schlanke Gestalt perfekt zur Geltung brachte. Das blonde Haar der Frau war streng nach hinten gekämmt und in einem weichen Knoten gebändigt. Langsam kam sie die Treppe herunter, Schritt für Schritt mit fließenden Bewegungen. Rena sah ihr gebannt entgegen. Ein Traum von Eleganz, schoss es ihr durch den Kopf.

»Sie haben sich sicher verlaufen?«, fragte der Traum.

Rena fing sich wieder. »Nein. Ich möchte zu dem Seminar ...«

»Oh.«

Rena bewunderte dieses Oh. Es drückte Erstaunen aus, ließ aber keine Missbilligung erkennen, obwohl Rena darauf gefasst war. Dennoch hatte sie das Gefühl, am falschen Ort zu sein. Sie überlegte, ob sie einfach ihren Rucksack nehmen und wieder gehen sollte. Oder sollte sie sich als Polizistin zu erkennen geben und nach dieser Birte fragen?

»Ich vermute, Sie sind Frau Dangers?«

Rena nickte. Die Stimme der Frau klang sanft, aber entschlossen. Und sie sprach Dangers richtig aus, nicht wie das englische Wort für Gefahren.

»Wie schön, Sie kennenzulernen. Ich bin Doro Hirnreuther. Wir beginnen in etwa einer halben Stunde. Sie möchten sich bestimmt noch frisch machen und umziehen?«

Rena hatte das deutliche Gefühl, soeben einen Befehl bekommen zu haben. Alles in ihr lehnte sich auf, doch sie riss sich zusammen und nickte.

»Dann zeige ich Ihnen Ihr Zimmer, bitte kommen Sie mit.« Doro Hirnreuther stieg die Stufen wieder hinauf.

Rena beeilte sich, ihr zu folgen, und schwang sich den Rucksack auf die Schulter. Die Treppe mündete in eine geräumige Galerie, die mit alten Sofas und Tischchen möbliert war. Von der Galerie gingen neun Türen ab, alle mit hölzernen Reliefs von Wildtieren verziert.

»Wir haben für Sie das ›Schwarzwild-Zimmer‹ vorbereitet.« Mit diesen Worten öffnete Frau Hirnreuther die Tür mit dem Wildschweinrelief.

Rena betrat das Zimmer und blieb im Türrahmen stehen. Dunkle Vertäfelungen, die nur durch Porträts ernst blickender Menschen aufgelockert wurden, verliehen dem Zimmer etwas Düsteres. Dazu trugen auch ein antiker Kleiderschrank und eine passende Spiegelkommode bei. Der Raum wurde dominiert von einem Bett aus dunklem Holz mit einem riesigen dunkelroten Baldachin. Das Licht, das durch zwei große

Fenster fiel, schaffte es kaum, den Raum zu erhellen. Sogar der Kachelofen neben der Spiegelkommode war schwarz. Nur die Lüftungslamellen, die zugehörigen Griffe und zwei metalleingefasste Klappen blinkten silbern wie frisch geputzt.

Rena schluckte. Nicht ihr Geschmack, wirklich nicht ihr Geschmack. Aber war sie etwa hier, um sich wohlzufühlen?

»Bitte seien Sie um neun Uhr im Speisesaal, wir möchten pünktlich beginnen.« Doro Hirnreuther lächelte ihr kurz zu und schloss die Tür von außen. Rena warf ihren Rucksack aufs Bett. Sie fragte sich, ob das ›Rehzimmer‹ wohl in rotbraunen Tönen eingerichtet war? Sie entdeckte eine Tür und öffnete sie. Dahinter verbarg sich ein sehr modern eingerichtetes Bad mit hellen Fliesen und fröhlichen Dekors. Offensichtlich hatte der Einrichter doch noch Mitleid gehabt mit den Gästen, die im Schwarzwild-Zimmer wohnen mussten.

Rena zog ihre Klamotten aus dem Rucksack. Das Kleid von gestern Abend schien ihr angemessen für den heutigen Tag – und für die beiden Folgetage. Sie hatte nur noch eine schwarze Jeans, einen Glitzerpulli und einen knallroten Bolero als »feine Kleidung« eingepackt. Nachdem sie aber Frau Hirnreuther in diesem raffinierten Kostüm gesehen hatte, war sie sich nicht sicher, ob Jeanshosen angebracht waren.

Sie fuhr im Bad mit der Bürste durch ihre Locken, was diesen egal war. Das Kleid schien etwas zerdrückt, aber das würde sich nach spätestens einer Stunde geben. Sie sah auf die Uhr. Sie hatte noch Zeit. Wenn sie jetzt Conny anriefe, würde sie ihn wecken – eine Form der Rache, die sie liebte. Aber Hannah wartete sicher längst auf ein Zeichen von ihr.

»Ja, doch, ich bin im Schloss. Gerade erst angekommen.«

»Hast du schon etwas herausgefunden?« Hannahs Stimme klang ungeduldig.

»Nein, hier findet gerade ein Benimmkurs statt, ich habe mich reingemogelt. Vielleicht hat einer der Teilnehmer mit Birtes Verschwinden zu tun.«

»Benimmkurs? Diese Regeln dienen doch nur dazu, Menschen einzuschüchtern und sie vom Establishment auszugrenzen.«

Rena grinste. So eine Reaktion hatte sie von ihrer Tante erwartet, sie war schließlich Mitglied der 68er-Bewegung gewesen. »Hannah, ich kann mir auch eine schönere Beschäftigung an einem Samstag vorstellen, aber du wolltest doch, dass ich mich kümmere, oder?«

»Du bist aber bestimmt vorsichtig?«, Hannah hörte sich allerdings nicht sehr beunruhigt an. »Mechthild redet noch einmal mit dem Chef von Birte, dann will sie selbst nach Schönebeck fahren.«

»Sie kann hier doch gar nichts ausrichten. Hat sie denn schon eine Vermisstenanzeige aufgegeben?«

»Sie möchte einfach hier sein, wenn Birte Hilfe benötigt oder im Krankenhaus liegt, oder ...« Hannah ließ offen, was noch geschehen sein konnte.

»Aber du musst sie davon abhalten, hier aufzukreuzen, das würde alles nur durcheinanderbringen.«

»Mach dir keine Sorgen!« Hannah klang gelassen.

»Ach weißt du, Hannah, immer wenn du das sagst, endet unser Abenteuer im Chaos. Aber ich muss jetzt in den Speisesaal entschwinden, mich bilden.«

»Du meinst wohl, dich dressieren lassen!« Hannah konnte das Spötteln einfach nicht lassen.

»Vielleicht kann ich hinterher Männchen machen«, versetzte Rena.

In der Halle am Fuß der Treppe fand Rena eine offene Tür. Sie betrat den Raum, der dahinter lag. Hier warteten bereits ein älteres Paar und eine junge Frau, offensichtlich die Tochter.

»Liebig«, kam der Mann mit ausgestreckter Hand auf Rena zu.

Liebig gefiel Rena. Er hatte sich in einen dunklen Anzug gezwängt, der mindestens eine Nummer zu klein war. Auch einer, der vielleicht nicht ganz freiwillig hier war? Seine Frau schob sich ein Stück vor, stand fast vor ihrer Tochter, wie eine Tigerin, die ihr Junges beschützte. Doch die junge Frau befreite sich aus dem Schatten der Mutter und lächelte Rena offen an.

»Anna Liebig.«

Rena schüttelte ihr die Hand. »Rena Dangers. Sind wir hier richtig?«

»Aber ja«, tönte eine sonore Stimme hinter ihr. Rena drehte sich um und entdeckte einen »englischen Gentleman«. Er trug einen Cut mit gestreifter Weste und gestärktem Kragen. Sein krauses blondes Haar setzte sich in langen Koteletten fast bis zum Kinn fort. Seine rechte Augenbraue wölbte sich merkwürdigerweise etwas höher als die andere. Mit seinen starken Tränensäcken wirkte es, als trüge er ein Monokel.

»Darf ich mich vorstellen? Werner Hirnreuther, Ihr Seminarleiter auf Schloss Schönebeck.«

Er trat dicht vor Frau Liebig, die ihn hingerissen anstrahlte. Er nahm ihre Hand, die sie ihm unwillkürlich entgegenstreckte, und hauchte einen Kuss auf ihre Fingerspitzen.

Frau Liebig schmolz dahin. »Ich habe alle Ihre Bücher gelesen.«

Er wandte sich Rena zu, verneigte sich vor ihr, zwinkerte fast unmerklich und verbeugte sich vor Anna. Erst danach stellte er sich vor Herrn Liebig auf und schlug die Hacken zusammen.

Rena sah sich verstohlen um. Wartete vielleicht jemand mit versteckter Kamera darauf, dass sie einen peinlichen Knicks machte?

»Und, junge Dame, was halten Sie von meinen Manieren?« Werner Hirnreuther sah Rena prüfend von oben an.

Rena hielt seinem Blick stand und schob ihre Ohren nach hinten. Als Kind hatte sie damit angegeben, dass sie mit den Ohren wackeln konnte. Irgendwann hatte sie herausgefunden, dass sich ihr Ausdruck veränderte, wenn sie nur die halbe Bewegung ausführte und die Ohren nicht wieder nach vorn schnappen ließ. Wenn sie dann noch die Augen zusammenkniff, sah sie regelrecht gefährlich aus. Verdächtige oder Zeugen, denen sie bei Verhören gegenübersaß, zuckten jedes Mal zurück, wenn sie diesen Ausdruck aufsetzte. Auch Werner Hirnreuther senkte kurz den Blick.

»Ein bisschen verstaubt, oder?« Rena war nicht bereit, ihre Einstellung der angenommenen Rolle zu opfern.

»Respekt, liebe Frau Dangers.« Hirnreuther trat einen Schritt zurück und verneigte sich erneut vor ihr. »Völlig richtig«, wandte er sich nun den Eltern Liebig zu, die ihn entgeistert und zugleich fasziniert beobachteten. »Lektion eins: Vergessen Sie alles, was Sie aus alten Filmen kennen. Umgangsformen ändern sich, Knigge wäre begeistert.«

Er wies auf eine Tür an der Stirnseite des Raumes. »Treten Sie ein in die Welt der gehobenen Umgangsformen. Mutige voran!«

Die Liebigs und Rena folgten seiner Anweisung und fanden sich in einem sehr großen Esszimmer wieder. Rena vermutete, dass der riesige Tisch und die gedrechselten Stühle noch aus den Originalbeständen des Schlosses stammten. Das dunkle Holz des Tisches hatte sicher schon so manches Gelage gesehen und der silberne Tafelaufsatz, der eine Jagdszene zeigte, so manche Dienstmagd beim Putzen zur Verzweiflung gebracht.

Am Tisch saßen bereits weitere Seminarteilnehmer. Rena musterte sie unverholen. Da war Doro Hirnreuther, die am Kopfende stand und den Eintretenden freundlich zunickte. An der rechten Seite saßen eine teuer angezogene Frau in den Dreißigern, daneben ein Mann, der ihr gerade etwas auf einem Tablet-PC zeigte – offensichtlich kannten sie sich. Rena fand außer den teuren Klamotten nichts Bemerkenswertes an ihnen.

Neben dem Mann saß eine junge Frau, die Rena als völlig fehl am Platze empfand. Ihre tiefschwarzen Haare waren fransig geschnitten und standen vom Kopf ab. Ihre Augen hatte sie mit einem schwarzen Kajal umrahmt, auch ihre Lippen waren schwarz geschminkt. Um den Hals und die Handgelenke trug sie mit spitzen Nieten bestückte Lederbänder. Das, was Rena von ihrem Kleid oder T-Shirt erkennen konnte, war zerdrückt und schien an der linken Schulter eingerissen zu sein. Die junge Frau fixierte einen silbernen Flachmann, der vor ihr auf dem Tisch stand und stützte ihr Kinn auf die rechte Hand. Den anderen Personen schenkte sie keinerlei Aufmerksamkeit. Ob das die »gefallene« Freundin von Christina war?

Gegenüber saß ein Mann, den Rena auf etwa Fünfundvierzig Jahre schätzte. Er trug eine Brille und beobachtete die punkige junge Frau mit kritischem Blick. Alles an ihm, sein Anzug, seine Frisur und die manikürten Hände wiesen auf einen wohlhabenden Geschäftsmann hin. Doch Rena hatte das deutliche Gefühl, dass der Mann nicht ganz echt war.

Zwei Stühle weiter saß ein weiterer Mann, der sicher erst in den Dreißigern war. Er tippte auf einem Smartphone herum und sah nur manchmal kurz auf, als wolle er sich überzeugen, dass es nicht schon losging. Rena steuerte auf den freien Stuhl neben ihm zu. Frau Hirnreuther nickte ihr zu. Dies war dann wohl eine offizielle Erlaubnis. Rena setzte sich und sah zu, wie auch die anderen ihre Plätze einnahmen.

Werner Hirnreuther blieb an der Tür stehen und Rena fragte sich unwillkürlich, ob er diese bewachte, damit niemand verschwinden konnte. Doro Hirnreuther blickte schweigend einen Teilnehmer nach dem anderen an. Die Punkerin nahm schnell noch einen Schluck aus ihrem Fläschchen und ließ es verschwinden. Der Typ mit dem Smartphone tippte eine letzte Botschaft und legte das Gerät dann vor sich hin. Herr Liebig stieß seine Frau an, die irgendetwas von ihrem Ärmel zupfte. Frau Hirnreuther quittierte die eingetretene Stille und Aufmerksamkeit mit einem Lächeln.

Wieder staunte Rena darüber, wie viel Ausdruck die Seminarleiterin in ihre Mimik legen konnte. Neben einem Anflug von Dankbarkeit lag darin auch ein »Na, endlich«, vor allem aber ein Bewusstsein ihrer Macht, mit der sie über diese Menschen in den nächsten drei Tagen gebieten würde. Rena war sicher, dass Frau Hirnreuther beim nächsten Mal nicht so lange warten musste, bis Stille einkehrte.

»Ich begrüße Sie ganz herzlich zu unserem Seminar ›Etikette‹. Mein Mann Werner und ich sind Stilberater der Akademie ›Modern Knigge Everyday‹, die wir vor sechs Jahren gegründet haben.«

Alle sahen kurz von Doro Hirnreuther zu ihrem Mann, der seiner Frau bestätigend zunickte und dann alle Gäste prüfend nacheinander ansah.

»Einige Regeln zu Beginn, an die Sie sich bitte halten!« Ihre Stimme ließ keinen Zweifel, dass sie einen Regelverstoß nicht dulden würde. »In diesem Speiseraum und im Clubraum nebenan werden Sie sich an genau die Etikette halten, die wir Ihnen vermitteln. Wir sind hier nicht in der Schule, daher werden Sie Kritik und Verbesserungsvorschläge an anderen Seminarteilnehmern ebenso unterlassen wie Kommentare zu deren Fragen. Dies ist allein unsere Sache. In realen Situationen weisen Sie Ihre Gastgeber auch nicht auf mögliche Fehler hin, sondern übersehen sie geflissentlich. In den anderen Räumen, oben in der Galerie zum Beispiel, können sie gerne laut diskutieren und selbstverständlich können Sie jederzeit miteinander über Themen reden, die außerhalb der Inhalte unseres Seminars liegen.«

Herr Liebig nickte etwas angestrengt und vermied es, seine Frau anzusehen, die ansetzte, etwas zu sagen, dann aber doch die Lippen zusammenkniff.

»Nun möchte ich Sie bitten, sich kurz vorzustellen, damit alle wissen, mit wem sie es zu tun haben. Aber bitte: Im Gegensatz zu anderen Seminaren, die Sie vielleicht schon einmal besucht haben, möchten wir von Ihnen keine Erwartungshaltung zu den Inhalten hören oder etwas über Ihre Motivation erfahren. Sagen Sie nur, wie Sie heißen und einen Satz, der Sie und Ihre gesellschaftliche Stellung charakterisiert.« Doro Hirnreuther sah den Mann zu ihrer Linken an. »Herr Kern, fangen Sie doch bitte an.«

Der Angesprochene nickte. »Gerne. Ich bin Kevin Kern, Global Manager der Wohltätigkeitsorganisation ›Hilfe für Afrikas Kinder‹. Wir sind weltweit tätig.« Mit einem angedeuteten Lächeln übergab er an die Frau, die neben ihm saß.

»Natalie Kern. Gründerin und Manager Europe von ›Hilfe für Afrikas Kinder‹.«

Zögernd blickte sie zu der Punkerin, die gelangweilt an die Decke starrte. Als sie bemerkte, dass ein Einsatz von ihr verlangt wird, seufzte sie laut.

»Magett.«

Alle sahen sie abwartend an. Sie blickte in die Runde und seufzte ein weiteres Mal. »Na gut. Margarete Gertrude Freifrau von Wagenfeld. Von Beruf Tochter.« Vielleicht hatte die junge Frau gedacht, mit dieser Äußerung jemanden provozieren zu können, stattdessen blickte sie nur in unbewegte Gesichter. Fast trotzig setzte sie hinzu: »Aber ich höre nur auf Magett.«

»Müssen wir Sie mit Durchlaucht anreden?« Spöttisch kräuselte der Smartphone-Typ seine Lippen.

Werner Hirnreuther kannte die Antwort natürlich: »Bei einer Freifrau reicht die Anrede Frau von, in diesem Fall Wagenfeld. Durchlaucht ist Herzögen vorbehalten.«

»Aber der Adel in Deutschland ist abgeschafft.« Rena konnte sich diesen Einwurf nicht verkneifen.

»Sicher, meine Liebe«, wandte sich Herr Hirnreuther mit seiner weichen Stimme an Rena. »Jedoch wollen wir den Angehörigen alter Adelsgeschlechter nicht die Höflichkeit versagen, nicht wahr?«

Er blickte sie eindringlich an und Rena verschob das kleine Gefecht auf später.

Neben Magett hatte sich Anna Liebig gesetzt.

»Ich bin Anna Liebig. Verantwortlich für das Marketing Packaging bei Weslight and Nundome.«

»Ich bin Katrin Liebig, Annas Mutter.«

»Und ich bin Horst Liebig, Bäckermeister und Annas Vater.« Beide Liebigs schienen froh, dass sie ihre Vorstellung hinter sich hatten.

»Jewegenij Gromowejev«, stellte sich mit leichtem russischen Akzent der Mann neben Rena vor. »Geschäftsmann. Gas, Energie, Maschinen.« Er fixierte den Ring an seinem Finger.

Rena überlegte nicht lange. »Rena Dangers. Innenarchitektin. Ich baue gerade eine eigene Firma auf.« Innenarchitektin war sie in ihrem letzten großen Fall undercover auch gewesen, da befand sie sich auf sicherem Terrain.

»Ich heiße Denis Maiwald. Investment Banker. Vice Manager bei der Hamburger Niederlassung der Acconit-Bank.«

Rena sah sich alle Gesichter noch einmal an. Bis auf die Liebigs, die ihr noch am normalsten erschienen, waren ihr alle Teilnehmer mehr als suspekt.

Doro Hirnreuther bat darum, die Plätze so zu tauschen, dass danach jeweils Frauen und Männer abwechselnd am Tisch saßen. Dann erklärte sie den Ablauf des Seminars.

»Nach dem Frühstück, das uns gleich serviert wird, werden wir mit den Grundlagen beginnen. Begrüßung, Eintreten in einen Raum, Mäntel ablegen und so weiter. Mittags die erste Lektion zu Besteck, Geschirr und Tischdeko. Dann haben Sie eine Pause bis 16 Uhr. Danach werden wir mit den Einzelgesprächen beginnen. Wir beraten Sie individuell zu Ihrem persönlichen Stil und Auftreten. Die Reihenfolge legen wir in der Pause fest. Ab 20 Uhr Dinner. Heute Kleine Dinner-Einladung, morgen Geschäftsdinner, am letzten Abend Gala-Dinner – sowohl für Gastgeber als auch für Gäste. Morgen früh arbeiten wir in zwei Gruppen. Herren und Damen getrennt. Gehen, Stehen, Treppensteigen, Sitzen, Aufstehen, Tassen und Gläser Halten und so weiter. Morgen Nachmittag wieder Einzelgespräche. Am letzten Tag dann Feinschliff und der Rest Einzelgespräche. Mein Mann wird bei Tisch den Part des Butlers übernehmen. Wir hatten so oft Probleme mit bezahlten Servicekräften. Unsere Lösung gewährleistet, dass Sie eine perfekte Bedienung erleben werden.«

Rena erschauerte. Sie würde bis zum Nachmittag warten müssen, bis sie Nachforschungen anstellen konnte. Also fand sie sich mit ihrem Schicksal ab und lernte, wie man Brötchen isst, ohne zu krümeln, und wie man lautlos einen Kaffee umrührt. Die Lektionen zum Begrüßen zogen sich endlos hin. Rena befürchtete schon, dass ihre Hand taub würde, so oft wurde sie von den anderen gedrückt. Immer wieder wurden unterschiedliche Hierarchieebenen simuliert.

Endlich gab es Mittagessen. Doch auch während des Essens wurde sie mit Belehrungen zu Speisefolgen, dem richtigen Halten von Löffeln, Messern und Gabeln gequält. Frau Liebig nervte alle, indem sie ihrem Mann vor jeder Lektion zuflüsterte, was sie zu dem Thema bereits in Hirnreuthers Büchern gelesen hatte, und bedeutungsvoll nickte, wenn sie mit dem Gelernten richtig lag.

Magett, die an Herrn Liebigs anderer Seite saß, hielt sich nach wenigen Minuten die Ohren zu, wenn Frau Liebig mit ihrem Geflüster begann. Anna Liebig schien zu schwanken, ob sie sich für ihre Mutter schämen oder Magett eine Gabel in die Hand stechen sollte. Sobald ihre Mutter aufstand, um sich frisch zu machen, folgte sie ihr. Als beide Frauen kurze Zeit später zurückkamen, sah Frau Liebig ziemlich geknickt aus.

Rena wurde von Frau Hirnreuther mehrfach korrigiert, während die Herren Maiwald und Gromowejev mit lässiger Selbstsicherheit alles richtig machten. Der Russe lehnte sich nach den kurzen Erklärungen von Werner Hirnreuther oft zufrieden zurück. Vielleicht benötigte er das Seminar nur, um sich zu bestätigen, dass sein Etikette-Wissen keine Lücken aufwies. Die Kerns befolgten die Hinweise mit auffälliger Fügsamkeit, machten aber auch fast keine Fehler. Magett schien nur Fehler zu machen, um Frau Hirnreuther zu provozieren. So nahm sie manchmal das Besteck, nachdem sie es bereits richtig gehalten hatte, demonstrativ in die falsche Hand, während sie die Seminarleiterin mit schief gelegtem Kopf ansah. Nach kurzer Zeit hatte diese aber Magetts Spielchen durchschaut und ignorierte sie.

Endlich kam die ersehnte Pause und Rena floh fast die Treppe hinauf. Sie überholte Herrn Liebig und hörte ihn knurren, dass er gar nicht wisse, wie er bisher trotz falscher Besteckhaltung habe überleben können. Rena sah ihn verständnisvoll lächelnd an und fegte an ihm vorbei. Am liebsten hätte sie sich aufs Bett geworfen, um auszuruhen, aber ihre Mission erforderte es, die anderen Teilnehmer auszuhorchen. Sie beschloss dennoch, sich eine kurze Pause zu gönnen.

5

Conny ging gleich ans Telefon. »Na, kannst du schon unfallfrei essen?«, zog er sie auf.

»Noch nicht ganz. Nachdem ich den Tisch unter Suppe gesetzt habe, stach ich der Seminarleiterin ein Auge aus und schlitzte mir das Kleid auf.« Rena seufzte laut, um ihre Klage zu unterstreichen.

Conny lachte. »Hört sich an, als ob es schlimmer und nicht besser geworden wäre.«

Rena brummte. »Stimmt! Aber wenn ich erst in der Lage bin, eine Treppe herabzuschweben wie eine Feder, wird es besser werden.«

»Oh Liebes, quälen sie dich sehr?« Rena war sich nicht sicher, ob sein Mitleid wirklich nur gespielt war.

»Ganz schrecklich. Meine Hand ist halb zerquetscht und mein Selbstbewusstsein liegt in Scherben.«

»Du machst mir Angst. Wer oder was zerstört dein Ego?«

Rena schnaubte. »Die unendliche Freundlichkeit, mit der sie ihre Verachtung kaschieren. Nie wird dieses unerreichbare Vorbild Doro ungeduldig oder zeigt, dass sie genervt ist.«

»Ja, Doro, wie sie leibt und lebt.« Connys Stimme klang warm. Nun war sein Mitleid echt. »Ich werde heute Abend kommen, mein Schwert mitbringen und dich aus den Klauen des Hochglanzdämons befreien.«

»Nö!« Rena wollte sein Mitleid nicht. »Lass Falk zu Hause, komm lieber selbst. Ich bastele eine Strickleiter aus meinem Haar.« Sie fuhr sich durch die kurzen Locken.

»Hm, soll ich dich heute Nacht heimlich besuchen und verwöhnen?« Seine Stimme war ein Versprechen.

»Oh, ja bitte! Aber nur, wenn du schon mal einen Kurs in vornehmem Fensterln belegt hast, andernfalls wirst du sicher auffallen.« So gerne sie ihn hier gehabt hätte, um mit ihm über das Seminar zu lästern, er würde sie auch von ihren Ermittlungen abhalten – zumal er ja gar nicht wissen sollte, dass die Ermittlungen ihr Hauptzweck waren.

Conny lachte, doch Rena schien es, als sei er ein bisschen enttäuscht.

»Ich liebe dich. Wenn es dir doch zu viel wird, hole ich dich jederzeit ab. Ich könnte mir sogar vorstellen, ohne Waffen zu kommen.«

»Lieb von dir, aber wie du weißt, kann ich mich ganz gut wehren.«

Conny seufzte. »Sicher weiß ich das. Du bist deine eigene Heldin, kein hilfloses Objekt für Falks Rettungsaktionen. Aber Connys breite Schulter darf ich dir doch anbieten?«

»Oh, mein Held«, säuselte Rena, »deine starke Schulter wäre mir sehr willkommen.«

»Das wollte ich hören«, Conny schien zufrieden.

Das Telefonat baute Rena wieder auf. Sie zog sich um, wählte Jeans und Pullover, spritzte sich kaltes Wasser ins Gesicht und machte sich auf die Suche nach den anderen Gästen.

Hannah blickte am Bahnsteig entlang. Sie fragte sich, ob sie Mechthild wiedererkennen würde. Das vage Bild in ihrem Kopf speiste sich aus fünfzehn Jahre alten Erinnerungen. Wenn Mechthild statt der dunklen Mähne nun schütteres weißes Haar hatte? Wenn sie abgenommen hatte, aus Ehrgeiz oder wegen einer Krankheit? Wenn sie die bunten Farben ihrer voluminösen Kleidung gegen graues Tuch eingetauscht hatte?

Alle Zweifel verschwanden, als sie eine grauhaarige mollige Frau in einem grasgrünen Umhang mit buntem Schal entdeckte. Das war sie. Hannah lief auf Mechthild zu und entdeckte in ihren Augen erst Erschrecken, dann Erkennen. Schon lagen sie sich in den Armen.

»Hast du Birte gefunden?«, wollte Mechthild wissen.

»Noch nicht, aber komm erst mal mit, ich erzähle dir, was wir alles vorhaben.«

Weil sie Mechthild nicht die Straßenbahn zumuten wollte, nahm Hannah ein Taxi. Während der Fahrt schwiegen sie.

Hannah forderte den Taxifahrer auf, vor dem alten Bremer Haus im Ostertorsteinweg zu halten. Der Taxifahrer sah in den Rückspiegel und fluchte. Die Straßenbahn hinter ihm war höchstens noch 200 Meter entfernt.

»Dann aber hurtig!«, rief er, als Mechthild umständlich ihre beiden Taschen an sich nahm. Hannah stieg auf der Straßenseite aus, lief um den Wagen und zog Mechthild mit ihren Taschen auf den Bürgersteig. Das Taxi startete mit quietschenden Reifen, konnte aber ein durchdringendes Klingeln der Straßenbahn nicht mehr verhindern.

Mechthild schien von dem Lärm eingeschüchtert, sie blieb einfach am Bordstein stehen und blickte sich unsicher um. Ein Mann mit Hund sah sie verärgert an, weil er sie umrunden musste. Ein Radfahrer, der eigentlich auf dem Fußweg nichts zu suchen hatte, fluchte laut. Hannah nahm Mechthild die Reisetasche ab und schob sie sanft zur Haustür.

»Die sind hier immer so hektisch«, beruhigte sie die Freundin, »komm herein.«

Sie dirigierte Mechthild durch die Tür und die Treppe hinauf. Im ersten Stock blieb sie vor einer weiß gestrichenen Tür mit buntem Glas stehen und schloss sie auf. Sie ließ Mechthild eintreten und ging voran in das Gästezimmer. Mechthild blieb auf der Schwelle stehen und schaute sich überrascht um.

»Was sind die Decken hier in Bremen hoch.«

Hannah sah zur Stuckdecke auf, die sie so liebte. Eigentlich war mal wieder Zeit, sie zu streichen. Aber das sollte ein Fachmann machen. In drei Metern Höhe wollte sie nicht mehr mit Farbeimer und Rolle jonglieren.

»Nur die Altbauten aus der Zeit der Jahrhundertwende. Manche mögen das nicht, weil es beim Heizen teuer werden kann.« Hannah lud Mechthild mit einer Geste ein, in das Zimmer zu gehen. Sie stellte die Reisetasche auf das Gästebett.

»Willst du dich erst frisch machen?«, fragte Hannah.

Mechthild schüttelte den Kopf. »Ich möchte am liebsten gleich zum Schloss.«

Die Tür zur Küche öffnete sich und Marlies ging mit ausgestreckter Hand auf den Gast zu.

»Willkommen«, sie schüttelte Mechthild die Hand. »Ich habe Tee gekocht, kommt ihr gleich in die Küche?«

Hannah nickte.

Zu Mechthild gewandt erklärte sie: »Das ist Marlies. Sie lebt sozusagen in der Teekanne.«

»Ihr wohnt zu zweit hier?« Mechthild zog ihren Umhang aus und warf ihn auf das Gästebett.

»Nein, zu viert. Meine Freundinnen sitzen alle in der Küche und warten gespannt auf meinen Besuch.«

»Deshalb ist die Wohnung so groß!«

»Ich hatte hier im Haus schon eine Wohnung und als wir zusammenziehen wollten, wurde zufällig die Nebenwohnung frei. Ein Wanddurchbruch zwischen den Küchen und fertig war unsere Alten-WG.«

Hannah schob Mechthild in Richtung Küche.

Hier saßen Hedwig und Edith auf der Bank, Marlies stand mit der Teekanne am Tisch. Alle drei sahen den Eintretenden erwartungsvoll entgegen. Edith klopfte einladend auf den Stuhl neben ihr. Mechthild setzte sich.

»Ich bin Hedwig, Textiles Werken und Deutsch. Du warst auch Lehrerin?«

Mechthild nickte und nahm von Marlies eine Tasse dampfenden Tees entgegen.

»Und das ist Edith«, auch Hannah nahm Tee.

»Englisch und Französisch.« Edith reichte Mechthild die Hand.

Langsam schien sich die Anspannung bei Mechthild zu lösen, sie schniefte und wühlte in der Tasche ihrer Strickjacke nach einem Taschentuch. Hannah langte auf die Anrichte und angelte nach einer Packung Papiertücher. Eines gab sie Mechthild, die es schnell an ihr Auge drückte. Hannah nahm sie in den Arm.

»Also, nun sag schon«, drängte Mechthild unter Tränen, »was habt ihr herausbekommen?«

»Noch nicht viel«, gab Hannah zu. »Im Schloss ist sie nicht. Ich habe da angerufen und mich als Birtes Mutter ausgegeben. Die Frau aus dem Museum hat nachgesehen. Sie hat zwar gestern Abend nicht wirklich mitbekommen, ob Birte aus dem Schloss kam, weil sie da gerade die oberen Stockwerke überprüft hat. Aber sie hat nachgesehen, ob Birte bei den Gaszählern ist, verletzt oder so. Doch es war niemand da.«

»Kann sie denn mit Sicherheit sagen, ob Birte das Schloss verlassen hat?« Mechthild schien nicht zufrieden mit Hannahs Antwort.

»Nein. Deshalb ist Rena auch im Schloss. Da gibt es gerade ein Knigge-Seminar, in das sie sich eingeschlichen hat. Sie wird die Museumsfrauen und die Seminarteilnehmer aushorchen.«

Edith mischte sich ein. »Meint ihr nicht, dass sich alles als ganz harmlos herausstellen wird?«

Mechthild sah sie aufgebracht an. »Du willst nicht mitsuchen?«

Edith schüttelte den Kopf. »Darum geht es nicht. Es könnte nur verdammt peinlich werden, wenn wir hier einen Riesenzirkus aufführen und deine Tochter dann doch nur …«

Mechthild blitzte Edith an. »Seit drei Jahren wohnen wir zusammen, weil es billiger ist. Wir stehen uns sehr nahe und reden viel miteinander. Einmal bedrängte sie ein Mann in einem einsamen Haus, dachte wohl, er hätte leichtes Spiel. Seitdem nimmt sie immer Pfefferspray mit. Letztes Jahr ist sie in der Dusche eines Campingplatzes fast vergewaltigt worden. Es war spät und der Platz fast leer. Ihr Spray hatte sie natürlich nicht mit in den Waschraum genommen. Sie konnte ihn mit eiskaltem Wasser aus der Dusche auf Abstand halten. Schon im Jahr davor hat ein Spanner sie bis in die Toiletten auf einem Campingplatz verfolgt. Mehrfach ist sie von Männern, die allein zu Hause waren, angemacht worden. Ich lebe in ständiger Angst, wenn sie wieder auf Tour geht.«

Edith nickte, doch es klang zögernd, als sie Mechthild antwortete. »Ich verstehe das ja. Aber kann es nicht sein, dass diese Nähe für Birte einfach zu eng geworden ist? Manchmal braucht man ein wenig Abstand, um dann die Nähe wieder genießen zu können.«

Mechthild richtete sich auf. Ihre Augen verrieten ihren Ärger. »Ich bin keine Glucke! Es muss etwas geschehen sein!« Sie sank in sich zusammen und verbarg das Gesicht in den Händen.

»Ich weiß es einfach, ich weiß, dass ihr etwas zugestoßen ist.« Ihre Stimme war zu einem Murmeln geworden.

Einen Augenblick waren alle still und sahen Mechthild betroffen an.

»Hast du das Gerät?«, unterbrach Hannah die Stille.

Mechthild nickte und kramte ein Smartphone aus der Tasche.

»Hier, habe ich heute Morgen noch bei *Global Meters* abgeholt«, ihre Stimme gewann an Festigkeit. »Der wollte erst nicht, aber ich habe ihm Dampf gemacht. Er hat schließlich Verantwortung für seine Leute.«

»Aber du solltest es nicht selbst machen, Mechthild. Ich werde das übernehmen.«

»Dann musst *du* auch den Vertrag ausfüllen.« Mechthild zog einen Stapel Formulare aus der Tasche. »Hier, Hannah. Aber du bist dabei selbstständig, keine Angestellte.«

»Ist mir egal, ich schmeiße den Scheiß sowieso hin, wenn ich was erfahren habe.«

»Was mache ich in der Zwischenzeit?«, wollte Mechthild wissen.

»Wir beide fahren zum Campingplatz«, Edith nickte Mechthild zu.

In Mechthilds Augen kehrte etwas Glanz zurück.

Hannah legte ihre Hand auf Mechthilds. »Ihr schaut euch auf dem Campingplatz um und fragt, ob Birte gestern noch gesehen worden ist. Hast du einen Ersatzschlüssel für den Wohnwagen?«

Mechthild nickte.

»Gut, dann seht euch auch da drin um. Ist Birtes Smartphone da? Das könnte bedeuten, dass sie doch noch im Wohnwagen war gestern Abend. Hat sie sich was gekocht oder steht das Frühstück noch da? Alles so was.«

Edith nickte Mechthild aufmunternd zu. »Das kriegen wir schon hin.«

»Ich übernehme Birtes Job und stelle im Schloss Fragen. Hedwig und Marlies kommen mit und suchen die Umgebung des Schlosses ab – zum Beispiel, ob Birtes Auto noch dort ist. Hast du das Kennzeichen?«

Mechthild zog einen Zettel aus der Tasche und reichte ihn Hedwig. »Ein alter Volvo, goldbeige lackiert. Warte …«, sie kramte in ihrer Handtasche, »hier ist der Ersatzschlüssel. Wenn ihr ihn findet …«, sie seufzte tief.

»Nicht den Kopf hängen lassen!«, warnte Hannah. »Unsere geballte Power wird dir helfen, Birte zu finden.«

Hannah tippte mit ihren Fingern auf das Smartphone-Display. »Wo sind die Daten von den Gasuhren?«

Mechthild nahm ihr das Gerät aus den Händen und zeigte auf ein Logo. »Hier, alles unter *Global Meters*. Da erscheinen dann die ganzen Adressen und wenn man darauf klickt, wird deine Position an den Server übertragen. So prüfen die, ob du wirklich vor Ort bist und nicht in deinem Wohnzimmer sitzt und Fantasiezahlen einträgst. Die Gasuhr-Nummern passen zu deinem Standort. Die musst du vergleichen und mit einem Klick bestätigen. Dann ist die Verbindung zum Server hergestellt. Und hier kannst du den Zählerstand eintragen. Und wenn man dann da bestätigt, wird das gleich auf dem Server in Schwerin gespeichert.«

»Ah, das ist ja ganz einfach.« Hannah verfolgte Mechthilds Bewegungen. »Das wär' ja was, wenn man sich mal Geld dazuverdienen will.«

»Vergiss es«, Mechthild schüttelte den Kopf. »Für eine Gasuhr kriegst du 1,02 Euro in der Stadt und für Uhren auf dem Lande 1,32 Euro. Davon musst du Krankenkasse, Steuern, Benzin, Unterkunft und alles bezahlen – da bleibt nicht viel. Deshalb wohnt Birte ja auch in ihrem Wohnwagen, Hotel ist nicht drin, auch wenn das viel sicherer wäre.«

»Du meine Güte, warum macht sie das denn?« Hannah sah Mechthild fassungslos an.

»Immer noch besser als Hartz IV, sagt sie immer, wenn ich sie das frage. Sie ist schon lange arbeitslos, will aber nicht auf Dauer wegziehen, zumindest nicht ohne mich. Und als Reiseverkehrskauffrau ist bei uns nichts zu finden – wir Ossis verreisen nicht so oft.«

Betroffen sahen die vier Freundinnen Mechthild an. »Ich wusste nicht, dass es so schlimm ist bei euch.«

Mechthild machte eine wegwerfende Handbewegung und stand auf. »Wann legen wir los?«

»Erst wird gegessen«, Marlies wies zum Herd. »Wenn ich die Damen dann bitten darf. Es gibt einen Bohneneintopf. Gute Grundlage für Detektivinnen. Und dann habe ich für unsere Ausflüge Tee gekocht. Drei Kannen. Kann ganz schön kalt werden im Oktober.«

Hannah sah ihre Freundin an: »Marlies, übertreib's nicht. Draußen sind es 18 Grad.«

»Ja, jetzt! Aber wenn die Sonne weg ist?« Marlies schien beleidigt, weil ihre Fürsorge so wenig geschätzt wurde. Hannah knuffte sie kurz in den Oberarm. Beide grinsten. Die Frauen machten Platz auf dem großen Tisch und Marlies begann, Teller zu verteilen.

»Wie kommen wir denn hin? Ihr habt kein Auto, oder?« Mechthild sah fragend von ihrer Suppe auf.

»Ich habe mir den Golf von meinem Neffen geliehen«, erklärte Hedwig. »Ich fahre aber nicht so gerne, das macht Hannah. Und ihr nehmt den Bus. Der Campingplatz liegt bei der Uni, der Bus fährt alle 20 Minuten.«

Hannah war überzeugt, dass alles gut geplant war, und löffelte ihren Eintopf schweigend auf.

6

In der Galerie saßen Gromowejev und Maiwald, als Rena ihr Zimmer verließ. Gromowejev redete leise auf Maiwald ein. Als er Rena bemerkte, unterbrach er das Gespräch und lehnte sich zurück.

»17 Prozent?«, hörte sie Maiwald noch fragen. Gromowejev schüttelte fast unmerklich mit dem Kopf und wies mit dem Kinn zu Rena. Wurde hier der nächste Deal ausgekungelt? Rena ging auf die Sitzecke zu, in der die beiden saßen, und setzte sich mit einem freundlichen »Hallo« auf das Sofa gegenüber. Gromowejev brummte ein leises »Hallo« zurück, Maiwald musterte ihre Hose und ihre Schuhe. Er quälte sich ein Lächeln ab und stand auf.

»Ich muss unbedingt an die frische Luft.« Er nickte Gromowejev zu, der ebenfalls aufstand. »Gute Idee, ich komme mit.« Rena grinste Maiwald an.

»Sie haben doch nichts dagegen, wenn ich mich anschließe?« So leicht ließ sie sich nicht abschütteln.

»Es wird Ihnen etwas kalt werden.« Maiwald ließ nicht locker.

»Oh, gegen Kälte bin ich immun, ich bin hart im Nehmen.« Rena schmerzten vom Zähne zeigenden Lächeln die Mundwinkel. Maiwald wollte noch einmal nachlegen, wurde aber von Gromowejev unterbrochen: »Wie könnten wir eine so charmante Begleitung ausschlagen, lieber Maiwald. Bitte, Frau Dangers, begleiten Sie uns doch.«

»Sehr freundlich von Ihnen«, säuselte Rena.

Gromowejev ging regelgerecht vor ihr die Treppe hinab und öffnete ihr die geschwungene Tür, die direkt aus dem Seminartrakt nach draußen führte. Rena atmete die milde Oktoberluft tief ein und freute sich einen Augenblick lang über das bunte Herbstlaub. Der alte Mann mit seiner Harke war diesmal auf der anderen Seite des Schlosses aktiv. Bald würde die bunte Pracht verschwunden sein.

»Sie sind schon gestern angekommen?«, wandte sie sich an Gromowejev und ignorierte Maiwald völlig. Gromowejev nickte.

»Ich lebe zurzeit in Berlin und es ist etwas gegen meine Natur, schon um fünf Uhr aufzustehen, um den ersten Flug zu nehmen.«

»Dann haben Sie sich gestern sicher schon umgesehen? Waren Sie schon in der Ausstellung?«

»Ich habe kurz in die Räume im Erdgeschoss gesehen, nette alte Möbel, nichts Besonderes.« Er zuckte mit den Schultern. »Natürlich sehr liebevoll aufgebaut und dekoriert«, beeilte er sich hinzuzufügen. »Man darf die Leistungen dieser Ehrenamtlichen nicht unterbewerten, aber aus Sicht eines, sagen wir Antiquitätenkenners, ist das nicht mehr als eine hübsche, aber nicht sehr wertvolle Sammlung.«

Rena fragte sich, wann bei Gromowejev »wertvoll« begann und wandte sich an Maiwald: »Ist das auch Ihre Einschätzung?«

»Ich interessiere mich nicht für alte Puppen und historischen Fischfang.« Maiwald rang sich die Andeutung eines Lächelns ab.

»Ach, Fischfang? Auch Walfang? Das muss doch damals sehr aufregend gewesen sein.« Nicht, dass Rena sich jemals für Walfang interessiert hätte, aber sie hatte »Moby Dick« gelesen.

Das Lächeln von Maiwald wirkte etwas verkniffen. »Das kann ich nicht beantworten. Ich habe nur einen Prospekt gesehen.«

»Ach, dann waren Sie gar nicht im Keller?« Rena sah Maiwald direkt in die Augen.

Für einen Augenblick erstarrten seine Gesichtsmuskeln, dann grinste er sie breit an. »Wie sollte ich? Ich sagte doch, ich war nicht in der Ausstellung.«

Sie waren am Eingangstor angekommen und Gromowejev machte Anstalten, den Fußweg am Wasser entlang einzuschlagen. Rena hatte zunächst genug gehört und entdeckte die Liebigs, die an der riesigen Baumruine standen und sie betrachteten. Sie nickte Gromowejev freundlich zu.

»Herr Liebig scheint einen Guide für diese Anlage zu haben. Ich werde ihn fragen, ob er schon mit seiner Familie im Museum war.«

Sie bemerkte, wie Gromowejev sie nachdenklich ansah. Es schien, als wolle er sie zurückhalten, doch dann nickte er.

»Gehen Sie, meine Liebe. Die hübsche Anna ist sicher eine bessere Gesellschaft als wir.« Rena wollte ihm widersprechen, doch er lachte sie an, winkte kurz mit der Hand und hakte sich bei dem überraschten Maiwald unter.

»Also, wie gesagt, 17 Prozent ...«, hörte Rena, bevor die beiden von der Hecke verschluckt wurden.

An dem abgestorbenen Baum hielt Herr Liebig einen Vortrag aus seinem Büchlein. »Hier legten die Bräute ihr Versprechen ab. Solange die Brauteiche im Sommer ihr Laub nicht verlor, sollte auch die Liebe halten.«

»Nicht mehr viel Liebe übrig hier in Bremen, was?«, fragte Anna und deutete auf den kahlen, geborstenen Stamm, aus dem sich vier tote Äste in den Himmel reckten.

»Liebling, daran glaubt doch heute keiner mehr!«, belehrte Frau Liebig ihre Tochter. Anna sah ihre Mutter genervt an, schwieg aber.

»Lassen Sie mich an ihrem Wissen teilhaben?«, bat Rena Herrn Liebig und übte ihren verführerischsten Augenaufschlag. Es wirkte.

»Aber gerne, meine Liebe. Kommen Sie. Sie hören mir zu und ich übe an Ihnen Komplimente.«

Frau Liebig fauchte ihren Mann an. »Das kannst du gerne auch an mir üben!«

Um Schadensminimierung bemüht, nahm Herr Liebig seine Frau in den Arm. »Aber du kennst doch meine Schmeicheleien alle schon und bist damit nicht mehr zu beeindrucken!« Er sah Hilfe suchend zu seiner Tochter, die bemüht in eine andere Richtung blickte. »Gönn mir doch ein paar Erfolgserlebnisse.«

Aber seine Frau war nicht besänftigt. »Dein letztes Kompliment ist so lange her, dass ich mich nicht mal mehr dran erinnern kann. Also übst du mit mir!«

Herr Liebig zuckte unter dem bestimmenden Ton seiner Frau zusammen und blickte Rena entschuldigend an.

»Waren Sie auch schon im Museum?«, fragte Rena Frau Liebig, um diese von ihrem Streit abzulenken.

Herr Liebig stupste seine Frau an und drückte ihren Arm. Sie schien halbwegs zufrieden. »Wir sind gestern mal so durchgelaufen«, beantwortete Frau Liebig Renas Frage. »Ganz interessant, wie die früher gelebt haben. Aber da hätte ich nicht putzen wollen.«

Anna wandte sich abrupt um. »Du musst nirgendwo mehr putzen!«, fuhr sie ihre Mutter an, bemerkte aber, dass Rena sie anstarrte und versuchte, ihren Ärger zu überspielen.

»Meine Mutter hatte kein leichtes Leben«, erklärte sie in Renas Richtung. »Aber inzwischen verdiene ich genug, um ihr ein paar Annehmlichkeiten zu ermöglichen.«

»Kind, das will doch Frau Dangers gar nicht wissen«, unterbrach ihr Vater sie. Rena sah ihm an, dass ihm dieses Gespräch peinlich war.

»Ich habe mir die alten Werkzeuge angesehen. Da gehe ich sicher auch noch mal hin. So ein paar Sachen kenne ich noch von früher, die hatte mein Opa auch.« Geschickt lenkte er wieder zum Thema der Ausstellung über.

»Es lohnt sich also, in den Museumsteil zu gehen?« Rena sah ihn aufmerksam an.

Er nickte. »Und Anna hat sich die Puppen ansehen wollen, aber da wurde gerade ..., was hast du noch erzählt, Kind?«

»Ach, da war irgendeine Ableseaktion. Die standen an der Treppe: die Frau vom Museum und eine etwas abgerissen aussehende Frau von so einer Gasfirma, glaube ich. Die Frau vom Museum erklärte der anderen, wo der Gaszähler hängt. Da bin ich erst mal wieder zurück auf mein Zimmer. Wir können ja jederzeit in die Ausstellung gehen, ist ja im Preis drin.«

Endlich, ein weiterer Hinweis auf Birte.

»Hat das denn so lange gedauert?«, wollte Rena wissen.

»Keine Ahnung. Aber die wollten auch bald zuschließen ...«

»Wir müssen los!«, wurde sie von ihrer Mutter unterbrochen. »Wir sollen doch die Einteilungen für die Einzelgespräche bekommen!«

Auf dem kurzen Weg zurück ins Schloss fragte Rena an Anna gewandt: »Die anderen Teilnehmer waren sicher auch alle im Museum?«

Anna schien sich inzwischen über Renas Fragen zu wundern. »Einige sicher. Gromowejev hat die Möbel genauer unter die Lupe genommen, die Kerns habe ich kurz am Durchgang gesehen, sonst weiß ich nichts. Gehen Sie doch einfach selbst rein, dann sehen Sie doch, ob Sie was Interessantes finden.«

In der Galerie hatten sich bereits alle anderen Teilnehmer versammelt, als Rena und die Liebigs ankamen. Doro Hirnreuther verkündete die Reihenfolge, in der sie ihre persönliche Beratung bekommen sollten, und Rena erfuhr, dass sie als Erste dran war, gleich jetzt.

Die Hirnreuthers wohnten im Hasen-Zimmer, gleich rechts vom Treppenaufgang, nicht weit von Renas Zimmer entfernt. Eine große Schiebetür teilte den Raum in einen Schlaf- und einen Sitzbereich. Als Rena hinter Frau Hirnreuther eintrat, schloss Werner gerade die Schiebetür, sodass Rena nur noch einen kurzen Blick auf ein riesiges weiß gestrichenes Himmelbett und einen weiß gekachelten Vorsprung mit Klappen erhaschen konnte. Der Teil des Raumes musste direkt an ihr eigenes Zimmer grenzen und der Vorsprung war der Teil des Kachelofens, der in diesen Raum ragte.

»Da Sie die Erste sind und wir natürlich noch nicht so viel über Sie wissen, möchten wir Ihnen gerne ein paar Fragen stellen.«

Rena setzte sich in einen ausladenden Ledersessel, schlug die Beine übereinander und nickte. »Sicher. Was wollen Sie wissen?«

»Um Ihnen optimale Beratung zuteil werden lassen zu können, benötigen wir einen Hinweis, in welchen Kreisen Sie zu verkehren gedenken.«

Rena fand die geschraubte Ausdrucksweise von Werner Hirnreuther übertrieben, ließ sich aber darauf ein. »Nun, mein Freund gehört zum Produktionsteam des *Dämonenjägers*. Wir werden von Zeit zu Zeit von Sponsoren und Mäzenen eingeladen.«

»Zum Beispiel von Frau Worms?«, unterbrach Doro Hirnreuther sie.

Rena nickte. »Ja. Erst gestern. Ich … naja, ich …«

»Sie fühlten sich etwas unsicher?«, zwinkerte Werner ihr zu.

Rena war sich plötzlich sicher, dass die beiden mit der Worms über sie gelästert hatten. Am liebsten wäre sie Werner und seinem anmaßenden Zwinkern an die Gurgel gegangen, doch sie beherrschte sich und nickte nur kurz.

»Nun, aus diesem Grunde sind Sie ja hier. Sehr vernünftig. Ich vermute, Sie kennen auch Falk Denaro?«

Frau Hirnreuthers sanfte Stimme ließ Renas Wut etwas verrauchen. Warum sollte sie nicht auch mal etwas angeben? Wer konnte schon von sich sagen, dass er Falk Denaro kannte?

»Ja, gelegentlich unternehmen wir etwas gemeinsam.«

Doro Hirnreuthers Augen leuchteten einen kurzen Moment lang auf. »Das letzte Mal, dass wir ihn trafen, hatte er so eine kleine Blonde dabei, sind die beiden noch zusammen?«

Sofort spürte Rena ihre Eifersucht. »Von der weiß ich nichts, er ist gerade solo.«

»Solo? Falk? Oh, das bezweifele ich«, warf Werner Hirnreuther ein.

Rena sah ihn an und meinte einen lauernden Blick zu erkennen. Wurde sie gerade getestet? Kannten die beiden Falk tatsächlich? Sie beschloss, mal auf den Busch zu klopfen.

»Er hat sich geändert in der letzten Zeit. Ist Ihnen das nicht aufgefallen?«

Der lauernde Zug um Werner Hirnreuthers Mund wurde stärker. »Es ist etwas Zeit vergangen, seit wir uns das letzte Mal getroffen haben. Aber natürlich ist es für ihn schwer, eine Beziehung zu führen, nicht wahr?«

Kannten die beiden etwa Falks Geheimnis? Zumindest ließen Werners Andeutungen diesen Schluss zu. Rena beschloss, die Naive zu spielen. »Da haben Sie recht. Aber er geht ganz gut mit der Situation um. Und Falk war es übrigens, der mir Ihren Kurs empfohlen hat.«

»Ich werde mich bei Gelegenheit bei ihm bedanken«, nickte Doro Hirnreuther.

»Neben den gesellschaftlichen Verpflichtungen meines Freundes geht es mir natürlich auch um meine künftige Kundschaft«, erklärte Rena.

»Oh, ich verstehe«, erwiderte Frau Hirnreuther. »Ihr Freund öffnet Ihnen Türen, aber dann müssen Sie aus sich selbst heraus überzeugen. Gut, dann sollten Sie sich entscheiden, ob Sie in erster Linie den künstlerischen Aspekt Ihrer Arbeit betonen möchten oder den handwerklichen.«

»Warum?« Rena waren eigentlich alle Aspekte ihres erfundenen Berufes egal.

»Nun, wenn Sie den handwerklichen Aspekt herausheben möchten, dann geht es um Qualität und Seriosität, um Verlässlichkeit. Dann sollten Sie den gehobenen Business-Style bevorzugen. Klassisch geschnittene Hosenanzüge, Kostüme, nicht allzu streng, aber eher schlicht.«

»Und wenn ich mich mehr künstlerisch verstehe?«

»Dann wählen Sie etwas ausgefallenere Designerkleidung, auch gerne selbst hergestellt, keinesfalls von der Stange. Nicht zu schräg, denn Ihre Kunden wollen von Ihnen Kreativität, aber keine Verrücktheiten. Sie wollen außergewöhnliche Ideen, die aber gefällig sein sollen. Keinesfalls sollten Sie die Künstler kopieren, die dunkle Farben bevorzugen, oder sich ganz in Schwarz kleiden. Das wirkt zu trist.«

»Ja«, bestätigte Rena, »als wenn sie an der ganzen Welt leiden und dieses Leid in ihren Werken verarbeiten müssten«.

Doro Hirnreuther lächelte. »Ja, und niemand will das Leid der Welt an seinen Wänden oder in den Vorhängen wiederfinden.«

»Und, wenn ich Ihnen das raten darf«, wandte Werner Hirnreuther ein, »legen Sie Ihre Erbitterung gegen die vermögenden Kreise ab. Sie vergraulen sonst Ihre Kunden. Und außerdem: Bald werden auch Sie dazugehören.«

Hirnreuther hielt sie wohl für neidisch? Rena wollte aufbegehren und ihm ihre Meinung an den Kopf werfen. Aber Doro Hirnreuther legte ihr beruhigend die Hand aufs Knie.

»Kein Grund, sich aufzuregen, meine Liebe. Wir haben alle mal klein angefangen. Und Sie haben durch Ihren Freund und durch unsere Beratung die besten Startbedingungen.«

Rena ging innerlich kochend aus dem Raum. Glücklicherweise befand sich niemand in der Galerie, der hätte sehen können, wie sie mit geballten Fäusten und wutverzerrtem Gesicht ihre Zimmertür aufstieß. Sie warf sich aufs Bett und schlug ein paar Mal mit den Fäusten auf die Bettdecke. »Idioten! Arschlöcher! Hackfressen!«, knurrte sie in das Kissen.

»Ich hasse Undercover-Aktionen! Ich hasse es, jemand anders zu sein! Ich will nach Hause!«

Mitten in ihren Tiraden klingelte ein Telefon.

»Ja!«, schrie Rena in ihr Handy.

»Du meine Güte, wer hat dich denn angestochen?«, hörte sie Hannahs Stimme.

»Alle!«, rief Rena. »Ich bin hier jetzt das neidische, geldgierige Monster, das sich über Bekannte in reiche Häuser schleicht, um die auszunehmen. Und alles ist deine Schuld.«

»Jetzt mal langsam. Wer unterstellt dir denn so was?«

»Na, das Ehepaar Hirnreuther, die geschätzten Seminarleiter!«

»Ach, die übertragen einfach nur ihre eigene Einstellung auf alle anderen. Die kommen gar nicht auf die Idee, dass jemand anders sein könnte.«

Langsam fing Rena sich wieder. »Es ist grässlich, Hannah. Ich hoffe, die beiden haben richtig Dreck am Stecken, dann werde ich sie verhaften und dafür sorgen, dass sie für lange Zeit ins Gefängnis kommen.«

»Rena, nur weil sie anders ticken, müssen es keine schlechten Menschen sein. Aber wenn du willst, verhafte sie irgendwann. Einen Tag lang kannst du sie ja festhalten, oder?«

Rena musste wider Willen lachen. »Wenn ich alle einen Tag festhalten würde, die mir auf den Keks gehen, wäre unser Untersuchungsgefängnis voll und ich meinen Job los.«

»Fein, du lachst wieder. Hast du was herausbekommen?«

»Ja. Erstens, ich tauge nicht für Undercover-Einsätze. Zweitens, feine Leute sind doof. Drittens, Birte war hier, denn mindestens eine der anderen Teilnehmerinnen hat sie gesehen.«

»Ich bin so in 20 Minuten da.«

»Wo? Hier?«

»Ja, wo denn sonst. Ich wollte dich vorwarnen. Ich habe Birtes Job übernommen und werde die Gasuhr im Schloss ablesen.«

»Hannah, du bist verrückt. Wie hast du das denn hingekriegt?«

»Mechthild war's, die kriegt alles hin. Also, wenn du mal so ganz zufällig im Keller rumläufst, können wir uns da vielleicht kurz austauschen. Die anderen …«

»Die *anderen*? Seid ihr etwa wieder alle gemeinsam auf dem Kriegspfad?«

»Klar. Mechthild und Edith sind auf dem Campingplatz, Hedwig und Marlies suchen in der Umgebung nach Birtes Auto. Wär' doch gelacht, wenn wir nicht herausfinden, was eigentlich geschehen ist.«

Rena ließ sich nach hinten fallen und fühlte den starken Drang, ein großes Glas Whiskey zu trinken. Alle waren verrückt, sie selbst eingeschlossen. Und vermutlich war das nicht therapierbar.

7

Die Haltestelle hieß »Kuhgrabenweg« und der Bus hielt direkt vor dem Zufahrtsweg. Edith kletterte aus dem Bus und drehte sich zu Mechthild um, die wieselflink an ihr vorbeisprang. Edith beeilte sich, kam aber schnell außer Puste. Vielleicht sollte sie ihr Jogging-Programm doch wieder aufnehmen? Mechthild rannte auf ein blaues Tor am Ende der Einfahrt zu und rüttelte an den Stäben.

»Wo ist sie?«, schrie Mechthild. »Machen Sie auf!«

Aus einer Holzbaracke rechts vom Tor kam ein Mann und lief auf die aufgeregte Frau zu. »Was wollen Sie? Schreien Sie doch hier nicht so herum!«

»Meine Tochter! Wo ist sie? Wo ist ihr Wohnwagen?« Mechthild klammerte sich an die Stäbe des Tores. Edith bemühte sich, dem Mann die Situation zu erklären.

»Die Tochter meiner Freundin ist verschwunden. Sie hat ihren Wohnwagen hier bei Ihnen.«

»So? Hier verschwindet niemand. Darauf achten wir schon. Wie soll sie denn heißen?«

»Birte Schade. Sie hat so einen ganz kleinen ...«

»Kenn' ich nicht. Die gehört nicht zu uns«, wurde Mechthild vom Platzwart unterbrochen.

»Das kann nicht sein!« Mechthild streckte ihre Hände durch die Stäbe, als wolle sie dem Mann an den Kragen. Der wich einen Schritt zurück. Edith hielt Mechthild fest. Diese wehrte sich energisch gegen Ediths Klammergriff.

»Birte hat doch zu mir gesagt, dass sie auf dem Campingplatz an der Uni steht, genau am Wasser!«

»Aber wir sind jetzt ein Verein! Hier stehen nur Vereinsmitglieder.«

Nun endlich entdeckte Edith die Schilder am Tor. Hier stand, dass nur Mitglieder des Vereins der Naturcampingfreunde Zutritt zum Gelände haben.

»Dafür gibt es bestimmt eine Erklärung …«, versuchte sie Mechthild zu trösten.

Mechthild sank auf den Asphalt und weinte hemmungslos.

»Können Sie nicht einmal nachsehen, ob sich Birte hier gemeldet hat?«, bat sie den Platzwart, der in sicherer Entfernung stand.

»Ich kenn' doch meine Gäste«, lehnte er ab. »Wir haben 75 Mitglieder, die kenne ich alle persönlich.«

»Aber das kann doch nicht sein. Seit vorgestern kann ich meine Tochter nicht mehr erreichen und nun soll sie gar nicht hier gewesen sein?«

Er sah hilflos von Edith zur schluchzenden Mechthild. »Haben Sie denn schon bei dem anderen Platz nachgefragt?«

»Was für ein *anderer* Platz?« Edith starrte den Mann an.

»Ach, Ladys. Es gibt doch zwei Plätze hier. Wir sind der ›Vereinsplatz Stadtwaldsee‹, der andere heißt ›*Am* Stadtwaldsee‹.«

»Bescheuert«, entfuhr es Edith. Sie blickte zur Seite und hatte den Eindruck, dass Mechthild nicht mehr allzu viel Kraft hatte.

»Wie kommen wir denn da hin?«, fragte sie den Platzwart.

Offensichtlich hatte der inzwischen Mitleid mit den beiden Frauen. »Das ist schon ein guter Spazierweg. Aber wissen Sie was? Ich fahre Sie.«

»Danke«, sagte Edith. Erleichtert nahm sie Mechthild am Arm. »Komm, du wirst sehen, da findest du den Wagen und vielleicht auch deine Tochter, die sich ganz einfach mal zwei Tage freigenommen hat und die letzten Sonnenstrahlen des Jahres genießt.«

Mechthild erhob sich und sah Edith mit einem dankbaren Blick an.

Nach einem guten Kilometer bog der nette Platzwart in eine breite, fast neue Einfahrt. Er fuhr eine Wendeschleife entlang und hielt vor einem imponierenden neuen Gebäude aus Glas und Metall.

»In dem Gebäude ist rechts das Restaurant und links die Rezeption. Da fragen Sie auch am besten nach Ihrer Tochter.«

Edith und Mechthild setzten sich in Bewegung. Als Edith sich noch einmal umwandte, sah sie, wie der Mann kopfschüttelnd Gas gab.

Rena stolperte in der Galerie über die Kerns, die gerade aus dem Hasen-Zimmer kamen. Natalie Kern sah ein wenig blass aus, Kevin schien verärgert. Vermutlich waren sie von den Hirnreuthers genauso in die Zange genommen worden wie sie selbst. Rena räusperte sich. Erst jetzt schien Kevin Kern sie zu bemerken. Er wirkte ertappt und rang sich ein Grinsen ab. Natalie schlug nach einem kurzen Blick auf Rena die Augen nieder.

»Die Hirnreuthers können ganz schön direkt sein, was?«, versuchte Rena die beiden aufzumuntern. Sofort wurde Kevins Miene misstrauisch, Rena meinte, bei Natalie Angst zu erkennen.

»Haben Sie etwa gelauscht?«, fauchte Kevin Rena an.

Rena zuckte zurück. »Wie kommen Sie darauf? Ich hatte nur selbst schon das Vergnügen.«

Natalie schien sich zu entspannen, doch Kevin musterte Rena mit einem abweisenden Blick. Wortlos verschwanden die beiden im Luchs-Zimmer. Hatten die Hirnreuthers auch den beiden unterstellt, sich nur bereichern zu wollen?

Die Reaktion der Kerns erinnerte sie an ertappte Kinder. Merkwürdig.

Im Uhthoff-Zimmer unten im Museum war niemand, im Tee-Zimmer erklärte ein jüngerer Mann seinen zwei Kindern, wie die Leute früher gelebt hatten. Rena hatte den Eindruck, dass er mindestens die Hälfte der Geschichten aus dem Stegreif erfand. Seinen Kindern schien es zu gefallen. In der Eingangshalle sah die Frau hinter dem Tresen auf und lächelte Rena an.

»Schauen Sie sich in Ruhe um. Allerdings schließen wir in einer halben Stunde. Möchten Sie einen Prospekt?«

Sie hielt Rena ein Faltblatt entgegen. Es enthielt einige Fotos der historischen Zimmer, viel Porzellan, Fischskelette und maritime Gegenstände. Keine Puppen. Sie erinnerte sich an Maiwalds Erklärung, er habe nur den Prospekt angesehen und interessiere sich nicht für Puppen. Er hatte gelogen, er musste in der Ausstellung beim Spielzeug gewesen sein.

»Wo geht es in den Keller?«, fragte sie die nette Museumsfrau. Die wies auf ein Geländer an der rechten Seite, das Rena nicht aufgefallen war, weil es von zwei Vitrinen verdeckt wurde.

»Da hinunter, Sie wollen zum Spielzeug?«

Rena nickte. »Danke.«

Die Treppe war hell erleuchtet, über der letzten Stufe waren bunte Kacheln in die Wand eingelassen, vermutlich Relikte alter Kachelöfen. Unten gelangte sie in einen kleinen Flur, der an beiden Seiten von Vitrinen flankiert war. Die unterschiedlichsten historischen Spielzeuge waren hier ausgestellt. Im nächsten Raum waren alte Puppenstuben aufgebaut. Rena bewunderte die vielen Details, selbst die kleinsten Figuren hatten Brokatsäume an den Kleidern und die Schrankregale waren mit feinen Spitzen geschmückt. Rena vergaß fast ihren Auftrag, so sehr war sie von der Kunstfertigkeit der kleinen Möbel und ihrer Ausstattung fasziniert. Sie schrak auf, als sie Hannahs Stimme neben sich hörte.

»Die Kinder waren früher besser erzogen. Heute würde so eine Puppenstube keine zwei Wochen überleben.«

Rena sah auf, doch Hannah lief schon wieder aus dem Raum, der Museumsfrau hinterher.

»Hier entlang. Die Gasuhr ist dort hinten. Und melden Sie sich bei mir, wenn Sie fertig sind. Nicht dass wieder jemand von Ihrer Firma verloren geht.«

Rena lief den Stimmen vorsichtig hinterher, den Flur mit den Vitrinen entlang. Sie kam an einem Raum vorbei, in dem geologische Fundstücke ausgestellt waren. An der anderen Seite blickte sie in einen düsteren Raum. Im Hintergrund sah sie ein kleines herzförmiges Kellerfenster und an der Seite zwei Türen, die in weitere Räume führen mussten. Am Ende des Flurs gab es einen weiteren Durchgang zu einem Ausstellungsraum. Rena sah sich darin um. Unter den hoch angebrachten Kellerfenstern waren in einer Nische alte Kochgeräte auf einem Rost aufgestellt. Eine gelungene Inszenierung. Kessel und Töpfe schienen eben erst noch benutzt worden zu sein, ein Schürhaken lag griffbereit daneben. Rena stellte sich halb hinter die Mauer. Von hier konnte sie die beiden Frauen in dem anderen Kellerraum gut beobachten.

»Hier«, wies die Museumsfrau an und wies in die geöffnete Tür. »Gas, Wasser, Strom. Ich muss nach oben, da sind noch Besucher. Und nicht vergessen! Unbedingt abmelden.« Sie kicherte. »Sonst denken die Leute noch, wir haben ein Bermuda-Dreieck im Museum.«

»Was ist denn mit meiner Vorgängerin passiert?«, wollte Hannah wissen. »Ich habe nur gehört, dass ich sie überraschend ersetzen soll.«

»Ich weiß es nicht. Sie war wohl gestern sehr spät hier. Meine Kollegin hat sie hier heruntergebracht. Dann musste sie die oberen Räume kontrollieren. Bis auf ein Paar von den Seminarteilnehmern waren keine Besucher mehr da. Sie hat dann auch die Kellerräume überprüft, aber hier war niemand mehr. Sie hat angenommen, dass Ihre Kollegin fertig war und schon gegangen ist. Dass sie verschwunden ist, haben wir erst heute Morgen erfahren, als die Mutter angerufen und nach ihr gefragt hat.« Sie machte eine bedeutungsvolle Pause. »Wenn Sie mich fragen, sie hatte vielleicht einfach keine Lust mehr, ist in die nächste Kneipe und hat schon mal das Wochenende eingeläutet. Die taucht bestimmt wieder auf!«

»Hoffen wir es«, entgegnete Hannah knapp.

Die Frau nickte ihr noch einmal zu und machte sich dann wieder auf den Weg nach oben. Rena zog sich schnell hinter die Mauer zurück. Als die Museumsfrau verschwunden war, kam sie wieder hervor und wollte Hannah folgen. Doch aus dem Augenwinkel bemerkte sie, dass von links jemand in den Kellerflur einbog. Für einen von den Seminarteilnehmern war die Gestalt zu groß. Zu blöd, dass der Museumsbesucher ausgerechnet jetzt hier unten herumlaufen musste. Rena zog sich vorsichtig zurück. Gegen das Licht aus einer verglasten Außentür am anderen Ende des Flures konnte sie das Gesicht nicht erkennen, aber es musste ein Mann sein. Nun trat er in den Lichtkreis einer Deckenlampe und Rena stieß einen überraschten Laut aus – vor ihr stand Conny.

»Was machst du hier?«, fauchte sie und kam aus ihrer Deckung.

Conny blieb abrupt stehen. Rena entnahm seiner verblüfften Miene, dass er sie eigentlich nicht hier erwartet hatte und sich ganz sicher eine andere Begrüßung erhofft hatte.

»Dich retten«, antwortete er matt.

Rena fühlte sich hin- und hergerissen. Sollte sie ihn in den Arm nehmen oder ihn zum Teufel jagen, damit sie Hannah folgen konnte? Sollte sie ihn endlich einweihen? Vor ihrem inneren Auge sah sie die Frauen der Alten-WG, verstärkt um Mechthild und einen schwertschwingenden Falk auf dem Gelände des Schlosses herumirren und nach Birte suchen. Sie würden alles durcheinanderbringen und für mehr Schaden als Nutzen sorgen. Mit anderen Worten: Sie musste Conny loswerden.

»Wir gehen nach draußen«, Rena schob Conny den Gang entlang zur Treppe. Nur schnell weg, bevor er Hannah entdeckte.

»Was soll das?«, murrte Conny. »Ich dachte, du freust dich?!«

Rena blieb stehen und legte die Hand auf Connys Schulter.

»Ich finde es süß von dir, aber auch ein bisschen übertrieben«, sie seufzte und sah sich verstohlen um, ob Hannah wieder im Gang auftauchte.

Conny folgte ihrem Blick.

»Wirst du verfolgt?«

Rena verdrehte die Augen. »Ja, klar. Die Inquisition verfolgt all jene, die die Gesetze des Mundtuchablegens brechen. Komm, lass uns schnell nach draußen gehen.«

Sie schritt rasch voran und zog Conny an der Hand hinter sich her zur Tür am Ende des Ganges. Sie drückte die Klinke hinunter. Glücklicherweise war die Tür nicht abgeschlossen. Neben dem Ausgang stand eine Schubkarre mit Gartengerät. Sie sah sich um. Der Ausgang verbarg sich hinter dem Treppenaufgang ins Museum. Wer durch den Haupteingang das Museum verließ, würde sie hier nicht entdecken. Sie blieb stehen und sah Conny an. Er zog einen Flunsch und schien enttäuscht.

Sie boxte ihm leicht auf den Arm. »Bitte, Conny. Wieso hast du mein Gejammer ernst genommen? Du hättest nicht herkommen sollen.«

»Du jammerst sonst nie!«, beschwerte er sich. »Ich dachte, wir könnten in einer Pause auf dein Zimmer und …«

Rena wurde weich. »Du bist echt lieb, aber lass mich doch dieses Seminar alleine durchstehen. Ich schaffe das, ehrlich!«

»Ich weiß, dass du das kannst und mich nicht brauchst«, Conny schien eingeschnappt. »Aber ich dachte, du hast vielleicht genauso viel Sehnsucht nach mir wie ich nach dir. Und zwei Nächte in einem fremden, kalten, leeren Bett …«

Rena schob Conny etwas von sich und sah ihn ernst an. »Liebling, es tut mir leid. Ich möchte mich einfach auf dieses Seminar konzentrieren. Und ich möchte nicht das Gefühl haben, dass du meinst, ich hielte diese überheblichen Hirnreuthers nicht aus.«

Conny zog sie wieder eng zu sich und legte seine Arme um sie. Rena versuchte, immer mal einen Blick in den Kellerflur zu werfen, doch sie stand zu weit von der Tür entfernt. Hoffentlich war Hannah nicht auf der Suche nach ihr.

Conny löste sich von Rena. »Ich sehe schon. Helden sind in deinem Leben überflüssig.« Das hörte sich so traurig an, dass Rena ihn überrascht ansah. Doch dann entdeckte sie die Grübchen, die sich auf seinen Wangen vertieft hatten. Ein untrügliches Zeichen, dass er es nicht ernst meinte.

Sie grinste. »Keine Zeit für Helden, stimmt. Aber ich verspreche dir: Sobald die Hirnreuthers Rüstungen anlegen, bevor sie auf uns losgehen, rufe ich Falk und sein Schwert!«

Conny beugte sich zu ihr herab und küsste sie. »Wie soll ich bloß mit einer Frau leben, die keinen Helden braucht?« Er drehte sich um und ging über den Schlossplatz davon. Rena lief in den Kellerflur und hoffte, dass Hannah in der Zwischenzeit nichts Unbedachtes getan hatte.

Hannah suchte das Firmen-Icon auf dem Smartphone. Verflixt, Mechthild hatte es ihr doch gezeigt! Sie tippte mit dem

Finger auf verschiedene Bildchen und fand es schließlich. Wo war das Schloss? Ach, hier, bei den Adressen. Sie loggte sich beim Standort ein und suchte das Eingabefeld für den Zählerstand. Ungeduldig suchte sie weiter, kam an die alte Stelle und merkte, dass das Eingabefeld von ganz allein geöffnet worden war. Hannah las den Zählerstand ab und fügte ihn in das Feld ein. Endlich konnte sie ihre Transaktion abschließen und steckte das Gerät in ihre Tasche. Sie spähte in den Gang. Wo war Rena? Sie hätte längst bei ihr sein können.

Hannah sah sich um. Neben den Zählern gingen zwei Türen in weitere Räume. Hannah öffnete die erste. Doch außer zwei Regalen mit altem Werbematerial und Postern gab es hier nichts zu sehen.

Sie schloss die Tür hinter sich und wandte sich der zweiten Tür zu. An ihr lehnten einige Bretter, davor lagen zwei Rollen einer blauen Folie. Nachdem Hannah die Tür freigeräumt hatte, stellte sie fest, dass sie verschlossen war. Doch für Hannah stellte das einfache Vorhängeschloss kein Problem dar. Zu oft hatte sie Rena bei der Demonstration von Einbrechertricks zugesehen. Mit ihrer Nagelfeile hatte sie es schnell geknackt. Die Tür öffnete sich mit einem Knarzen.

Innen war es dunkel, die Fensterläden waren verschlossen. Nur ein helles Herzchenloch bestätigte, dass es draußen noch hell war. Hannah tastete an der Wand nach einem Lichtschalter, fand aber keinen. Sie aktivierte das Smartphone und der blasse Schein des Displays fiel auf einen unordentlichen Stapel alter Möbel. Sie schlich in die andere Ecke des Raumes und keuchte auf. Unter einem unordentlichen Haufen Tücher oder Decken zeichnete sich eine Gestalt ab. Oder bildete sie sich das etwa nur ein? Im diffusen Licht ihres Displays kniete Hannah neben dem Haufen nieder.

8

Die junge Frau in der Rezeption war freundlich, aber unerbittlich.

»Meine Freundin sucht ihre allein reisende Tochter. Sie soll mit ihrem Wohnwagen hier stehen. Sie ist achtundzwanzig und hat mittellanges, blondes Haar. Seit gestern meldet sie sich nicht mehr. Meine Freundin befürchtet, dass ihr etwas zugestoßen ist«, erklärte Edith.

»Können Sie sich ausweisen?«, fragte die junge Frau Mechthild. Diese zückte ihren Ausweis und reichte ihn über den Tresen.

»Wir müssen uns auch an den Datenschutz halten.« Die junge Frau besah sich den Ausweis und verglich ihn mit Einträgen in ihrem Computer.

»OK. Ganz in Ordnung ist das eigentlich nicht. Kann ja sein, dass Ihre Tochter gar nicht will, dass Sie sie finden.«

»Bitte! Ich verstehe Ihre Bedenken. Aber wir sind wirklich in großer Sorge. Kann Sie die Tatsache überzeugen, dass wir den Zweitschlüssel zum Wohnwagen haben?« Edith stupste Mechthild an, die den Schlüssel aus ihrer Jacke kramte und der Frau reichte.

»Na gut. Der Standplatz ist C13, gleich der nächste Gang rechts. So'n einachsiger Adria, nicht? Ganz hinten, am Zaun.«

»Wann haben Sie meine Tochter denn das letzte Mal gesehen?«

»Vorgestern Abend. Ich habe Spätschicht am Wochenende. Wenn sie morgens hier war, kann das nur meine Kollegin sagen, die ist morgen früh wieder da.«

»Da muss er stehen«, rief Mechthild und zeigte nach rechts, wo man zwischen den Büschen den See erahnen konnte. Edith prustete und nahm sich erneut vor, endlich wieder mehr Sport zu machen. Sie konnte im Dämmerlicht gerade noch erkennen, wie Mechthild hinter einem großen Wohnmobil verschwand. Sie hastete hinterher, so schnell sie konnte.

»Ich habe ihn«, Mechthild tauchte plötzlich vor ihr auf. »Komm!«

Sie waren am Wohnwagen angelangt und obwohl es fast dunkel war, bemerkte Edith, dass es sich um ein älteres Modell handelte. Dunkle Streifen, Schmutz oder Algen zogen sich über die Vorderseite. Mechthild schloss auf und schaltete das Licht ein. Na, wenigstens mussten sie keine Petroleumfunzel anzünden. Mechthild stieg keuchend in den Wagen, Edith schob sich hinterher. Als sie die Stufe erklomm, ächzte das Wägelchen bedenklich. Mechthild setzte sich auf die schmale Bank an der rechten Seite und wischte mit hilflosen Bewegungen über den Tisch.

»Alles aufgeräumt und sauber.«

Edith, die den Innenraum von ihrem Platz gut überblicken konnte, staunte. Von außen hatte der Wagen so ausgesehen, als ob hier höchstens eine Person der Länge nach schlafen könnte. Wo da noch Kochen, Waschen, Essen möglich sein sollte, war ihr schleierhaft. Doch die Wagenbauer waren erfinderisch vorgegangen: Zwei schmale Bänke, ein Tisch dazwischen, den man sicher absenken und mit den Rückenpolstern der Bänke zu einem Bett umbauen konnte. Gegenüber der Tür befand sich ein zweiflammiger Gaskocher mit einer kleinen Spüle, darüber und darunter Schrankklappen, wie auch über den Bänken. Nur eine Waschgelegenheit sah sie nicht.

Mechthild musste ihre Überraschung bemerkt haben: »Hat früher meinem Schwager gehört, der hat's Birte geschenkt, als die mit den Gasuhren anfing. Aber sie ist auf Campingplätze angewiesen, um Toiletten und Duschen zu benutzen. Sonst könnte sie sich irgendwo an den Straßenrand stellen, auch wenn man das nicht darf. Mach doch mal die Klappe da auf«, bat sie Edith.

Edith beugte sich vor und erreichte mühelos den Griff des Schränkchens. Dahinter kamen etwas Geschirr und zwei kleine Töpfe zum Vorschein.

»Alles gespült. Das sagt nichts. Das kann nach dem Frühstück oder nach dem Abendessen gewesen sein.« Mechthild sah ratlos aus. »Und da?«, fragte sie, auf eine Klappe unterhalb des Kochers zeigend.

Edith zog am Griff und wunderte sich über den Widerstand der kleinen Tür. Erst als Licht aus dem Inneren fiel und ihr ein kühler Hauch entgegenkam, erkannte sie, dass dies ein winziger Kühlschrank war. Darin lag billiger Aufschnitt, Margarine, eine geöffnete Eintopf-Dose, ein Päckchen Brot.

»Erbsen, die mag sie am liebsten. Aber wann sie die geöffnet hat …«

»Und mittags hat sie dann im Imbiss gegessen?« Edith beschloss, Marlies gleich morgen einen großen Blumenstrauß zu bringen, weil sie ihre Mitbewohnerinnen so wunderbar umsorgte.

»Natürlich nicht«, Mechthild war fast verärgert. »Viel zu teuer. Sie schmiert sich Brote, nimmt sie in einer … Moment mal. Guck noch mal oben nach.« Sie deutete auf die Klappe, die sie schon untersucht hatten. Edith öffnete sie, entdeckte aber nichts Neues. Nacheinander untersuchte sie auf Mechthilds Anweisungen hin die Schrankfächer.

»Die Brotdose ist weg. Das heißt, Birte hat den Wohnwagen morgens verlassen und ist nicht mehr zurückgekommen. Sonst wäre die Dose im Schrank.«

»Also verliert sich ihre Spur im Schloss. Dort wurde sie zuletzt gesehen«, schloss Edith.

Mechthild nickte. Sie war auf ihrem Sitz zusammengesunken und wirkte fast apathisch. Edith machte sich Sorgen. »Lass uns noch mal alles absuchen. Vielleicht finden wir etwas, das alles erklärt. Einen Brief, ein Tagebuch, irgendeine Notiz …«

Während ihrer gemeinsamen Suchaktion im Wagen hatte Mechthild gefasst und konzentriert gewirkt. Edith graute vor dem Augenblick, in dem sie feststellen mussten, nichts weiter tun zu können. Mechthild untersuchte alle Ecken, an die sie aus ihrer sitzenden Position herankam. Unter und hinter den Polstern, sogar unter der Tischplatte. Edith schaute noch einmal in allen Schrankfächern nach, hob Geschirr und Wäsche an, tastete Innenwände ab.

»Geh mal raus«, forderte Mechthild sie auf, »ich will noch in den Truhen nachsehen.«

Schon hob Mechthild das Polster hoch, auf dem sie gesessen hatte, und öffnete den Deckel der Bank, der nun erst zum Vorschein kam. Darin waren Bettwäsche und Decken. In der anderen Bank verbargen sich warme Kleidung und Werkzeug. Weder darunter noch dazwischen fand sich irgendein Hinweis auf Birtes Verschwinden.

Leise forderte Edith Mechthild auf, die Untersuchung abzubrechen. »Hier können wir nichts mehr tun. Wir sollten nach Hause fahren. Vielleicht haben die anderen inzwischen etwas herausgefunden!«

Mechthild wehrte sich nicht. Edith konnte sie dazu bewegen, sich vor der Rezeption auf eine Bank zu setzen, während sie die junge Frau bat, ihnen ein Taxi zu rufen. In diesem Zustand wollte sie mit Mechthild nicht in Bussen und Bahnen durch die Stadt gondeln.

Wie erwartet, schwand im Taxi Mechthilds Starre und sie begann, leise vor sich hin zu weinen. Edith war froh, endlich nach Hause zu kommen, in die Wärme und zu Marlies' heilendem Wohlfühltee, bis ihr einfiel, dass die Freundinnen möglicherweise noch im Schloss unterwegs waren.

Nach einigem Zögern traute sich Hannah endlich, den Zipfel des Tuches von der Stelle wegzuziehen, wo sie den Kopf vermutete. Sie stöhnte laut auf, zuckte zurück. Das war doch das Gesicht einer Frau! Das Display schaltete sich ab, der Raum lag wieder im Dunkeln. Hannah drückte auf eine der Tasten. Das fahle blaue Licht fiel erneut auf das, was Hannah für ein Gesicht hielt. Sie richtete sich schnell auf und spürte einen leichten Schwindel. Verdammt, der Kreislauf. Sie bückte sich erneut zu dem Kopf hinunter. Der Schwindel wurde stärker. Sie musste sich setzen, sonst würde sie noch ohnmächtig. Sie keuchte und erhob sich. Wieder zu schnell. Ihr wurde schwarz vor Augen. Sie taumelte gegen irgendwelche Möbel, versuchte nach einem Halt zu greifen und spürte, wie ihr endgültig der Boden unter den Füßen entglitt.

Langsam kam Hannah wieder zu sich. Wo war sie? Nach und nach fiel ihr ein, dass sie im Schloss war und im Keller vermutlich eine Tote gefunden hatte. Vorsichtig setzte sie sich auf. Sie musste ihr Handy suchen. Wo Rena nur blieb? Sie tastete nach ihrem Handy und fand es an ihrem linken Fuß. Hannah stand ganz langsam auf, noch einmal wollte sie nicht zusammenklappen, und tappte in die Richtung, wo sie den Ausgang vermutete.

Im diffusen Schein ihres Smartphones fand sie die Tür, doch sie war geschlossen. Aber die hatte sie doch offen stehen gelassen? Hannah drückte kräftig dagegen, doch nichts bewegte sich. Irgendwo musste es haken. Hannah lehnte sich mit ihrem ganzen Körpergewicht gegen die Tür und schob mit voller Kraft – vergeblich. War sie vielleicht aus Versehen im Keller eingeschlossen worden?

Schon wollte sie sich erneut mit aller Kraft gegen die Tür werfen und mit der Faust dagegenhämmern, als ihr ein Gedanke durch den Kopf schoss – was, wenn hinter der Tür der Mörder lauerte? Sie zögerte. War sie denn überhaupt sicher, dass dort eine Leiche lag? Was hatte sie im diffusen Schein des Displays denn überhaupt gesehen? Aber wenn es doch Birte war? Wenn jemand sie getötet hatte? Wenn dieser Jemand hinter der Tür wartete, was sich hier drinnen tat? Nun klang es so, als wenn etwas an die Tür gelehnt oder davorgeschoben wurde. Das war definitiv kein Versehen mehr!

Hannahs Herz schlug schneller, in der Magengegend bildete sich ein Klumpen, sie hatte Angst. Ein ganz unbekanntes Gefühl. Oft hatte sie sich Gefahren ausgesetzt, war immer bereit, einen Kampf aufzunehmen, doch nun wollte sie am liebsten laut um Hilfe schreien. Sie musste Rena anrufen. Die würde sie hier rausholen und sich mit dem Bündel in der Ecke befassen. Sie würde wissen, was zu tun war. Hannah atmete auf. Sie nahm das Smartphone und drückte eine Taste. Zunächst musste sie die Sperrung des Telefons aufheben. Dies gelang ihr besser als erwartet. Sie begann, Renas Handynummer zu wählen. 0155 623 … oder 632? Und dann 887? Wie blöd. In ihrem eigenen Handy hatte sie Renas Nummer gespeichert, jetzt war sie aufgeschmissen.

Rena lief den Kellerflur entlang und blickte suchend in die Ausstellungsräume. Vermutlich war Hannah längst mit dem Zähler fertig und durchsuchte den Rest der Kellerräume.

»Hannah?«, rief sie, »wo bist du?« Sie ging einen Schritt in den Ausstellungsraum mit der geologischen Sammlung. Auch hier war keine Spur von Hannah. Sie hörte ein Geräusch vom Flur und verließ den Raum. Doch der Gang war leer. Hier links war Hannah doch abgebogen. Ja, hier waren einige Zähler für Strom, Wasser und Gas. In einem

Nebenraum stand nur Gerümpel. Rena entdeckte eine weitere Tür, vor der jedoch einige Bretter standen. Sie zog an dem Griff, aber das Schloss war eingerastet. Wenn Hannah hier gewesen war, hatte sie alles wieder sorgfältig verschlossen. Vermutlich hatte ihr Zusammentreffen mit Conny doch länger gedauert. Hannah hatte sicher in der Zwischenzeit alles untersucht, was es zu untersuchen gab, und war nun bereits auf dem Weg nach Hause.

Was jetzt? Hannah grübelte einige Augenblicke. Erneut hörte sie Geräusche von der Tür. Jemand machte sich am Schloss zu schaffen. Vielleicht wollte der Mörder zu ihr? Wollte er auch sie töten, um sich eine Mitwisserin vom Halse zu schaffen? Hannah hielt die Luft an. Stille.

Sie wählte erneut. Hedwigs Handynummer wusste sie auswendig, denn das waren ihre Geburtstagszahlen. Hedwig ging gleich dran.

»Hannah hier! Ihr müsst mir helfen. Ich bin hier eingeschlossen und ich glaube, ich habe eine Tote gefunden.« Hannahs Stimme klang ganz zittrig.

Auch Hedwig war die Panik anzumerken. »Waaaaas? Hannah! Wieso … ich weiß nicht …«

»Ganz langsam«, versuchte Hannah nicht nur Hedwig, sondern auch sich selbst zu beruhigen. »Ich habe hier etwas gefunden. In einem Kellerraum. Und ich bin eingeschlossen. Ihr müsst mich hier rausholen.«

»Ja aber wie? Was sollen wir … Marlies, lass das!« Hannah hörte Gerangel und gedämpfte Stimmen. Jetzt meldete Marlies sich.

»So, jetzt mal der Reihe nach. Wie finden wir dich?«

Erleichtert schilderte Hannah ihre Situation, verschwieg aber ihren Ohnmachtsanfall. »Und bringt das Abschleppseil mit. Ihr müsst mich durchs Fenster rausziehen.«

Sie hörte Hedwig im Hintergrund quieken. »Und flöße Hedwig von deinem Tee ein, damit sie nicht komplett durchdreht!«

Hannah beleuchtete die Wand. Bis zum rettenden Fenster waren es fast zwei Meter. Sie sah sich im trüben Schein des Displays um. Da stand doch ein Tisch? Sie wischte einen Stapel Papier und irgendwelche Schachteln beiseite und schob ihn unter das Fenster. Als sie hinaufgeklettert war, konnte sie auch die Fenstergriffe erreichen und riss das Fenster auf. Lange konnte es nicht mehr dauern, bis die Freundinnen hier ankamen, sie suchten ja in der Umgebung nach dem Auto von Birte.

Von außen wurde an den Fensterläden gerüttelt.

»Hört auf! Ich kann die Fenster von innen öffnen.« Hannah versuchte, so leise wie möglich zu rufen. Vielleicht lauerte ja doch ein Mörder hinter der Tür. Sie hob den Riegel, die Fensterläden flogen nach außen auf.

»Hannah!«, rief Hedwig und es sah aus, als wolle sie sich nach unten in den Raum stürzen.

»Stopp!«, konnte Hannah sie gerade noch davon abhalten. »Du nutzt mir hier unten nichts!«

Hedwig zuckte zurück und gab den Blick auf Marlies frei. »Seht ihr, nun wäret ihr über einen heißen Tee sehr glücklich, was?«

»Marlies, wir müssen uns beeilen. Bitte wirf ein Ende des Abschleppseils nach unten. Ihr zwei müsst das andere Ende festhalten, damit ich hochklettern kann.«

»Meinst du, wir schaffen das?« Hedwig klang zweifelnd.

»Willst du damit sagen, ich bin zu dick? Weißt, du, was mein Arzt letztens zu meinem Gewicht gesagt hat?«

Marlies stöhnte. »Später, Hannah.«

Hannah kletterte langsam das dicke Mauerwerk hinauf. Oben angekommen, japste sie nach Luft. Auch Marlies und Hedwig atmeten schwer.

»Puh! Ich werde alt.« Hannah kam langsam wieder zu Atem.

Marlies hielt sich, noch immer nach Luft schnappend, an Hannahs Arm fest. Hedwig sah sich ständig ängstlich um.

»Jetzt erzähl doch mal!« Marlies konnte endlich wieder reden. Hannah schüttelte den Kopf. »Ich muss erst mal die Polizei anrufen.« Sie wählte 110. Der Notruf meldete sich sofort.

»Ich habe eine Tote gefunden. Das möchte ich melden.«

Die Frau am anderen Ende sprach langsam, fast beschwörend. »Bitte sagen Sie mir, wer Sie sind, wo Sie sind und was genau geschehen ist.«

Hannah holte tief Luft. »Ich heiße Hannah Dangers. Ich bin am Schloss Schönebeck in Bremen-Nord. Im Keller des Schlosses habe ich eine Leiche gefunden.«

»Woher wissen Sie, dass es sich um eine Leiche handelt?«

Hannah schauderte, als sie sich an das Gesicht erinnerte. »Sie lag unter Tüchern und Decken in einem abgeschlossenen Verschlag. Ich habe einen Zipfel der Decke …«

»Haben Sie sie berührt? Oder sogar bewegt?«, unterbrach die Frau sie hastig.

»Nein, natürlich nicht. Ich wollte nur rausfinden, was unter der Decke liegt.«

Die Frau gab leise Anweisungen und wandte sich wieder an Hannah. »Es ist ein Streifenwagen unterwegs zu Ihnen. Handelt es sich um einen Unfall?«

Hannah biss sich auf die Lippe. »Ich glaube nicht. Als ich in dem Kellerraum war, hat mich jemand dort eingeschlossen. Ich glaube, es war Mord.«

Die Stimme der Beamtin klang jetzt aufgeregt. »Und wo genau sind Sie jetzt? Sind sie noch im Keller? Sind Sie noch eingeschlossen?«

»Nein. Ich stehe vor dem Schloss. Ich konnte aus dem Fenster klettern.« Irgendwie wollte Hannah nicht von ihren Freundinnen erzählen.

»Gehen Sie bitte wieder zurück ins Schloss. Suchen Sie die Nähe anderer Menschen und warten Sie dort auf meine Kollegen.«

Hannah holte tief Luft und sah ihre Freundinnen an. Marlies schien eingeschnappt. »Du hast vergessen zu erwähnen, dass wir dich gerettet haben!«

»Marlies«, bemühte sich Hannah um Frieden, »sicher kommt Renas Chefin hierher, um den Fall zu übernehmen. Und du weißt, wie sie reagiert, wenn wir uns in laufende Ermittlungen einmischen. Besser, nur eine von uns taucht auf. Ihr fahrt am besten nach Hause. Kümmert euch um die arme Mechthild.«

»Sollen wir dich etwa allein lassen?« Marlies schien nicht einverstanden.

»Ja, bitte. Ich komme dann so schnell es geht nach.«

Marlies nickte und verzog sich mit Hedwig im Schlepptau zögernd in Richtung Parkplatz.

9

Rena prüfte ihr Spiegelbild. Die Frau auf der anderen Seite hatte Spinnweben im Haar, Staub an der Hose, schwarze Stellen an der Jacke. Rena warf einen sehnsüchtigen Blick auf die Badezimmertür. Jetzt eine Dusche! Stattdessen versuchte sie, Hannah zu erreichen, doch die ging nicht an ihr Handy. Was sollte das? Hatte sie doch etwas gefunden? Aber dann hätte sie Rena doch gleich informiert? Vermutlich saß sie einfach schlecht gelaunt zu Hause und hatte keine Lust, Rena von ihrem Misserfolg zu erzählen. Sie zog sich um, brachte ihr Haar in Ordnung und wusch sich das Gesicht. In einer halben Stunde würde das Seminar mit einem Dinner fortgesetzt.

In der Galerie standen die Kerns, Natalie mit einer leichten Jacke über dem Arm, im Sessel neben ihr saß Anna Liebig. Kevin und Natalie schienen sich gefangen zu haben, sie plauderten unbefangen mit Anna über deren Pläne. Rena blieb einen Augenblick abwartend neben der kleinen Gruppe stehen. Nach einem freundlichen Nicken von Anna nahm sie ihr gegenüber Platz.

»Seine Eltern sind sehr konservativ«, erzählte Anna. »Ich fühle mich immer schrecklich unsicher. Dabei sind sie sehr freundlich. Noch nie haben sie mich spüren lassen, dass ich eigentlich nicht zu ihnen gehöre.« Sie machte eine Pause. »Trotzdem. Irgendwie ist da eine Distanz. Und die möchte ich überwinden.«

Natalie Kern nickte mitfühlend und berührte Anna an der Schulter. Hinter den beiden tauchte Magett auf, blieb aber am Treppenaufgang stehen.

»Und Ihre Eltern sind hier, damit sie …«, begann Natalie.

»Ja, ich möchte das erste Zusammentreffen zwischen seinen und meinen Eltern etwas entspannter auf mich zukommen lassen. Es wird sowieso anstrengend, aber ich möchte nicht noch die ganze Zeit ...« Anna entdeckte Magett und winkte ihr zu.

»Die Idee stammt aber von meinen Eltern, nicht dass Sie denken, ich hätte sie hierhergeschleift«, stellte Anna klar.

Magett kam langsam auf die Gruppe zu, blieb aber neben einem schwarzen Ledersofa stehen.

»Wer ist denn der Glückliche?«, wollte Kevin Kern wissen. Er setzte sich auf die Lehne des Sofas, das neben Annas Sessel stand. »Vielleicht gehört die Familie ja schon zu unserem Unterstützerkreis.«

»Felix Meerbusch, der jüngste Sohn ...«

»Was?«, wurde sie von Magett unterbrochen. »Ich dachte, den soll *ich* heiraten?«

»Was sind Sie nur für eine kleine Kröte!«, rief Natalie aus. »Warum sollte ein junger Mann aus gutem Hause ausgerechnet einen schrägen Vogel wie Sie heiraten wollen?«

Magett grinste. Sie schien es zu genießen, so viel negative Aufmerksamkeit zu bekommen. »Wer sagt denn, dass er das *will*? Die Familien beschließen das. Das passt eben so: Kohle zu Kohle.«

Anna war rot geworden. »Ich kann Ihnen versichern, dass Felix selbst entscheidet, wen er heiraten will. Und wir sind uns seit Langem einig.«

»Ach?«, ätzte Magett weiter. »Und deshalb gab's auch noch keine offizielle Verlobung, was? Weil er sich selbst entscheidet?«

»Wir wollen das gründlich vorbereiten ...«, verteidigte Anna ihren Felix.

»Baby, träum weiter!«, zischte Magett. »Er poppt mit dir, macht dir Hoffnung, dann ergibt sich, dass seine Eltern nicht mitspielen, und er bietet dir an, seine heimliche Geliebte zu werden.« Sie sah Anna herausfordernd an. Dann wurden ihre Augen etwas weicher.

»Bestimmt ist er verknallt, am Anfang hat er noch gedacht, dass er das bei seinen Eltern durchboxen kann. Vielleicht glaubt er das immer noch. Deshalb dieses Seminar hier. Aber glaub mir …«, nun klang sie bitter, »… am Ende tanzt Felix nach der Pfeife seiner Eltern!«

»Aber Magett, das ist doch Blödsinn«, warf Rena ein. »Der Felix hat doch sicher einen Beruf, Anna leitet eine eigene Abteilung, die beiden können doch wunderbar von ihren Einkünften leben!«

»Klar können sie davon leben«, antwortete Magett. »Aber dann gibt's keine Dinner mehr mit Richtern und Staatsanwälten, keinen Golfurlaub beim Emir, keine Einladung auf die Yacht vom griechischen Reeder, keine VIP-Loge beim Formel 1.« Sie sah Anna prüfend an. »Wenn man das alles aufgeben muss, meinst du, da hält die Liebe lange?«

»Felix fand diese gesellschaftlichen Verpflichtungen immer schon langweilig und ermüdend. Er hat sich gedrückt, wo es ging. Ich bin fest davon überzeugt, dass er sich auch in Zukunft nichts daraus machen wird.«

Magett seufzte tief auf. »Schön wär's. Ich wünsch' es dir ja. Mir ist egal, was für ein Muttersöhnchen ich heirate. Ich werfe zwei, drei Kinder, dann kann ich wieder mein eigenes Leben leben – zumindest tagsüber.«

»Aber Magett, das sind doch Märchen!«, warf Rena ein. »Wir leben im 21. Jahrhundert und Eltern, die den Bräutigam ihrer Töchter bestimmen, gibt's vielleicht bei einigen muslimischen Familien, doch nicht bei uns!«

»Ach ja?«, Magett schäumte. »Und warum bin ich wohl hier? Sie werden mir das Konto sperren, wenn ich nicht mitmache. Als Nächstes korrigieren sie mein Outfit, dann folgen

Heirat und Kinderkriegen. Aber die letzten vier Jahre kann mir keiner mehr nehmen, da war ich lebendig.«

»Warum arbeitest du nicht? Mit einem Job bist du unabhängig!«, warf Anna ein.

»Job? Bin ich bescheuert? Ehefrau sein *ist* ein Job und tagsüber kann ich shoppen oder mir einen reinziehen. Später ein, zwei Lover, leider nur diskret, aber besser als nichts. Aber irgendwo im Büro jeden Tag das Geld anderer Leute vermehren? Geht's noch?«

Rena und Anna starrten Magett an. Dieser Ausbruch eröffnete Einblicke in Magetts Innenleben, das mit ihrer zur Schau getragenen Toughheit nichts mehr zu tun hatte. Rena bemerkte, dass sich Natalie und Kevin Kern kurz zunickten, aufstanden und zur Treppe gingen.

»Es tut mir leid, Magett«, brach Anna das Schweigen. »Es tut mir leid, dass du nicht in der Lage bist, dir ein anderes Leben aufzubauen. Ich bin in der Lage und Felix auch. Felix und ich werden es schaffen, das verspreche ich dir.«

Magett grinste schief. »Sorry. Ich bin gerade ausgeflippt. Aber sie haben mich vor drei Tagen in Moskau aufgestöbert und in einen Flieger verfrachtet. Als ich wieder nüchtern war, hat mein Vater mir erklärt, was Sache ist, und mich hierher geschickt. Ich bin einfach immer noch wütend, dass die Partys vorbei sind, dass ich tun muss, was sie wollen.«

»Schon gut, ich kann deine Wut verstehen«, sagte Rena. »Mir wäre allerdings meine Unabhängigkeit mehr wert als ein Luxusleben mit Shoppen und Liebhabern.«

»Verstehe ich nicht«, wandte Magett ein. »Du musst dir doch auch deine Kunden suchen, ihnen nach dem Mund reden, jede schwachsinnige Designentscheidung mittragen und jeden Idioten anlächeln. Wo ist denn da die Unabhängigkeit?«

Anna lachte. »Ich glaube, jede von uns versteht unter Unabhängigkeit etwas anderes. Im Grunde geht es doch um die Prioritäten, die wir für unser Leben setzen, nicht? Und Magett setzt ihre Prioritäten eben anders als wir. Das ist ihr gutes Recht.«

Rena hätte gerne etwas erwidert, hielt sich aber zurück.

Als Hannah die schwere Klinke des Schlosseingangs herunterdrückte, wurde die Tür von innen aufgerissen und die Museumsmitarbeiterin, die sie vorhin in den Keller geführt hatte, stand sichtlich empört vor ihr.

»Hatte ich Sie vorhin nicht gebeten, sich wieder bei mir abzumelden?«

Hannah winkte ab. »Schon gut, wir haben jetzt andere Probleme. In ein paar Minuten ist die Polizei hier. Ich habe eine Tote gefunden – vermutlich ist es Birte Schade.«

Die Frau starrte sie an, reglos vor Überraschung. Hilfe suchend blickte sie sich um. Als Hannah sie beruhigend an die Schulter fasste, schrie sie auf.

»Betty, kannst du mal kommen?« Trotzig blickte sie auf Hannah. »Ich bin hier nicht alleine! Meine Kollegin ist auch noch da.«

»Das ist gut so«, nahm Hannah ihr den Wind aus den Segeln. »Beruhigen Sie sich. Ich will Ihnen doch nichts tun. Ich habe im Keller nach der verschwundenen jungen Frau gesucht und sie vermutlich gefunden.«

»Aber ich habe doch gestern selbst nachgesehen, da war doch niemand!«

»Aber nicht in dem Raum neben den Zählern!«

Die Frau schien sich wieder gefangen zu haben, zumindest überwog bei ihr der Ärger: »Der ist abgeschlossen! Wie sollte diese Gasableserin dort hineinkommen?«

»Das weiß ich auch nicht. Aber ich habe sie genau da gefunden.«

»Das glaube ich nicht! Wie haben Sie sich bitte schön Zutritt verschafft?«

Hannah zögerte. Sie würde noch unglaubwürdiger werden, wenn sie den Einbruch zugab. Egal. Spätestens der Polizei musste sie es erklären.

»Ich habe das Schloss aufgebrochen. Schließlich mussten wir …«

»Das Schloss aufgebrochen? Sind Sie noch zu retten? Sie können doch hier keine Schlösser aufbrechen!«

»Ich habe die Tochter meiner Freundin gesucht!«, rief Hannah. »Wir hatten Angst, dass ihr was zugestoßen ist.«

»Da werden Sie einiges zu erklären haben! Wissen Sie was, ich rufe jetzt die Polizei!« Die Museumsmitarbeiterin griff zum Telefon hinter dem Tresen.

»Die habe ich doch schon verständigt!«, Hannah ließ sich auf einen Stuhl neben der Tür sinken. Die Museumsmitarbeiterin sah Hannah noch immer misstrauisch an, schien ihre anfängliche Panik aber abgelegt zu haben. Sie beobachtete Hannah weiter aus sicherer Entfernung. Abwechselnd blickte sie zum Eingang und auf die Uhr.

Als sich die Tür öffnete, schrak sie zusammen. Hannah drehte den Kopf, kam endlich die Polizei? Doch nur zwei Männer in Zivil betraten die Eingangshalle. Der jüngere nickte der Museumsmitarbeiterin kurz zu und marschierte an ihr vorbei. Der ältere schien die merkwürdige Spannung zwischen den beiden Frauen zu spüren und blieb stehen.

»Guten Abend. Ist etwas geschehen?« Er wandte sich mit seiner Frage der Frau hinter dem Tresen zu.

»Die da«, spuckte die Frau, »will eine Leiche gefunden haben.«

Der Fragende schaute Hannah überrascht an, der jüngere Mann blieb abrupt stehen.

»Eine Leiche?«, fragte der Ältere ungläubig.

Der Jüngere lachte. »Vielleicht war es ein Geist?« Er hob die Hände, als wolle er jemanden beschwören. »Spukt es hier?«

Die Museumsmitarbeiterin schüttelte den Kopf. »Nein, und Leichen liegen auch keine rum.«

»Sollen wir einmal nachsehen?«, bot der Ältere seine Hilfe an. Es klang, als wolle er ein Kind beruhigen, indem er unter dem Bett nach Monstern schaute.

Hannah stand auf. »Nicht nötig. Wir haben die Polizei gerufen, da kommt sie schon!«, sie zeigte auf das Fenster, das in schnellem Rhythmus blau erstrahlte.

»Na, dann werden wir ja nicht mehr gebraucht«, der Ältere wandte sich zum Durchgang. Offenbar nahm er nicht an, dass sich aus dem Polizeieinsatz etwas ergeben könnte. Der Jüngere schien zu zögern, lief dann aber hinter dem anderen her.

Endlich öffnete sich die Tür und ein gemütlich aussehender älterer Polizist betrat das Museum.

»Mollenhauer. Wer hat uns angerufen?«

Hannah ging einen Schritt auf ihn zu. »Ich. Ich habe unten im Keller eine Tote gefunden.«

»Sie sind?« Mollenhauer zückte einen Block.

»Hannah Dangers. Kommen Sie, ich zeige Ihnen, wo die Tote liegt.«

Mollenhauer sah von seinem Block auf. »Gehen Sie voran, bitte. Gehören Sie zum Museum?«

»Nein, das tut sie nicht!«, mischte sich nun die Museumsfrau ein, »diese Dame ist in den Keller eingebrochen!«

Irritiert sah der Polizist die Frau an. »Und Sie sind?«

»Monika Findmann. Ich arbeite hier ehrenamtlich.«

»Und Sie sind eingebrochen?«, wandte sich der Polizist streng an Hannah.

Hannah seufzte. »Wir haben die Tochter meiner Freundin gesucht, ich meine, ich habe sie gesucht. Sie ist hier verschwunden. Also habe ich mich unten umgesehen. Und ich habe sie gefunden. Bitte kommen Sie, der Mörder ist vielleicht noch im Schloss!«

»Moment!«, Mollenhauer zückte sein Funkgerät. »Hier Peter 7, Zentrale?«

»Zentrale hört«, quäkte es aus dem Gerät.

»Ich benötige Verstärkung. Wir haben hier Einbruch, möglicherweise Mord …«

»Ist doch schon unterwegs. Hattest du wieder die Musik so laut aufgedreht? Bert, geh vorsichtig in den Keller. Lass dir erklären, wo der genau ist. Waffe im Anschlag, die Zeuginnen bleiben oben! Sichere den Raum!«

»Verstanden«, Mollenhauer war rot geworden. »Also«, wandte er sich an Frau Findmann, »wo ist dieser Kellerraum?« Er nestelte an seinem Waffenholster.

Gleichzeitig begannen die Frauen auf ihn einzureden. Hannah zog ihn am Ärmel zum Treppenabgang und erklärte ihm den Weg. Frau Findmann war eindeutig im Hintertreffen, denn sie traute sich nicht einmal in die Nähe der Treppe. Hannah zog den Polizisten bis zur Hälfte der Kellertreppe, erst dort konnte er sich von ihr freimachen.

»Sie bleiben jetzt hier!«

Vorsichtig, die Waffe im Anschlag, ging er weiter. Hannah konnte nur die leiser werdenden Geräusche seiner Schritte hören, nachdem er im Dunkel des Kellers verschwunden war.

Sie wandte sich zu Frau Findmann um, die ihre Finger in das Treppengeländer gekrallt hatte. Vom Eingang hörten sie die Geräusche schneller Stiefel. Die Tür öffnete sich und drei Uniformierte rannten in die Halle.

»Wo?«, rief ein Polizist den Frauen zu. Hannah und Frau Findmann zeigten stumm auf den Treppenabgang.

»Löwe, du sicherst hier«, rief der Polizist über die Schulter und stürmte mit einem seiner Kollegen die Treppe hinab.

Hannah sah sich den Löwen genauer an und entdeckte, dass es eine Löwin war.

»Wer von Ihnen hat die Leiche gefunden?«, fragte die Löwin.

»Ich«, Hannah hob die Hand.

Die Löwin zückte einen Tablet-Computer und tippte darauf herum. Sie blickte auf: »Name?«

»Johanna Dangers«

»Adresse?«

»Ostertorsteinweg 345a, Bremen.«

»Warum sind Sie hier?«

»Sie ist Gasableserin«, fuhr Frau Findmann dazwischen. Während der kurzen Befragung hatte sie sich immer mehr aufgeplustert, offensichtlich fühlte sie sich übergangen.

»Und wer sind Sie?«, wandte sich die Löwin an Frau Findmann.

»Findmann, ich gehöre zum Museum. Ehrenamtlich. Wir bewahren das Kulturgut und erhalten die Schlossanlage.«

»Aha. Und was haben Sie zum Leichenfund zu sagen?«

»Ich? Nichts! Das wäre ja …«

»Dann warten Sie bitte«, wurde sie von Frau Löwe beschieden.

Frau Findmann wandte sich beleidigt ab und tat so, als müsse sie die Prospekte am Tresen neu ordnen.

»Also, Sie wollten die Gasuhr ablesen?«, wandte sich die Löwin wieder an Hannah.

»Im Prinzip ja«, antwortete Hannah gedehnt.

Die Polizistin sah ihr aufmerksam in die Augen. »Im Prinzip?«

»Die Tochter einer Freundin war gestern hier, Gas ablesen! Und ist verschwunden! Ich habe ihren Job übernommen, um hier mal nach dem Rechten zu sehen.«

Ein lautes Schnauben vom Tresen ließ sie aufblicken. Doch bevor Frau Findmann etwas einwerfen konnte, verbot die Polizistin ihr mit einer Handbewegung den Mund.

Aufmerksam sah sie Hannah an. »Und dann haben Sie die Tote gefunden?«

»Ja, in einer Abstellkammer im Keller! Und dort hat mich jemand eingeschlossen!«

Von der Treppe hörten sie Geräusche. Die Polizistin griff zu ihrer Waffe, doch es erschien nur ein Kollege, der die Schultern hob und die Arme ausbreitete.

»Keine Leiche. Auch kein Verdächtiger. Niemand.«

Hannah stürmte die Treppe hinab. »Das gibt's doch nicht – da war sie doch!«

Auf halber Treppe konnte sie der Beamte, der unten stehen geblieben war, abfangen. »Hey, Hey! Langsam!«

Hannah versuchte, sich aus seinem Griff zu befreien, doch das gelang ihr nicht.

»Haben Sie denn auch im Nebenraum nachgesehen?«, schrie sie ihn an.

Da sie den Mann nicht abschütteln konnte, zog sie ihn den Gang entlang. Er ließ sich ohne großen Widerstand von ihr durch den Kellerraum ziehen. Die Brettertür zum Abstellraum war nur angelehnt. Hannah schleppte ihren anhänglichen Polizisten dorthin.

»Da!«, rief sie. Die Tür öffnete sich und Oberwachtmeister Mollenhauer erschien. Er zuckte vor Hannahs wildem

Blick zurück, fing sich aber schnell wieder und deutete mit dem Daumen hinter sich.

»Nix! Hier auch nicht«, er wandte sich an Hannah. »Wo soll die Leiche gelegen haben?«

Hannah spürte, wie der Griff des Polizisten um ihren Oberarm lockerer wurde, und machte sich von ihm los. Sie schob Mollenhauer an die Seite und stolperte zwei Schritte in den Kellerraum. Jemand musste einen Lichtschalter gefunden haben. Eine Deckenfunzel beleuchtete alte Regale, Vitrinen, eine Stellwand und alte Gardinen. In der Ecke, in der sie die Leiche gefunden hatte, lag – nichts. Auch die Decke, die über der Toten gelegen hatte, war verschwunden. Nur die alten Möbel – der Tisch mit dem Stuhl vor dem Fenster – standen noch so, wie Hannah den Raum verlassen hatte.

Sie drehte sich um, suchte wider besseres Wissen unter dem Tisch und hinter einem zerborstenen Regal.

»Das gibt's doch nicht! Genau da lag sie!«

Sie wies auf die leere Ecke.

Hinter ihr tauchte Frau Findmann auf. »Hab ich's doch gesagt! Bei uns gibt's keine Leichen. Und jetzt alle mal raus hier!«

Sie begann, Hannah zur Tür zu ziehen, und griff auch den Polizisten am Ärmel.

»Langsam!«, wehrte sich Mollenhauer. »Wir warten jetzt erst mal ab. Die Kriminaltechnik wird's schon rauskriegen.« Seine Kollegen stimmten ihm zu.

»Ich muss jedenfalls wieder an den Empfang zurück. Einer hier muss ja vernünftig bleiben!« Mit einer schnippischen Kopfbewegung stolzierte Frau Findmann davon. Hannah blickte verzweifelt in die Gesichter der Polizisten, die sich im Keller drängten. Skepsis überwog in den Augen der Beamten.

10

Jemand polterte die Treppe hinauf. Rena drehte sich um. Gromowejev erschien keuchend, Maiwald im Schlepptau.

»Alles voller Polizei. Da soll eine Tote im Keller liegen.« Gromowejev schnaufte, als bekäme er kaum Luft.

Maiwald schien die Reaktion der drei Frauen genau zu beobachten.

»Was?«, rief Anna. »Machen Sie Witze?«

Gromowejev schüttelte den Kopf. »Kein Witz. Ganz bestimmt kommen die auch zu uns.«

Anna stand auf. »Wieso das denn? Was haben wir mit einer Leiche zu tun?«

Magett grinste. »Vielleicht eine Moorleiche? Hunderte von Jahren alt?«

Gromowejev schüttelte den Kopf. »Glaube ich nicht. Dafür wären die nicht gleich mit zwei Einsatzwagen angerauscht.«

Rena lief ans Fenster, doch von hier war nur ein fernes blaues Blinken zu sehen. Hatte Hannah doch etwas gefunden? Warum hatte sie sich dann nicht bei ihr gemeldet? Ob sie noch im Museum war?

»Haben Sie mitbekommen, was genau passiert ist?«, fragte sie Gromowejev.

»Nicht wirklich. Eine alte Dame soll im Keller einen Toten gefunden haben. Mehr weiß ich auch nicht. Es wimmelt da unten nur so von Bu… äh, Polizeibeamten.«

Alle standen am Fenster und versuchten, etwas zu erkennen.

»Was ist denn hier los?«, hörte Rena hinter sich die dunkle und melodische Stimme von Doro Hirnreuther.

Sie drehte sich um. Das Seminarleiterpaar stand in seiner Zimmertür, als hätte es das Zimmer gerade verlassen. Aber hatte Frau Hirnreuther nicht leicht gerötete Wangen, so als wäre sie draußen gewesen?

Gromowejev erstattete ihr Bericht. Doro Hirnreuther sah ihn an, als sei er für die Geschichte verantwortlich. Sie flüsterte leise mit ihrem Mann und wandte sich dann an die Anwesenden.

»Ich sehe keinen Grund, wieso diese unappetitliche Sache uns bei unserem Seminar stören sollte. Ich schlage vor, dass Sie sich jetzt alle für das Dinner umziehen. Ich würde gerne pünktlich starten. Der Caterer dürfte bereits unterwegs sein. Also!«

Wie eine Kinderschar, der man das Fernsehen verboten hatte, gingen alle stumm auf ihre Zimmer. Nur Rena sah Doro Hirnreuther entgeistert an.

»Das ist doch nicht Ihr Ernst?«

Frau Hirnreuther hob die Augenbrauen. »Aber sicher, meine Liebe. Was auch immer geschehen ist, wir haben damit ja wohl nichts zu tun. Sollte uns die Polizei dennoch ansprechen, seien Sie gewiss, dass ich meinen Standpunkt vertreten werde. Wir haben einflussreiche Freunde und werden eine Belästigung unserer Teilnehmer zu verhindern wissen.«

Rena schluckte eine heftige Erwiderung hinunter. Sie warf Doro Hirnreuther einen Seitenblick zu und ging in ihr Zimmer. Sie schloss die Tür nicht ganz und wartete, bis sie von der Galerie keine Geräusche mehr hörte. Schnell lief sie zur Treppe und durchquerte die Museumsräume, bis sie in den Eingangssaal kam. Sie sah sich um, niemand war hier, aber aus dem Keller kamen Stimmen. Sie rannte hinunter.

Unten erblickte Rena eine Hannah, die offensichtlich aufgelöst war und mit einem Polizisten kämpfte, der sie festhielt.

»Was ist hier los?«, donnerte sie den Polizisten an.

»Diese ...«, er zögerte, »Frau ruft die Kavallerie und dann ist keine Leiche da.«

»Lassen Sie sie los!«, wies Rena ihn an.

Der Polizist ließ Hannah zwar los, baute sich aber vor Rena auf.

»Und wer sind Sie, wenn ich fragen darf?«

»Rena Dangers, Kriminalkommissarin, Mordkommission Bremen.«

Der Polizist schluckte, sah sie aber misstrauisch an. »Können Sie sich ausweisen?«

Rena stöhnte auf. »Nein, ich bin inkognito hier. Es ist eine junge Frau verschwunden, ich habe nach ihr gesucht.«

Mollenhauer trat vor. »Und wie hängen Sie mit der Alten da zusammen?« Er zeigte auf Hannah.

Rena biss sich auf die Lippe. »Sie ist meine Tante.« Sie wusste, wie blöd das klang.

»Ach«, die Stimme Mollenhauers triefte vor Spott. »Und Sie haben bestimmt auch eine Tote gefunden, was? Und ist die auch verschwunden?«

Rena winkte ab und wandte sich Hannah zu, die die Auseinandersetzung zwischen Rena und den Polizisten verfolgt hatte und Anzeichen großer Ungeduld verriet.

»Hannah, wo genau hast du die Tote gesehen?«

Hannah zeigte stumm in den Kellerraum. Rena ging hinein und sah sich um. Sie zog die Gardinen hoch und war sich schnell sicher, dass hier keine Leiche lag.

»Was ist geschehen?«, fragte sie Hannah.

»Du musst mir glauben, da lag ein großer Haufen mit Decken, darunter ein Körper.« Sie zeigte auf die leere Ecke. »Und dann, als ich wieder rauswollte, war die Tür plötzlich abgeschlossen, ich war gefangen.«

»Moment«, rief Mollenhauer und lief in Richtung Treppe.

»Hannah, bist du ganz sicher?« Rena legte ihrer Tante eine Hand auf die Schulter.

Hannah blickte sie verärgert an. »Es war dunkel. Ich hatte nur das Display meines Handys. Mir war schwindelig, ich hatte Angst. Aber ich bin sicher. Die Decken, die dort lagen, sind verschwunden. Ich *wurde* eingesperrt. Das habe ich mir doch nicht eingebildet!«

Der Polizist blickte weiterhin skeptisch. »Das Schloss war eingerastet. Wir mussten es aufbrechen. Wenn sie wirklich darin war …«

Mollenhauer kam die Treppe herunter. »Die Frau Findeisen hat nicht abgesperrt, sagt sie.«

»Ich informiere meine Vorgesetzte«, entschied Rena mit Nachdruck. »Dann werden wir weitersehen.«

Rena wählte, nach einigen Sekunden meldete sich in ihrer unnachahmlichen Art Inga Traubner: »Hoffentlich ist es wichtig!«

»Hier ist Rena. Meine Tante glaubt, eine Leiche gefunden zu haben.« Hannah schnaubte.

Rena hörte einen Augenblick nur den Atem von Inga. Ihr wurde mulmig.

»Berichte.«

Rena gab Inga eine kurze Zusammenfassung von Birtes Verschwinden, ihrem Einschleichen in das Seminar, vom Auffinden der Leiche durch Hannah und deren Eingesperrtwerden im Kellerraum.

»Deine Tante«, stöhnte Inga, »wie konnte es auch anders sein? Aber sie ist eine Zeugin. Also bleibt sie, bis sie vernommen wurde.«

»Soll ich mich den anderen Seminarteilnehmern gegenüber als Polizistin zu erkennen geben?«

Inga schien zu überlegen. Nach einer Pause antwortete sie: »Nein, ich glaube, es ist von Vorteil, wenn der Täter – falls es ihn gibt – nicht weiß, mit wem er es zu tun hat. Du hast ihn nicht gesehen, von dir geht keine Gefahr für ihn aus. Ich komme erst mal allein und bringe die Kriminaltechniker mit. Rena, im Vertrauen, glaubst du deiner Tante?«

Bisher hätte Rena eine solche Frage rückhaltlos bejaht. Aber war Hannah nicht selbst unsicher gewesen? Hatte sie nicht sogar erzählt, dass ihr schwindelig geworden war?

»Doch, ja«, antwortete sie und war sich klar, dass ihre Stimme nicht überzeugend klang. Rena wandte sich an Mollenhauer. »Meine Vorgesetzte, Kriminalhauptkommissarin Traubner, ist auf dem Weg. Ich gehe zurück in mein Seminar, meine Chefin weiß Bescheid. Bitte warten Sie mit weiteren Schritten auf meine Chefin, ja?«

Mollenhauer nickte.

Rena rannte zurück in ihr Zimmer, richtete sich in Windeseile her und flog fast die Treppe zum Speisezimmer hinunter. Unten saßen bereits alle am Tisch, Werner und Doro Hirnreuther sahen sie bei ihrem Eintritt etwas ärgerlich an.

Inga fluchte vor sich hin. Sie wusste, wie ungerecht es war, Rena für den Fund der Leiche und das verdorbene Wochenende verantwortlich zu machen. Und je eher die KTU, die Kriminaltechnische Untersuchung, irgendwelche Spuren, wenn es sie denn gab, sichern konnte, desto schneller führten sie zum Mörder. Aber hätte diese unglückliche Person sich nicht auch am Montag ermorden lassen können?

Vor dem Schloss parkten zwei verlassene Streifenwagen. Sonst waren offensichtlich noch keine Kollegen vor Ort. Inga hoffte, dass sich alles als Irrtum herausstellen würde. Ihr Team war gerade in alle Winde verstreut. Carsten Albertz müsste seinen Urlaub auf Sylt abbrechen und Karla Lackner aus einer Party in Hannover geholt werden. Simone Kurth hatte sie erreicht, die wartete auf Abruf. Aber wo war die Spurensicherung?

Im Museum wurde sie von einer älteren Frau, die mit verschränkten Armen hinter dem Tresen stand, angegiftet.

»Na, auch wegen der Leiche hier?«

Inga warf ihr einen genervten Blick zu und ging auf die Polizistin zu, die einen Treppenabgang bewachte. Diese sah kurz auf den Ausweis, den Inga ihr entgegenhielt, und wies mit dem Kinn nach unten.

Unten erblickte Inga eine Hannah, die sichtlich niedergeschlagen neben zwei Polizisten stand. Die beiden Beamten machten auf sie den Eindruck, als wären sie auf eine Gewalttat der älteren Frau gefasst. Die Atmosphäre knisterte förmlich.

Inga hielt den Polizisten ihren Ausweis unter die Nase. Hannah keuchte überrascht auf.

»Oh, Sie kommen persönlich, Frau Traubner? Dann glaubt man mir also doch?«

Inga grinste. »Wir werden sehen. Frau Dangers, in was für eine Geschichte sind Sie denn diesmal geraten?«

Hannah schluckte. »Ich wollte nur einer Freundin helfen. Und dann habe ich in dem Raum da«, sie wies mit dem Kinn auf die Kellertür, »eine Leiche entdeckt.«

Der ältere Polizist war offensichtlich eingeschüchtert, weil Inga die schwierige Zeugin kannte.

»Wo genau haben Sie die Tote gesehen?«

Hannah schüttelte sich.

»Da, in diesem Raum.« Sie zeigte auf die weit offen stehende Tür.

»Aber da ist nichts!«, warf der Polizist wütend ein.

»Ruhe jetzt!«, schnaubte Inga. War sie hier im Kindergarten?

»Sie«, sie zeigte auf den Polizisten, der Hannah festgehalten hatte, »gehen nach draußen. Die KTU benötigt Ihre Hilfe. Und Sie«, sie sah den anderen Polizisten an, »suchen vor dem Fenster dieses Raumes nach Spuren, aber zertreten Sie nichts.«

Als die Kollegen weg waren, seufzte Inga. »Wie lange haben Sie gebraucht, um den Raum zu verlassen?«

Hannah überlegte. »Zehn Minuten vielleicht.«

»Und wie lange haben Sie sich draußen noch in der Nähe des Fensters aufgehalten?«

»Das können fünf Minuten gewesen sein.«

Wie schön, endlich eine Zeugin, die präzise Antworten geben konnte. »Und während dieser Zeit haben Sie weder Geräusche aus dem Raum gehört noch etwas Verdächtiges gesehen?«

Hannah schüttelte den Kopf. »Nein. Aber es war ja dunkel in dem Loch. Wenn dort jemand war, dann hat er sich ganz leise bewegt.«

Inga sah sie forschend an. »Was genau haben Sie dann gemacht?«

»Ich bin zum Eingang gegangen, zurück ins Museum.« Hannah spähte in den Gang, in dem die Polizisten verschwunden waren, und sagte leise: »Rena ist wieder in ihrem Seminar.«

Inga nickte bestätigend. »Und wie lange dauerte es dann, bis die Kollegen kamen?«

»Erst kam ja nur der eine. Er hat kurz mit uns geredet, ist dann runter in den Keller. Dann kamen die drei anderen Beamten – und haben nichts gefunden. Das sind sicher insgesamt 30 Minuten gewesen. Ab dem Zeitpunkt, als wir uns vom Fenster wegbewegten, meine ich.«

Inga überlegte laut: »Ein Täter hätte also, wenn er leise war und kein Licht gemacht hat, etwa eine gute halbe

Stunde gehabt, um die Leiche aus dem Keller zu holen und irgendwo zu verstecken.« Sie beobachtete Hannah genau. »Wie sicher sind Sie sich eigentlich?«

Hannah sah zu Boden, war ihr die Geschichte peinlich? Inga hörte ruhig zu, wie Hannah den Kellerraum, ihre Angst und die Geräusche von der Tür beschrieb. »Das kann ich mir doch nicht eingebildet haben! Die Decken sind doch auch weg!«

Inga trat an die offene Tür und schaute hinein.

»Und dass Sie stattdessen in den Gardinen da irgendetwas gesehen haben, das auf Sie wie ein Gesicht gewirkt hat?«

Hannah schien sich zu winden. »Nein, das glaube ich nicht. Ich war in der Ecke dort, da bin ich sicher. Als ich mich aufrappelte ...«

»Aufrappelte? Sind Sie gestürzt?« Inga bemerkte, wie Hannah zögerte.

»Mir wurde etwas schwindelig, schwarz vor Augen«, gab Hannah zu. »Aber nur ganz kurz, und es hat nichts damit zu tun, dass ...«

»Sie wurden ohnmächtig? Und glauben trotzdem, dass Sie richtig gesehen haben?« Vermutlich hatte die alte Frau sich doch nur vor ein paar Lappen gefürchtet und sich den Rest zusammengereimt.

Hannah kniff die Lippen zusammen und schnaubte durch die Nase. »Ich bin mir sicher! Ich bin nicht senil!«

»Na, gut. Beschreiben Sie die Tote«, forderte Inga Hannah auf.

»Viel habe ich ja nicht gesehen. Es war eher das Gesicht einer Frau, helles Haar, glaube ich, den Rest habe ich ja gar nicht ...«

»Meinen Sie«, unterbrach Inga, »in der Person die verschwundene Birte Schade erkannt zu haben?«

Hannah schien zu zögern. »Ich habe sie ja nie kennengelernt. Mechthild, ihre Mutter, kannte ich. Sie kam heute

Mittag in Bremen an. Die Tote war ihr schon ähnlich. Und wenn es hier eine tote Frau gibt, bezweifeln Sie dann etwa, dass es die Gesuchte ist?«

Inga seufzte. »Das wäre meine Pflicht. Nichts annehmen, alles prüfen. War die Tote unter der Decke nackt oder bekleidet?«

»Weiß ich nicht. Ich habe die Decke nur bis zum Hals weggezogen. Ich habe keine Kleidung gesehen.«

»Wir wissen nichts«, Inga war frustriert. »Die Mutter erreiche ich bei Ihnen?«

Hannah nickte.

»Hat sie ein Bild ihrer Tochter dabei?«

Hannah zuckte die Schultern.

»Fahren Sie nach Hause. Schauen Sie sich ein Bild der jungen Frau an und rufen Sie mich an, wenn Sie meinen, sie könnte es sein …« Inga hörte Stimmen hinter sich. Eine davon gehörte Boris Sokol, dem Chef der KTU. Sie nickte Hannah zu und gab den Kollegen von der Spurensicherung Anweisungen, wonach sie zu suchen hätten.

Ein paar Worte mit Frau Findmann und ihrer Kollegin, die sich inzwischen aus einem der hinteren Ausstellungsräume herausgetraut hatte, genügten, um Inga davon zu überzeugen, dass die Ehrenamtlichen im Augenblick nichts zur Klärung der Situation beitragen konnten.

11

Inga lief langsam durch den Keller, sah in alle Ausstellungsräume und suchte nach Spuren, die auf einen Mord hingedeutet hätten. In einem Raum, der bis auf eine Art mittelalterliche Kochnische so gut wie leer war, hielt sie inne. Dieser große Topf – damit könnte man sicher jemanden erschlagen. Probeweise hob sie ihn hoch. Viel zu schwer. Das müsste schon ein bärenstarker Mann sein, der damit durch den Keller lief, ausholte und brutal zuschlug. Aber der Schürhaken dort – was war an der Spitze? Rost? Oder etwa Blut?

»Boris?«, rief sie hinter sich. Der KTU-Chef kam raschen Schrittes auf sie zu.

»Schau mal, das Ding dort – klebt da nicht was dran?«

Boris hockte sich neben dem Schürhaken auf den Boden. Ohne ihn zu berühren, betrachtete er den Griff und die Spitze. Aus seinem Köfferchen holte er eine kleine Flasche und sprühte eine Flüssigkeit auf die Spitze. Er wartete kurz und erhob sich, den Schürhaken in den behandschuhten Händen.

»Gute Augen«, anerkennend sah er Inga an. »Menschliches Blut. Wenn wir Vergleichsmaterial haben, können wir sagen, ob es das Blut der Vermissten ist oder ob sich nur jemand an dem Ding verletzt hat, wer weiß, wann.«

Inga nickte. »Die Mutter der vermissten Frau ist zurzeit in Bremen, bitte fahr gleich vorbei und hol dir von ihr eine Probe. Wir sollten von einem Verbrechen ausgehen, sonst verlieren wir wertvolle Zeit. Wenn es keines gab, haben wir Pech, aber im anderen Fall …«

Boris nickte und schickte sich an, den Schürhaken in eine große Plastiktüte zu stecken.

Inga seufzte. Sie benötigte Verstärkung. Ihre Kollegin Simone war nicht begeistert, dass ihr Wochenende ausfiel, doch sie würde auf dem schnellsten Weg herkommen können. Also auf zum Benimmkurs. Frau Findmann lotste Inga zu den Seminarräumen.

Inga klopfte an eine große, doppelflügelige Holztür und trat ein. Um einen riesigen Tisch saßen zehn Personen, unter ihnen Rena. Ein Mann stand neben dem Tisch. Er sah aus wie ein Butler aus einem historischen Film, genauso steif. Die Frau, die am Kopfende des Tisches saß, erhob sich. Sie war sehr elegant gekleidet, trug ein halblanges Etuikleid aus einem grünlich schimmernden Stoff mit einer golddurchwirkten Stola und sah Inga ablehnend an. Inga nahm sich vor, sich nicht provozieren zu lassen. Sie zückte ihren Ausweis.

»Guten Abend. Traubner, Kriminalpolizei. Ich störe nur ungern, aber es hat möglicherweise einen Mord im Schloss gegeben.«

»Ach«, die Stimme der goldigen Frau klang überheblich. »Wie tragisch. Nur, wie können wir dabei helfen?«

Inga schluckte eine derbe Entgegnung herunter. »Das werden wir sehen. Zunächst einmal, wer sind Sie?«

Die Frau seufzte vernehmlich. »Dorothea Hirnreuther. Dies ist mein Mann, Werner Hirnreuther. Wir wissen nichts von einem Mord. Wir haben Gäste«, sie zeigte mit einer eleganten Bewegung auf die Runde am Tisch, »die mit uns an ihrem Stil arbeiten. Auch unsere Gäste können Ihnen mit Sicherheit nicht weiterhelfen.«

Ein Teilnehmer am Tisch nickte heftig, ein anderer warf genervt seine Serviette auf den Tisch.

»Das wird sich zeigen«, Inga hatte plötzlich Gefallen an diesem kleinen Scharmützel gefunden. »Leider kann ich mich nicht auf Ihre Einschätzung verlassen. Ich werde Sie alle«, sie sah jeden in der Runde an, »befragen müssen.«

»Aber ganz sicher nicht jetzt.« Mit harter Stimme und blitzenden Augen mischte sich nun auch Werner Hirnreuther ein. »Wir sitzen hier zu Tisch. Ein wichtiges Modul unseres Angebotes. Ihre Befragung hat sicher Zeit, bis das Dinner vorbei ist.«

»Ich fürchte, ich kann auf Ihre Module keine Rücksicht nehmen«, Inga sah ihn scharf an. »Ist hier ein Raum, in dem ich Sie und Ihre Gäste befragen kann?«

»Aber Sie sprachen doch von einem *möglichen* Mord! Und wenn es gar kein Verbrechen gab?«, warf einer der jüngeren Männer ein.

Auch der andere junge Mann mischte sich ein. »Kommen Sie nur wegen der Geschichte, die diese alte Frau erzählt? Ich habe sie heute Abend im Museum gesehen. Sie schien sehr durcheinander.«

»Hören Sie, meine Gute«, Werner Hirnreuthers Stimme triefte vor übertriebener Freundlichkeit, »ich glaube nicht, dass es so eilig ist. Der arme Mensch ist tot, nicht wahr? Er kann durch den besten Diensteifer nicht gerettet werden. Sie hingegen können sich einen Gefallen tun, wenn Sie uns nicht weiter belästigen. Wissen Sie, wir kennen den Bremer Polizeipräsidenten, den Bürgermeister und sind mit dem Innensenator befreundet. Eine lobende Erwähnung unsererseits könnte Ihre Karriere sehr beflügeln. Eine Beschwerde allerdings …«

Inga lachte innerlich. Wenn sie für jede Drohung dieser Art einen Zehner bekommen hätte, wäre sie inzwischen schon eine reiche Frau. »Herr Hirnreuther, ich kenne diese Herren auch, und zwar sehr gut. Und ich kann Ihnen versichern, dass diese mir genügend Vertrauen schenken, um mir die Entscheidung zu überlassen, wen ich wann vernehme. Außerdem teilten sie bisher immer meine Vorbehalte, wenn nicht gar meinen Verdacht gegenüber solchen Menschen, die meine Arbeit zu behindern versuchen.«

Inga ließ ihre Worte ein paar Augenblicke wirken. Frau Hirnreuther kochte innerlich vor Wut, das sah sie an deren Augen. Herrn Hirnreuthers überhebliche Miene war leicht entgleist. Sie genoss ihren kleinen Sieg. »Und nun zeigen Sie mir bitte einen Raum, den ich für meine Vernehmungen nutzen kann! Und Sie besorgen mir die Liste der Gäste, ja?« Sie spürte, dass Frau Hirnreuther ihr am liebsten ins Gesicht gesprungen wäre.

Werner Hirnreuther knickte ein. »Kommen Sie!«, presste er zwischen den Zähnen heraus. Er wandte sich zur Tür, an der im selben Moment Simone erschien. Die Kollegin sah sich im Raum um, nickte Inga zu und blickte dann plötzlich Rena ins Gesicht, die sofort auf ihren Teller starrte. Inga fluchte innerlich. Simone wusste noch nichts von Renas Spiel.

»Du auch schon hier?«, fragte Simone in Renas Richtung.

Schnell preschte Inga vor. »Ja, ich bin schon fast eine Stunde hier. Komm, wir haben einen Raum. Ich werde dich briefen.«

Sie zog die überraschte Simone mit sich und bemerkte dankbar, dass Rena die Unbeteiligte mimte. Allerdings erkannte sie auch, dass eine junge, etwas punkige Frau, die Rena gegenübersaß, das Geschehen aufmerksam beobachtete. Hirnreuther führte sie in die angrenzende Lounge. Inga nickte ihm zu und er verstand offensichtlich, dass er entlassen war.

»Rena ermittelt undercover.«

Simone staunte. »Schon wieder? Wie habt Ihr sie so schnell hier reingekriegt?«

Inga hob frustriert die Arme. »Ich fürchte, das wird wieder ein typischer Rena-Fall. Sie war schon hier, ermittelte auf eigene Faust, weil eine junge Frau aus ihrem Bekanntenkreis verschwunden ist.«

Simone grinste. »Wenn du sagst ›typischer Rena-Fall‹, sind dann die Tanten wieder mit von der Partie?«

»Gut geraten.« Inga nickte.

Sie setzte Simone über die weiteren Umstände des Falles ins Bild, als Frau Hirnreuther mit einer ledernen Mappe erschien. Inga nahm eine Liste mit Namen und Anschriften in Empfang. Sie suchte nach einem Vorwand, um Rena als Erste zu befragen.

»Ich sehe, eine Teilnehmerin kommt aus Bremen. Ich nehme an, sie wohnt nicht hier?«

»Alle wohnen im Schloss. Das ist Bedingung.« Frau Hirnreuther hatte zu ihrer gewohnten Hochnäsigkeit zurückgefunden.

»Aha. Und der Herr mit dem russischen Namen?«

»Ein normaler Gast, ganz so wie jeder andere.«

»Nun, dann gehen wir eben nach dem Alphabet. Schicken Sie mir diese Dangers.«

»*Frau* Dangers«, die Seminarleiterin betonte das Wort Frau, »wird gleich hier sein.« Hoheitsvoll wandte sie sich um und verließ den Raum.

Als Rena kam, berieten sie sich zu dritt.

»Ich fasse zusammen«, sagte Inga schließlich. »Gestern Abend kurz vor 18 Uhr gibt es nachweislich eine Verbindung von diesem Standpunkt zwischen dem Gerät von Birte Schade und dem Server in der Mess-Firma. Sie wird ermordet und in dem kleinen Kellerraum abgelegt. Der Mörder – das unterstelle ich mal – bemerkt, dass Frau Dangers die Tote gefunden hat, und schließt sie ein. Der Täter nutzt die Zeit zwischen ihrer Flucht und dem Eintreffen der Polizei, um die Leiche zu beseitigen. Er geht ein hohes Risiko ein. Warum? Es liegt nahe, dass Birte von einer Person aus dem Schloss ermordet worden ist. Aber wir dürfen nicht außer Acht lassen, dass es auch jemand aus ihrem Bekanntenkreis gewesen sein könnte, der ihr bis nach Bremen gefolgt ist. Dann wäre der Ort zufällig gewählt worden.«

Inga machte sich einige Notizen. »Ich will keine Zeit verlieren, wenn deine Tante«, sie sah Rena prüfend an, »*wirklich* eine Tote gesehen hat. Also müssen Carsten und Karla ihr Wochenende unterbrechen. Carsten soll morgen gleich Birtes Mutter befragen, den Hintergrund ermitteln. Wir müssen außerdem jemanden zu der Mess-Firma schicken, das sollen die Kollegen in Mecklenburg-Vorpommern übernehmen. Simone, wir nehmen uns gemeinsam die Seminarleute vor. Vielleicht hat Birte …«, sie griff sich an den Kopf. »Wenn es denn überhaupt eine Tote und ein Verbrechen gegeben hat!«

Simone und Rena sahen sie erstaunt an.

»Ach ja, ist doch wahr! Mord, Leiche, Aufklärung! So will ich das. Leichen, die verschwinden oder nie da waren …«

Inga musste plötzlich grinsen. Simone und Rena starrten sie immer noch stumm an. Inga wusste, solche Ausbrüche kannten sie gar nicht von ihr.

»Ist ja schon gut«, brummte sie und beobachtete, wie die beiden Kolleginnen sich wieder entspannten. Sie holte Luft. »Also, vielleicht hat einer von den Seminarteilnehmern Birte gekannt oder etwas belauscht. Bis auf Rena sind alle seit gestern hier. Jeder könnte es gewesen sein, aber nicht jeder kann die Leiche weggebracht haben. Die Kollegen untersuchen die Umgebung, weit kann er ja nicht damit gekommen sein. Ich hoffe, wir bekommen Durchsuchungsbeschlüsse für die Gästezimmer. Wenn wir einen Richter finden, der uns unsere ›Wenns‹ nicht um die Ohren haut … Rena, geh zu den anderen. Halte dich zurück, beschränke dich aufs Zuhören und Beobachten.«

Rena stand auf und wollte aus dem Raum gehen. Inga fiel noch etwas ein.

»Ach ja. Rena, hier ist deine Waffe. Ich habe sie aus deinem Fach geholt. Kannst du sie unauffällig in deiner Tasche bei dir tragen?«

Rena winkte mit ihrer völlig unmondänen großen Tasche. Inga musste grinsen. Sie beobachtete, wie Rena die Waffe verstaute und das Zimmer verließ.

»Na, dann auf in den Kampf. Du wirst sehen, alles ganz liebe Leute.« Sie lachte Simone an.

Als Erster kam Gromowejev herein. Er schien leicht nervös. Seine Miene hellte sich aber auf, als Inga ihm seine Papiere ohne Beanstandungen zurückgab.

»Herr Gromowejev, Sie sind seit zwei Jahren in Deutschland?«

Er nickte. »Geschäftlich.«

Etwas einsilbig, dieser Mann. »Darf ich fragen, um was für Geschäfte es sich hierbei handelt?«

»Ich vertrete die Interessen eines großen russischen Energiekonzerns. Es geht um Partnerschaften mit deutschen Firmen.«

Nach seiner Kleidung zu urteilen, liefen die Geschäfte gut. »Und Sie besuchen dieses Seminar, um ...?« Wozu benötigte er Nachhilfe in Fragen des guten Benehmens?

»Die deutschen Gepflogenheiten sind doch anders als unsere russischen. Ich habe viele deutsche Freunde, die mir einiges erklärt haben, aber natürlich kommt man immer wieder in neue Situationen. Ich wünsche mir mehr Sicherheit.«

Seine Erklärungen waren so eingängig wie nichtssagend. »Sie sprechen sehr gut Deutsch.«

»Ich habe in Sankt Petersburg eine deutsche Schule besucht und später Deutsch studiert.«

Nun wurde es Zeit, ihn auf eine mögliche Verbindung zu Birte Schade abzuklopfen. »Wo in Deutschland sind Sie so unterwegs?«

Gromowejev sah sie befremdet an. »Überall. Zumeist in Berlin, München oder Frankfurt natürlich.«

»Auch im Saarland oder in Mecklenburg-Vorpommern?«

Gromowejev lächelte geringschätzig. »Eher nicht. Vielleicht mal zum Ausspannen, Wellness, was weiß ich.«

Hier konnte sie einhaken. »Ach, da kennen Sie vielleicht das Spa in Güstrow?«

»Güstrow? Daran kann ich mich nicht erinnern.«

»Sehr schöne Gegend, habe ich gehört.« Inga merkte, wie Simone sie verstohlen ansah, und vermied ihren Blick. Sie hatte keine Ahnung, ob es in Güstrow überhaupt ein Spa gab.

»Wo waren Sie gestern, so gegen 18 Uhr?«, änderte sie ihre Taktik.

Er hob die Augenbrauen. »Haben Sie tatsächlich eine Leiche gefunden?«

Inga sah ihn genervt an.

Er schluckte. »Ich war hier. Aber warum wollen Sie das wissen?«

»Bitte, Herr Gromowejev. Geht es etwas präziser? Wo im Schloss waren Sie?«

Er wies auf einen Sessel am Fenster. »Na, genau hier, in diesem Raum. Ich war etwas zu früh angekommen, hatte bereits gespeist und wartete auf die Gastgeber oder die anderen Gäste.«

»Sie waren allein?«

»Ja, es waren wohl schon andere Gäste da, aber die gingen spazieren, besuchten das Museum oder ein Restaurant. Ich saß allein hier und genehmigte mir einen Drink.« Er deutete auf die Bar, an der sich die Teilnehmer offensichtlich selbst bedienen konnten. »Dann gesellte sich Herr Maiwald zu mir und wir gingen noch ein paar Schritte nach draußen.«

»Und wo waren Sie heute zwischen 17.30 Uhr und 18.30 Uhr?«

Er riss die Augen auf. »Heute? Wann ist denn nun das Verbrechen geschehen? Heute oder gestern?«

»Herr Gromowejev, mir wäre sehr daran gelegen, wenn Sie einfach meine Fragen beantworten würden. Zu den näheren Umständen kann ich gar nichts sagen.« Inga gab ihrer Stimme eine kühle, distanzierte Tonlage.

Er schien sich überwinden zu müssen. »Also gut. Das Wetter war so schön, dass ich mit dem jungen Maiwald den Herbsttag genoss.«

»Waren Sie die ganze Zeit mit Herrn Maiwald zusammen?«

Inga registrierte, dass Gromowejev kurz zögerte. Doch dann nickte er.

»Ja, sicher, die ganze Zeit.«

»Kennen Sie eine Birte Schade?« Inga wurde direkt.

Gromowejev hob die Augenbrauen. »Nein. Ist das die Tote?«

»Danke für Ihre Hilfe und Ihre Geduld. Würden Sie bitte ...«, Inga suchte in der Liste, »... Frau Kern zu uns bitten?«

Inga sah Simone fragend an, als Gromowejev gegangen war. »Er hat nicht in allen Punkten die Wahrheit gesagt, oder?«

Simone nickte. »Mal sehen, was dieser Maiwald nachher zu dem angeblichen Spaziergang sagt.«

Natalie Kern betrat den Raum zögernd. »Kann mein Mann nicht ...«

Inga wunderte sich. So viel Unsicherheit hätte sie in einem Seminar für die angehende High Society nicht erwartet. »Guten Abend, Frau Kern. Bitte, wir hätten Sie gerne allein gesprochen.«

Natalie Kern sah über die Schulter in den Flur und schüttelte den Kopf, dann seufzte sie tief, kam ganz herein und setzte sich auf den Rand eines einzeln stehenden Sessels.

»Ich weiß gar nicht, was Sie von uns wollen. Wir haben ganz sicher nichts mit dieser unglücklichen Geschichte zu tun.« Sie strich mit einer Hand ihren Rock glatt.

»Gut zu hören«, Inga lächelte sie beruhigend an. »Sie leiten eine Hilfsorganisation?«

»Mein Mann und ich, ja. Ich bin für Europa verantwortlich.« Natalie Kern hörte auf, ihren Rock zu streicheln, und setzte sich aufrecht. Offensichtlich gab dieses Thema ihr Sicherheit.

»Haben Sie sich vielleicht auch um benachteiligte Jugendliche in Deutschland gekümmert?«

»Hier? Nein, unser Engagement liegt in Afrika. Deutschen Kindern geht es doch ›gold‹ im Vergleich zu dem Leid, das wir in Afrika vorfinden.«

Inga hatte den Eindruck, dass Frau Kern einen auswendig gelernten Text abspulte. Zumindest war kein Funken der Entrüstung zu erkennen, der eigentlich zu dem Gesagten gehört hätte. Sie seufzte leise.

Herr Kern erwies sich als genauso glatt und ahnungslos wie seine Frau. Er bestätigte lediglich, dass er und seine Frau ununterbrochen zusammen gewesen waren. Inga schüttelte den Kopf, als er den Raum verließ. Waren die beiden wirklich unzertrennlich oder gaben sie das nur vor?

Die Familie Liebig hatte, bis auf Anna, nichts gesehen und gehört. Anna hatte Birte, oder eine Frau, die Birte gewesen sein könnte, kurz im Museumsteil des Schlosses gesehen, sonst aber nichts bemerkt.

Schließlich betrat Maiwald den Raum. Inga sah ihm an, dass die Sache ihn nicht kalt ließ, er sich aber um eine distanziert-kühle Ausstrahlung bemühte.

»So, Sie haben eine Leiche gefunden. Wenn Sie mir beschreiben, wo genau, kann ich Ihnen sagen, ob ich etwas bemerkt haben könnte.«

Er versuchte also, die Gesprächsführung an sich zu reißen. Das hatten schon viele vor ihm probiert.

»Dazu kommen wir noch. Herr Maiwald, wo waren Sie gestern gegen 18 Uhr?«

Maiwald legte den Kopf in den Nacken, als überlege er. Was für ein Theater. Sicher hatte er sich mit Gromowejev über die Fragen der Kommissarin ausgetauscht.

»Nun, da werde ich wohl mit Herrn Gromowejev unterwegs gewesen sein.«

»Wie lange?«

Sie sah, wie Maiwald stutzte, auf diese Frage war er nicht gefasst. Wenn er wirklich mit Gromowejev zusammen gewesen war, konnte die Antwort kein Problem sein. Wenn nicht, musste er sich überlegen, was Gromowejev wohl auf diese Frage geantwortet hatte.

»Vermutlich war es gegen 18.30 Uhr, als wir zurückkamen. Es wurde langsam dämmrig draußen. Genau weiß ich es nicht. Haben Sie denn schon einen Todeszeitpunkt?«

Schon wieder versuchte er, das Gespräch an sich zu reißen.

»Und heute, auch etwa gegen 18 Uhr, wo waren Sie da?«

Er sah erstaunt auf. Doch Inga hatte das Gefühl, als sei die Verwunderung nur gespielt. »Wieso heute? Ist noch etwas passiert?«

»Bitte beantworten Sie einfach unsere Frage.«

»Ich hatte mit Herrn Gromowejev etwas zu besprechen. Wir haben den milden Abend genutzt – draußen.«

»Wo genau waren Sie?«

»Diese alte, arme Frau sagte, sie habe die Leiche im Keller gefunden? Dann kann ich Ihnen sagen, dass ich dort *nicht* war. Herr Gromowejev auch nicht. Oder geht es um einen anderen Ort?«

»Herr Maiwald …«, versuchte Inga ihn zu bremsen.

»Wenn Sie mir nichts sagen, kann ich auch keine zweckdienlichen Angaben machen.«

»Herr Maiwald!«, unterbrach ihn Inga mit erhobener Stimme. »Einfach unsere Fragen beantworten, bitte. Die Schlüsse ziehen wir. Sie können uns sagen, wo Sie wann waren, egal, was auch immer wir gefunden haben. Also: Wo genau waren Sie mit Herrn Gromowejev?«

»Ich wollte doch nur helfen. Wir sind am Wasser entlanggegangen – da hinten, über eine kleine Brücke, dann über die Straße zurück. Zwischendurch sind wir mal stehen geblieben, um ein Detail zu erörtern.«

»Worum ging es in Ihrem Gespräch?«

Maiwald lehnte sich zurück. »Geschäfte. Investitionen.«

Inga machte sich eine Notiz. Er sollte glauben, dass sie alles überprüfen würde. »Kennen Sie eine Birte Schade?«

»Ist das die Tote? Haben Sie sie schon identifiziert?«

Inga warf ihm einen genervten Blick zu. Maiwald senkte den Blick.

»Nein, der Name sagt mir nichts.«

Aus dem war nichts herauszubekommen. »Eine letzte Frage: Waren Sie je im Keller des Museums?« Sie beobachtete ihn scharf. Irrte sie sich oder hatte er gerade gezuckt?

»Sicher nicht. Was sollte ich da?« Er sah sie empört an.

»Danke für Ihre Kooperation.«

Maiwald stand auf. Inga sah ihm an, dass er gerne noch etwas gefragt hätte, doch er ging ohne ein weiteres Wort hinaus.

»Entweder ist er unser Täter, der gerne gewusst hätte, ob wir die Leiche wirklich aus ihrem Versteck gezogen haben, oder er ist einfach nur ein überheblicher Wichtigtuer, der es nicht ertragen kann, wenn jemand anders die Spielregeln bestimmt.« Inga sah Simone fragend an.

Simone zuckte die Schultern. »Vermutlich Letzteres. Er hatte sonst keine Anzeichen von Nervosität.«

»Wird den Bankern das nicht abtrainiert? Die müssten doch sonst alle ununterbrochen händeringend um ihre Anlagen bangen«, feixte Inga.

Simone schüttelte den Kopf. »Vorurteile hast du keine, was?«

Inga lachte. Doch Simone hatte natürlich recht. Wenn Vorurteile den Blick verstellen, fokussiert man leicht den falschen Verdächtigen und der wirkliche Täter kommt unter Umständen davon.

12

Rena gab sich den Anschein, als lausche sie den Anweisungen der Referentin und versuchte gleichzeitig, das Gemurmel zwischen Gromowejev und Maiwald zu verstehen. Doro Hirnreuther hatte diesmal nicht darauf bestanden, dass jeweils Männer und Frauen abwechselnd am Esstisch Platz nahmen, und die beiden hatten sich gleich nebeneinander gesetzt. Rena saß neben Maiwald, der sich jedoch zu Gromowejev drehte.

»Für heute auch?«, meinte sie Maiwald zu verstehen. Hatte Gromowejev von den Fragen nach seinem Alibi für den späten Nachmittag erzählt? Gromowejev antwortete etwas für Rena Unverständliches.

»Nur gut, dass wir heute gemeinsam unterwegs waren«, sagte Maiwald selbstgefällig.

Rena kamen die beiden Männer verdächtig vor. Sie war noch nicht bereit, Gromowejev oder Maiwald als unschuldig einzustufen, nur weil sie sich gegenseitig ein Alibi gaben. Auch Magett schien sehr am Gespräch der beiden Männer untereinander interessiert zu sein. Immer wieder suchte sie Maiwalds Blick und sah ihn lange eindringlich an.

Doro und Werner Hirnreuther bemühten sich nach Kräften, eine leichte Unterhaltung in Gang zu bringen, und wiesen mehr als einmal darauf hin, wie wichtig Small Talk für eine Dinnertafel ist. Doch jedes Mal, wenn jemand von seiner Vernehmung zurückkam, wurde er von den anderen ausgefragt.

Natalie Kern erzählte nichts. Sie bedeutete ihrem Mann nur, dass er als Nächstes in die Lounge gehen müsse. Als sie von Herrn Liebig direkt gefragt wurde, wie es denn gewesen sei, antwortete sie sehr zurückhaltend: »Ich konnte nichts zu diesem Fall beitragen, wie auch?«

Auch ihr Mann war nicht sehr gesprächig. Er lächelte seiner Frau beruhigend zu, als er sich wieder setzte, und drückte kurz ihre Hand.

Anna Liebig erwähnte als Erste, dass sie möglicherweise die junge Frau gesehen hatte.

»Sie stand am Treppenabgang, als ich mir die Ausstellung ansah. Eine der Museumsfrauen hat ihr den Weg zur Gasuhr erklärt. Aber danach habe ich sie nicht wieder gesehen.«

»Hast du nichts aus dem Keller gehört?«, fragte Magett gedehnt.

Rena beobachtete, dass Magett sehr an Annas Antwort interessiert war.

»Du meinst Kampfgeräusche? Nein, aber irgendjemand kam schnell die Treppe hoch. Aber wer, weiß ich nicht. Ich verließ gerade den Museumsbereich.«

Anna wandte ihre Aufmerksamkeit Werner Hirnreuther zu, der sie darauf hinwies, dass sie das Besteck für den Fisch falsch hielt.

Frau Liebig hätte sehr gerne und sehr ausführlich von ihrem »Verhör« erzählt, doch Doro Hirnreuther wusste dies zu unterbinden. Herr Liebig brummte etwas von Zeitverschwendung, als er Maiwald, dem Magett einen missmutigen Blick nachwarf, zur Befragung schickte.

Rena ergriff die Gelegenheit, Gromowejev anzusprechen. »Glücklicherweise kam ich erst heute früh an. So geriet ich gar nicht in Verdacht.«

Gromowejev brummte etwas Unverständliches.

Rena mimte die Mitleidige. »Ach du meine Güte, hat man Sie in die Mangel genommen?«

»Welch eine Ausdrucksweise!«, empörte sich Doro Hirnreuther und sah Rena scharf an.

Rena verteidigte sich. »Aber das ist doch wie in einem richtigen Krimi. Wir sind die Verdächtigen, dürfen die

Stadt nicht verlassen, werden Zeugen gegenübergestellt, können …«

»Aufhören!«, bellte Frau Hirnreuther. Rena bemerkte fasziniert, wie das Gesicht der Seminarleiterin durch pure Wut entstellt wurde. Also hatte auch diese nach außen hin immer beherrschte Frau ihre Grenzen. Wie schön.

»Es reicht! Dieses Geschwätz dulde ich nicht länger. Wir sind hier nicht in einem billigen Roman, sondern in einem anspruchsvollen Knigge-Seminar. In unseren Kreisen werden keine Frauen aus dem Prekariat getötet.« Sie bemühte sich sichtlich um eine ruhigere Stimme. »Bitte wenden Sie sich jetzt wieder Ihren Tellern zu. Und nein, Frau Liebig, die Soße wird unter keinen Umständen mit dem Brot getunkt.«

Etwas kleinlaut beschäftigten sich alle wieder mit dem Essen. Selbst Magett schien beeindruckt. Ohne ihren üblichen Trotz lauschte sie Werner Hirnreuthers Ausführungen zu den Weingläsern. Ein paar Minuten blieb alles ruhig, bis Maiwald wieder in das Speisezimmer zurückkam und Magett aufforderte, in den Nebenraum zu gehen.

»Was man sich alles gefallen lassen muss …«, murmelte er, als er sich setzte.

Doro Hirnreuther schien eine Entscheidung gefasst zu haben. Sie nickte ihrem Mann zu und entschuldigte sich für einen Augenblick. Rena bemerkte, dass sie ein Handy aus ihrem Täschchen kramte, während sie den Raum verließ. Sie blieb nicht lange. Als sie wieder erschien, hatte sie einen zufriedenen Zug um die Lippen. Sie schaffte es sogar, Magett freundlich anzulächeln, als diese sich zurück an den Tisch setzte. Sehr hoheitsvoll verließ sie kurz darauf die Runde, um sich mit der »Exekutive« zu treffen, wie sie es ausdrückte.

Magett erklärte, man habe sie mehrfach auf den Keller angesprochen. Dabei tat sie, als erwarte sie von Maiwald oder Gromowejev eine Reaktion. Doch keiner von beiden ließ sich von Magett zu einer Äußerung provozieren.

»Alle überprüfen«, wies Inga Simone an. »Ich will alles wissen.«

Ihr Handy klingelte. Hoffentlich die KTU mit einem Hinweis auf den Mord oder die Kollegen, die die Leiche suchen sollten. Ein Blick aufs Display ließ sie grinsen – sieh an, da hatte doch tatsächlich jemand den Polizeipräsidenten Gerd Holbein angerufen.

»Traubner«, auch für ihren obersten Chef verzichtete sie auf Wortgeplänkel. Dann hörte Inga ihm mehrere Minuten lang zu, wie er sich wand und zierte, um von ihr etwas »mehr Feingefühl« im Umgang mit den Seminarteilnehmern zu fordern. Natürlich ohne die gebotene Sorgfalt bei der Aufklärung des Falles vermissen zu lassen. Sie hatte doch einen Fall? Ganz sicher?

Inga zögerte einen Augenblick. »Wir müssen davon ausgehen. Natürlich kann sich alles als Irrtum herausstellen, aber wenn wir einfach abwarten, sind vielleicht alle Spuren vernichtet.«

»Aber müssen Sie unter diesen ungeklärten Umständen denn das Seminar der Hirnreuthers aufmischen? Könnten Sie nicht …«

»Herr Holbein, habe ich Sie jemals enttäuscht?«

»Nein, natürlich nicht, ich weiß ja auch, dass Sie alles tun, um niemanden über Gebühr zu beeinträchtigen.«

Inga verdrehte die Augen. »Die Leiche ist verschwunden, wenn es denn eine Leiche gab, Herr Polizeipräsident. Es kommen nicht viele Personen infrage, die dazu die Gelegenheit hatten. Die ersten, entscheidenden 24 Stunden nach einem Mord sind ungenutzt verstrichen. Wenn ich mich zurücklehne und warte, kann ich den Fall auch gleich als ungelöst zu den Akten legen.« Sie hörte ihren Chef nach Luft schnappen.

»Na, aber das will doch niemand, liebe Frau Traubner. Diese Hirnreuthers sind nicht ganz ohne Einfluss, wissen Sie.«

Inga lag eine harsche Erwiderung auf den Lippen, doch die schluckte sie herunter. »Sie wollen aber doch sicher nicht, dass sie diesen Einfluss auf eine Mordermittlung ausweiten?«

»Keineswegs! Das würde ich niemals zulassen. Wie gesagt, Sie machen das schon.«

Inga sah Simone strafend an, die während des Gespräches versucht hatte, ein Lachen zu unterdrücken. Sie musste selbst grinsen.

Es klopfte und Inga riss sich zusammen. Doro Hirnreuther betrat das Zimmer. Etwas von oben herab sah sie erst Inga, dann Simone an.

»Frau Hirnreuther, wie schön, dass Sie Zeit für uns gefunden haben. Bitte setzen Sie sich doch einen Augenblick.« Inga packte ihren schmeichlerischsten Tonfall aus.

Doro Hirnreuther schien zu glauben, dass ihr Anruf etwas bewirkt hatte, und Inga beschloss, sie in diesem Glauben zu lassen. Es wirkte. Doro Hirnreuther schien besänftigt, sie deutete sogar ein Lächeln an.

»Bitte beeilen Sie sich, denn ich muss zu meinen Gästen zurück.« Hoheitsvoll sah sie Inga an.

»Aber sicher, Frau Hirnreuther. Zunächst möchte ich Ihnen gerne bestätigen, dass wir nicht davon ausgehen, dass jemand aus Ihrem Seminar mit diesem Fall zu tun hat.«

Inga bemerkte, wie Simone neben ihr hörbar die Luft einsog, doch Frau Hirnreuthers Lächeln wurde noch eine Spur freundlicher.

»Aber das müssen wir natürlich beweisen können«, setzte Inga nach. »Wissen Sie, es reicht leider nicht, wenn wir eine solche Einschätzung in unsere Berichte schreiben, ohne sie mit Fakten zu unterfüttern. Das kann jeder gewiefte Anwalt gleich gegen uns verwenden und der Mörder käme frei, weil wir nicht gründlich recherchiert haben.«

»Ich verstehe«, säuselte Doro Hirnreuther, »natürlich werden wir Sie unterstützen.«

Simone bekam einen kleinen Hustenanfall und Inga vermied es, sie anzusehen, weil sie dann sicher beide in Gelächter ausgebrochen wären.

»Sehr freundlich, Frau Hirnreuther. Würden Sie mir zunächst bitte wohl sagen, wann Sie gestern angekommen sind?«

»Gegen 17 Uhr. Wir wollten die Zimmer inspizieren, kurz mit den ehrenamtlichen Damen reden und alles vorbereiten.«

»Dann könnten Sie gegen 18 Uhr im Museum gewesen sein?«

Frau Hirnreuther legte den Zeigefinger an das Kinn. »Das könnte sein.«

»Haben Sie eine junge Frau bemerkt, die im Keller die Gasuhr ablesen wollte?«

Der Zeigefinger wanderte an der Kinnpartie entlang zum Wangenknochen und blieb dort liegen. »Möglicherweise habe ich sie gehört. Ich war mit einer der Museumsdamen im Jagdzimmer, als wir aus der Eingangshalle einen Wortwechsel hörten. Ich habe dem keine Bedeutung beigemessen.«

»Was haben Sie danach gemacht?«

»Ich bin zu unseren Seminarräumen zurückgegangen.« Doro Hirnreuther ließ die Hand sinken.

Inga beschloss, noch einmal nachzuhaken. »Sie waren *nicht* im Keller?«

»Nein, was hätte ich dort tun sollen?« Doro Hirnreuthers Augenbrauen hoben sich.

»Kennen Sie eine Birte Schade?«

Frau Hirnreuther maß Inga einen Augenblick, bevor sie antwortete. »Nein. Ist das die arme Frau?«

»Vermutlich. Sagen Sie, veranstalten Sie eigentlich auch in der Nähe von Güstrow Knigge-Seminare?«

Doro wirkte, als habe man ihr vorgeschlagen, Seminare im Gefängnis zu veranstalten. Sie rümpfte ihr zartes Näschen. »Nein. Nur hier und in einem Schlösschen in der Nähe von Würzburg.«

»Wo waren Sie heute, so gegen 18 Uhr?«

»Gab es noch einen Mord?«

Doro Hirnreuther wirkte ehrlich erstaunt, aber Inga traute ihr nicht über den Weg.

»Bitte beantworten Sie einfach meine Frage.«

»Mein Mann und ich hatten uns zurückgezogen. Wir bieten allen Gästen eine individuelle Beratung an. Für die Teilnehmer, die morgen an der Reihe sind, wollten wir die Gespräche noch vorbereiten.«

»Sie waren nicht draußen?«

»Nur kurz, gegen 18.30 Uhr. Wir wollten uns vor dem Dinner noch ein wenig die Beine vertreten.«

»Vielen Dank, Frau Hirnreuther. Sie haben uns sehr geholfen. Sind Sie so nett, uns Ihren Mann zu schicken? Dann sind wir für heute auch schon durch.«

Doro Hirnreuther nickte, stand mit einer eleganten Bewegung auf und verließ den Raum.

Inga sah Simone an, die endlich ihrem Drang zu kichern nachgab. Sie lächelte in sich hinein. »Sag den Menschen, was sie hören wollen, und sie fressen dir aus der Hand.«

Simone bemühte sich um Haltung, denn schon klopfte es an der Tür und Werner Hirnreuther trat ein. Falls er etwas von Simones Heiterkeit mitbekommen hatte, ließ er es sich nicht anmerken. Als Inga Anstalten machte, ihm eine beschwichtigende Erklärung zu geben, winkte er müde ab.

»Meine Frau hat mich ins Bild gesetzt. Sie tun nur Ihren Job. Bitte machen Sie es kurz.«

Er bestätigte die Angaben seiner Frau. Während sie mit der Museumsfrau geplaudert hatte, hatte er Besteck und Geschirr aus dem Transporter geholt. Auch er war angeblich weder am Vortag noch an diesem Abend im Keller gewesen.

Inga ging mit Simone ihre Notizen durch, als sie angerufen wurde. Die Kriminaltechnik hatte geringe Blutspuren vor der Gasuhr im Keller gefunden, außerdem ein paar Spritzer an der Wand. Also handelte es sich vermutlich um eine Gewalttat, vielleicht sogar um einen Mord. Dann riefen auch die Kollegen an, die im Schloss und im Park nach der Leiche suchen sollten. Sie hatten weder eine Leiche noch Spuren ihrer Beseitigung gefunden. Inzwischen war es zu dunkel für weitere Nachforschungen geworden. Sie wollten die Suche morgen fortsetzen.

»Ich muss morgen früh gleich mit Rena reden, ob sie die Aussagen bestätigen kann. Gehen wir! Heute kommen wir hier nicht weiter.«

13

Hannah zögerte, bevor sie den Schlüssel ins Schloss steckte. Was sollte sie Mechthild sagen, die sicher schon auf ihren Bericht wartete? Was hatten Hedwig und Marlies ihr schon erzählt?

Der Flur lag dunkel und still vor ihr. Aus der Küche drang kein Laut. Wo waren die anderen? Hannah warf ihren Mantel auf den Sessel und öffnete die Küchentür. Vier Augenpaare sahen sie an. Aus Mechthilds Blick sprach verzagte Hoffnung, Edith machte einen deutlich überforderten Eindruck. Hedwig sah schnell weg, während Marlies stumm um Entschuldigung bat, bevor sie Tee in eine unbenutzte Tasse schenkte und sie an Hannahs Platz schob. Also hatten sie Mechthild noch nichts gesagt und wollten es ihr überlassen. Sie nickte Marlies zu, die ihren Platz neben Mechthild räumte. Hannah setzte sich und legte eine Hand auf Mechthilds Arm.

»Nun sag schon, was habt ihr rausbekommen?« Mechthild sah Hannah bittend an. »Hedwig und Marlies wollen mir nichts sagen.«

»Wir waren ja nicht dabei«, wehrte Hedwig ab, »wir haben ja nichts gesehen.«

Erwartungsvoll sah Mechthild Hannah an.

»Ich war im Keller, in einem Nebenraum.« Hannah wusste, dass sie das Unvermeidliche nur hinauszögerte, wenn sie jede Einzelheit erzählte. »Ich habe das Schloss aufgebrochen. Erst konnte ich gar nichts sehen, nur Gerümpel. Doch dann …«, sie hielt inne, denn Hedwig schnappte hörbar nach Luft. Hannah sah Hedwig strafend an und setzte ihren Bericht fort. »In der Ecke entdeckte ich schließlich etwas …«

»Hannah! Komm zum Punkt!«, rief Mechthild.

Hannah drückte Mechthilds Arm. »Ich fand eine Frauenleiche.«

Einen Augenblick sagte niemand etwas.

»Sie ist tot!«, brach es aus Mechthild heraus. »Was ist geschehen?« Tränen liefen über ihr Gesicht.

»Ich weiß es nicht«, gab Hannah zu. »Nicht genau. Aber ich glaube, dass es ein Mord war.«

»Mord?«, hauchte Hedwig. Sie war blass geworden.

»Kann ich sie sehen?« Hannah sah, dass Mechthild davor graute.

»Ich weiß nicht, ja, vielleicht, aber ...«

»Wer war es, hat Rena den Mörder gefasst?« Edith presste ihre Hände zusammen.

»Nein«, Hannah schüttelte unwirsch den Kopf. »Mechthild, es ist so, dass die Tote verschwunden ist.«

Mechthild starrte sie an. »Verschwunden? Aber dann lebt sie noch ...«

»Nein, Mechthild, jemand muss sie weggeschleppt haben.«

»Weggeschleppt?« Edith schien es kaum glauben zu können. »Und wo ist sie jetzt?«

»Keine Ahnung!« Hannah zuckte die Schultern. »Die Polizei sucht noch.« Sie wandte sich zu Mechthild. »Hast du ein Foto von Birte dabei?«

Mechthild nickte und griff nach ihrer Tasche, die über der Lehne hing. Sie kramte einen Augenblick und zog einen Stapel Fotos hervor.

»Hier, das ist im Sommer gewesen, ein Schnappschuss von meinem letzten Geburtstag ...«

Hannah nahm ein Foto nach dem anderen und studierte das Gesicht der jungen Frau, die auf den meisten Bildern fröhlich, manchmal nachdenklich in die Kamera blickte.

»Es tut mir so leid«, sie sah Mechthild in die Augen. »Aber ich glaube, dass Birte die Tote war. Sie sieht ihr ähnlich ...«

»Nein!«, schrie Mechthild. »Mein Kind, meine Kleine!« Sie brach in Tränen aus.

Hannah legte den Arm um die Freundin und klopfte ihr hilflos auf den Rücken.

»Es tut mir so leid«, murmelte sie unablässig.

Es klingelte. Hedwig stand schnell auf. Hannah vermutete, dass sie nur zu gerne die Gelegenheit nutzte, um der traurigen Runde zu entfliehen. Nach einigen Augenblicken kam sie in Begleitung eines kleinen, gedrungen wirkenden Mannes zurück, der sich als Mitarbeiter der Kriminaltechnik vorstellte und Mechthild um eine Speichelprobe bat.

»Wozu?«, fragte Mechthild. »Fassen Sie lieber den Mörder.« Sie schniefte und schüttelte den Kopf.

»Es tut mir sehr leid, aber es ist ja noch gar nicht sicher, ob es im Schloss eine Tote gab. Wir haben zwar Blut gefunden …«

Hedwig stieß einen kurzen Schrei aus, Mechthild stöhnte auf.

»… aber wir wissen noch nicht, wie alt diese Spuren sind. Wenn wir die DNA dieser Spuren mit denen einer nahen Verwandten vergleichen, wüssten wir, ob sie von Ihrer vermissten Tochter stammen. Nur dann können wir von einem Verbrechen ausgehen. Vielleicht gibt es eine harmlose Erklärung …«

Hannah beobachtete, wie Zuversicht in Mechthilds Augen aufkeimte. Folgsam öffnete sie den Mund, als der Kriminaltechniker sie darum bat.

»Morgen wissen wir mehr«, versprach er. »Es wird sich jemand bei Ihnen melden. Es gibt sicher noch Hoffnung.«

Rena blieb am Treppenaufgang stehen. Sie hatte bemerkt, wie Gromowejev nach dem Dinner Maiwald ein Zeichen gegeben hatte, auf ihn zu warten. Sie lugte über das Geländer. Waren die beiden noch einmal nach draußen gegangen? Rena sah auf die Uhr. 20 Minuten wartete sie bereits. Als sie Schritte hörte, zog sie sich weiter nach oben zurück und stellte sich an das hintere Ende des Geländers. Dort konnte man sie nur sehen, wenn man sich umdrehte, während man die Treppe emporstieg.

»Genau«, hörte sie Maiwald sagen. »Was sollen wir denn schon groß erzählen?«

»Wir müssen nur dabei bleiben.« Gromowejev hatte seine Stimme fast zu einem Flüstern gesenkt, doch Rena verstand ihn trotzdem.

»Kein Problem«, antwortete Maiwald. »Und Ihnen hat man auch nicht mehr erzählt? Zum Beispiel, wo die Leiche gefunden wurde?«

Sie waren nun fast oben angelangt und Rena huschte schnell in ihr Zimmer, bevor sie entdeckt wurde. Sie zog die Waffe, die Inga ihr mitgebracht hatte, aus der Tasche. Wohin damit? Die Beule in ihrer Tasche war ihr zu auffällig. Sie sah sich um. Wo könnte sie eine Waffe verstecken, ohne dass sie vom Zimmerservice oder einem anderen neugierigen Menschen entdeckt wurde? Ihr Blick fiel auf den Kachelofen. Probeweise drehte und zog sie an einem der Türchen. Es öffnete sich leicht und fast lautlos. Dahinter gab es genug Platz für ihre Waffe. Sicher hatte man hier früher kleine Speisen oder Getränke warm gehalten.

Rena schob die Waffe ganz nach hinten und wollte das Türchen schon wieder schließen, als sie Stimmen hörte. Sie kamen aus dem Kachelofen. Nein, sie kamen von der anderen Seite des Ofens, durch die Lamellen, die warme Luft in den angrenzenden Raum leiten sollten. Nebenan – da war doch das Schlafzimmer von den Hirnreuthers?

»… und wenn doch eines unserer Schäfchen darin verwickelt ist?«, fragte Doro Hirnreuthers Stimme. Rena hörte einen Reißverschluss und Kleiderrascheln.

»Dann wünschte ich, dass wir es herausbekommen, das könnte wirklich lukrativ werden. Am besten wäre die

Wagenfeld-Schlampe. Was meinst du, was die Familie zahlen würde, um so etwas unter den Teppich zu kehren?« Ganz unverkennbar war das Werner Hirnreuthers Stimme, obwohl sie den weichen, verbindlichen Ton verloren hatte. Lag das an der Akustik des Kachelofens oder daran, dass er sich unbelauscht wähnte?

»Wie sollen wir das rausbekommen? Alles wimmelt von Polizei und wenn wir auch noch Fragen stellen …« Klappernde Bügel wurden auf einer Stange hin- und hergeschoben.

»Wie recht du wieder hast, mein Schatz. Vermutlich ist unser Frank-Denaro-Projekt erfolgversprechender. Wir werden der kleinen Dangers eine weitere Beratung anbieten, um die Adresse von Denaro zu erfahren. Zumindest den Stadtteil. Weißt du, was diese Information bei der Yellow Press wert wäre?« Schuhe fielen auf den Boden.

»Oder dem guten Frank, weil er verhindern möchte, dass seine Adresse bekannt wird. Sicher mehr als wir bei Sternfelds Onkel herausschlagen konnten. Naja, lieber bescheiden in Freiheit leben als gierig hinter Gittern.« Auch Doro Hirnreuthers Stimme klang durch den Ofen plötzlich eher gewöhnlich.

»Wir müssen ihr das Gefühl geben, dass wir es sowieso längst wissen, dass Frank uns in sein Geheimnis eingeweiht hat.«

»Am besten übermorgen Nachmittag, bevor alle abreisen. Wir schenken ihr etwas. Ja, ich gebe ihr für morgen Abend eines meiner Abendkleider. Sie hat ja nur diesen billigen schwarzen Fetzen dabei. Wenn sie es mir zurückgeben möchte, schenke ich es ihr, weil es ihr so gut steht … Mach mal zu, bitte.« Wieder ein Reißverschluss.

»Ist sie nicht ein bisschen kurz für deine Kleider?«

»Ich habe noch dieses halblange Cocktailkleid, an ihr wird es länger wirken, vielleicht sogar elegant.«

Von Werner kam ein trockenes Lachen. »Möchtest du einen Whiskey? Ich will mit dir auf unsere Zukunft anstoßen.«

Rena hörte, wie die Stimmen sich entfernten. Langsam schloss sie das Türchen. Glücklicherweise quietschten die Scharniere nicht, nur der Drehknopf rastete mit einem hörbaren Klacken ein. Auch in vergangenen Zeiten hatten diese Öfen sicher noch anderes verteilt als Wärme. Ob die Hirnreuthers dieses Geheimnis noch gar nicht kannten? Das wäre für sie doch die Gelegenheit gewesen, ihre »Gäste« auszuspionieren. Andererseits – warum sollte jemand eine der Ofentüren öffnen, wenn er nicht gerade, wie sie, etwas verstecken wollte? Inzwischen wurde auch das Schloss längst durch Heizkörper erwärmt, die man geschickt in die Wandvertäfelungen integriert hatte. Die Kachelöfen waren nur noch Zeugen einstiger Wohnkultur.

Sicherheitshalber drückte Rena alle Lamellen fest an und hängte ihren Pullover darüber. Sie musste dringend mit Conny telefonieren, außerdem mit Inga und am besten auch noch mit Hannah. Conny hatte offensichtlich gute Laune, als er sich meldete. Rena fragte nach dem Grund.

»Ich habe ein Samuraischwert aus dem achten Jahrhundert ersteigert.«

»Oh. Hast du so ein Exemplar nicht schon?«

»Rena! Das war doch aus dem zwölften Jahrhundert.« Er hörte sich ehrlich entrüstet an.

»Aha.« Wirkliches Interesse hatte Rena nie für Connys Schwerter entwickelt.

»Banausin!« Doch Conny schien es ihr nicht wirklich übel zu nehmen.

»Bist du noch sauer wegen heute Nachmittag?«, fragte Rena.

»Ach weißt du, ich war nur enttäuscht, dass ich nicht den Helden spielen durfte.« Glücklicherweise klang die Enttäuschung nicht mehr durch.

»Wie geht es dir? Was macht das Seminar?

»Naja.«

»So schlimm?«

Sollte sie ihm von der Toten erzählen? Besser, er erfuhr es von ihr als aus der Zeitung. »Also das Dumme ist, hier wurde möglicherweise eine Leiche gefunden. Vermutlich gab es einen Mord.«

»Wer hat wen ermordet?«

»Weiß man nicht. Die Leiche ist wieder verschwunden.«

Conny machte eine Pause. Glaubte er ihr nicht? »In was für eine Geschichte bist du denn da schon wieder reingestolpert?«

»Kann ich leider noch nicht sagen.«

»Ermittelst du denn jetzt? Kannst du das Seminar noch weitermachen?«

Jetzt könnte sie Conny doch erzählen, dass sie sich wegen der vermissten Birte ins Seminar geschmuggelt hatte. Das wäre ein guter Zeitpunkt. Andererseits ... »Ich mache beides. Weil es sein kann, dass einer der anderen Teilnehmer was mit dem Verschwinden der jungen Frau zu tun hat, soll ich erst mal verheimlichen, dass ich Polizistin bin.«

»Verstehe. Das passt deiner Chefin wohl gut in den Kram, dass du zufällig vor Ort warst.«

Rena schluckte. Wenn sie jetzt nicht mit der Wahrheit rausrückte ... »Hm.«

»Hast du die Leiche etwa gefunden?« Nun war Conny doch misstrauisch geworden.

»Nein, aber Hannah.«

»Hannah? Was hat *die* denn im Schloss gemacht?«

Oh je, nun musste sie die Tatsachen entweder weiter verbiegen oder die Fakten auf den Tisch legen. »Sie war ganz zufällig hier, lief im Keller ...«

»Im Keller? Warum denn das?« Conny schien plötzlich sehr aufmerksam und wach.

Rena verhedderte sich in ihrer Geschichte. »Na, die Ausstellung hier, die Puppen …«

»Rena, ist es möglich, dass du mir gerade etwas verschweigst?«

Mist, er kannte sie doch besser, als sie gedacht hatte! Nun war Ablenkung angesagt. »Eigentlich nicht. Aber sag mal, wie gut kennst du eigentlich die Hirnreuthers?«

»Ich kenne sie von einem Seminar, was ich vor drei Jahren bei ihnen besucht habe. Hältst du sie etwa für die Mörder?«

Rena atmete erleichtert aus. »Nein, aber kann es sein, dass sie ihre Teilnehmer mit dem, was sie über sie erfahren, erpressen?«

»Die Hirnreuthers? Nein, die halte ich für absolut integer. Das würde sich doch sonst herumsprechen.«

Rena erzählte ihm von dem belauschten Gespräch.

»Da musst du dich verhört haben, Rena. Das kann ich mir nicht vorstellen. Natürlich wäre das der Gau, wenn meine Adresse bekannt würde, die Blättchen würden sicher eine Menge dafür bezahlen. Aber die Hirnreuthers und Erpressung? Gar nicht.«

Nachdenklich beendete Rena das Gespräch.

Von Inga bekam sie hingegen ein Lob. Das Gemauschel von Maiwald und Gromowejev und die möglichen Erpressereien der Hirnreuthers lieferten der Ermittlung neue Ansatzpunkte.

Hannah hörte sich müde an. Die Bilder, die Mechthild von ihrer Tochter dabeihatte, ähnelten zwar dem Gesicht, das sie gesehen hatte. Doch der Kriminaltechniker hatte ihnen allen wieder Hoffnungen gemacht. Mechthild lag mit einer Schlaftablette im Gästezimmer der WG. Für morgen hatte Inga Hauptkommissar Albertz angekündigt, der ausführlich mit Mechthild sprechen wollte.

Rena konnte Hannah beruhigen, Carsten Albertz war ein angenehmer und rücksichtsvoller Kollege. Auch sie wurde langsam müde. Morgen würde ein anstrengender Tag werden. Sie würde sich unter anderem überlegen müssen, ob sie Doro Hirnreuthers Cocktailkleid annehmen wollte. Glücklicherweise war sie ja nun vorgewarnt.

14

Inga gähnte. Sie ging auf dem Beifahrersitz die Notizen des Vortages durch. Simone leitete am Schloss die weitere Suche. Carsten war bereits in der Alten-WG. Er hatte den ersten Flieger von Sylt nach Hamburg genommen und war vor einer halben Stunde am Bremer Hauptbahnhof angekommen. Karla fuhr sie nun zum Campingplatz. Die Mordkommission MK II arbeitete an den Hintergründen der Beteiligten: Seminarteilnehmer und Museumspersonal. Von Zeit zu Zeit sah sie auf ihr Handy, unzufrieden über ihre Ungeduld, aber auch über das Ausbleiben von Ergebnissen. Endlich summte ihr Telefon, Carsten hatte Neuigkeiten.

»Leider waren Frau Schade und Frau Steinbach schon vor uns im Wohnwagen, wir werden ihre Spuren finden.«

»Frau Steinbach? Ach, die Vierte im Bunde, was?«

»Ja, eine der Frauen aus der WG. Edith Steinbach. Sie haben einen Zweitschlüssel für den Wohnwagen. Die Tote könnte Birte Schade sein. Frau Dangers meint, eine gewisse Ähnlichkeit erkannt zu haben, war sich aber nicht hundertprozentig sicher.«

»Was wissen wir über die Menschen im sozialen Umfeld der Vermissten?«

»Ein paar Freunde und Freundinnen, Verwandte, aber niemand, den sich Frau Schade als Feind oder Täter vorstellen kann.«

Sollten das alles Sackgassen sein? »Was ist mit Kollegen?«

»Die kennen sich ja kaum. Es gibt kurze Einführungen in die Arbeit, eine Verlosung der Einsatzgebiete, dann schwirren sie ab. Alle Gasableser sind selbstständig. Birte hatte, soweit ihre Mutter weiß, keine beruflichen Kontakte während ihrer Touren.«

»Verlosung? Gab es vielleicht Unzufriedenheiten mit den Losen? Neid?«

Auch Carsten hörte sich unzufrieden an. »Das weiß die Mutter nicht. Sie meint, es wurde gelost, damit sich niemand ungerecht behandelt fühlen konnte.«

»Ein Freund oder Liebhaber?«

»Nein. Mutter und Tochter hatten ein nahes Verhältnis, wohnten sogar zusammen. Frau Schade meint, sie hätte davon gewusst.« In Carstens Stimme schwang eine vage Ungläubigkeit mit.

Inga hakte ein. »Vielleicht gab es doch einen Mann und vielleicht hatte die Tochter einen Grund, diesen Freund zu verheimlichen. Das sollen die Mecklenburger herausbekommen.«

»Ich treffe mich gleich mit euch beim Campingplatz, bin schon unterwegs.«

»Gut, Carsten. Ich hoffe, wir finden dort etwas, das uns weiterbringt.«

»Mach dir mal keine großen Hoffnungen, wenn die Mutter schon nichts gefunden hat …«

Der nächste Anruf brachte Berichte aus der Hintergrundrecherche.

»Wir haben bisher Gromowejev und die Hirnreuthers durchleuchtet«, berichtete der Kollege. »Gromowejev ist ein paarmal in den Fokus der Berliner Kollegen geraten. Bestechung, Geldwäsche, aber er konnte jedes Mal die Verdachtsmomente entkräften. Entweder ist er sehr clever oder tatsächlich unschuldig.«

»Bekommst du für ihn eine Konteneinsichtsverfügung?«

»Antrag läuft schon, aber ich weiß nicht, ob es klappt – wir haben ja nicht mal eine Leiche.«

»Und die Hirnreuthers?«

»Guter Leumund, bewegen sich in den höchsten Kreisen. Scheinen blütenreine Westen zu haben. Sie tauchen immer mal wieder in den Klatschblättern auf, oft als Experten für die Promis und Reichen.«

»Wieso *scheinen*?«, legte Inga den Finger auf das entscheidende Wort in diesem Bericht.

»Ich habe mir die Klamotten auf den Fotos angesehen, teuer und immer hochaktuell. Das Haus, das sie bewohnen, die Autos, ein Boot. Muss immens viel kosten. Dann habe ich mir die Seminartermine vorgenommen. Gesalzene Preise, kann ich dir sagen, aber wenn man hochrechnet, also Termine im Jahr mal zehn Teilnehmer … Das reicht für den Lebensstil vielleicht ganz knapp. Selbst wenn von den Blättchen noch Honorare für ihre Beiträge kommen. Aber vielleicht haben sie Vermögen aus einem Erbe?«

»Kann also was dran sein, an dem, was Rena bei ihrer Lauschaktion gehört hat? Dass sie nebenbei ein bisschen erpressen?«

»Was das Einkommen betrifft, ja. Aber sie haben einen untadeligen Ruf, da müssten sie es schon sehr geschickt anstellen, dass ihnen niemand auf die Schliche kommt.«

»Beantrage auch für sie eine Konteneinsichtsverfügung«, entschied Inga.

»Mach ich. Wird Wellen schlagen, das weißt du? Die kennen mehr als nur einen Bankdirektor.«

»Ja, mach's trotzdem. Der Polizeipräsident wird mich wieder anrufen, aber ich habe ja was in der Hand. Hol dir Hilfe von K 31, die sind für Erpressungsfälle zuständig, ja?«

Auch Simone meldete sich. »Wir haben Schleifspuren entdeckt. Es kann sein, dass etwas Schweres hinter dem Schloss in diesen Burggraben gebracht wurde. Außerdem haben wir

Reifenspuren, aber nur von einem Rad. Könnte eine Schubkarre sein oder etwas Ähnliches.«

»Dann hat er vielleicht die Leiche aus dem Keller geholt, auf eine Schubkarre verfrachtet und sie dann ins Wasser geschoben?«

Simone zögerte. »Könnte sein. Das würde erklären, warum wir nichts gefunden haben. Im Wasser haben die Kollegen gestern nicht gesucht, es war auch schon zu dunkel.«

»Aber eine Leiche habt ihr nicht gefunden?«

»Nein. Nur eine nasse Jacke und einen Schuh, ein paar Meter weiter.«

Inga überlegte laut. »Warum holt der Mörder die Leiche aus dem Keller und legt sie ins Wasser? Und warum holt er sie da wieder raus und bringt sie weg? Das ergibt doch alles keinen Sinn. Ich hoffe, wir finden am Ende nicht nur eine Schaufensterpuppe oder ein paar Bierfässer.«

»Vielleicht wollte uns jemand weismachen, es wäre gar keine Leiche da. Vielleicht hat er nur die alte Frau gesehen und dachte, niemand würde ihre Geschichte glauben, wenn die Leiche wieder verschwindet.«

Inga stöhnte. Wenn noch irgendjemand »vielleicht« sagte, würde sie durchdrehen. Doch Simone könnte mit ihrer Vermutung richtig liegen. »Dann muss das Polizeiaufgebot ihn aber stark verunsichert haben.«

»Später ging's ihm vermutlich um Spurenbeseitigung.« »Vermutlich« war auch nicht besser als »vielleicht«.

»Und die Schubkarre?« Inga hörte, wie Simone in ihrem Notizblock blätterte.

»Da arbeitet gerade ein Vereinsmitglied und hält die Anlage sauber. Er mäht den Rasen, harkt Laub, beschneidet die Bäume. Ihm gehört die Karre. Wir haben sie mitgenommen, was ihm gar nicht gefiel.«

»Gebt sie ihm zurück, wenn die KTU mit ihr durch ist. Danke für die Info, Simone. Sucht weiter. Irgendwelche Spuren müssen wir doch finden, wenn es eine Leiche im Wasser gab. Und wohin sollte sie verschwunden sein? Ich bin gespannt, wo sie auftaucht – wenn sie auftaucht.«

»Wir sind da«, meldete sich Karla und parkte den Dienstwagen vor dem Glashaus.

»Da können Sie aber nicht stehen bleiben«, rief die junge Frau, die aus dem Verwaltungsgebäude stürzte. Inga kletterte aus dem Auto und präsentierte ihren Polizeiausweis. »Können wir«, sie sah die Frau mit zusammengekniffenen Augen an. »Sie gehören zum Campingplatz?«

Die Frau nickte. »Ich arbeite an der Rezeption. Claudia Viehbrock. Was ist denn passiert?«

Inga inspizierte die Umgebung. Vor dem Gebäude standen einige Camper. »Gehen wir hinein.«

Frau Viehbrock hielt die Tür für Inga und Karla auf und folgte ihnen in die Rezeption.

»Und?«, fragte sie.

»Wir suchen den Standplatz einer Birte Schade.«

»C 13«, antwortete die Rezeptionistin, ohne zu überlegen. »Da waren gestern schon zwei ältere Damen und haben nachgefragt. Eine war die Mutter.«

Inga war schon auf dem Weg zur Tür. Karla ließ sich die Wegbeschreibung geben und bat darum, den Kollegen, den sie noch erwarteten, ebenfalls nach C 13 zu schicken.

Doch das war unnötig, denn an der Tür trafen sie auf Carsten, der mit einem Schlüssel winkte. Zu dritt marschierten sie den Weg entlang und erreichten bald die ersten Wohnwagen. Einige davon machten bereits einen sehr eingemotteten und verzurrten Eindruck; zwei schienen allerdings noch bewohnt zu sein, darunter ein winziger alter Wohnwagen.

Viel erwartete Inga nicht von der Durchsuchung von Birtes Unterkunft. Und sie würde Carsten auch gleich zurück zum Präsidium senden, was sollten sie hier zu dritt? Es würde sogar reichen, wenn nur Karla vor Ort bliebe, um die Untersuchung durchzuführen.

Carsten öffnete vorsichtig die Tür zum Wohnwagen, um ja keine Spuren zu verwischen. Inga hatte bereits ihre Latexhandschuhe übergestreift, überrascht sog sie jetzt die Luft ein: Direkt vor ihnen lag eine nackte und offensichtlich tote junge Frau. Dennoch fühlte sie nach der Halsschlagader. Kein Puls.

»Rechtsmedizin, ein Team zur Absicherung«, gab sie ihre Anweisungen. Doch Carsten telefonierte bereits. Inga rief die Nummer der KTU an.

»Bist du Hellseherin?«, meldete sich Boris. »Ich wollte dich gerade anrufen.«

»Warum? Habt ihr was?«

»Ja. Das Blut gehört zu einer engen Verwandten von Frau Schade. Wir können es mit einer Wahrscheinlichkeit von 97,3 Prozent der Tochter zuordnen.«

Inga atmete hörbar aus. »Und wir haben die Leiche. Du musst herkommen!«

»Ihr seid gut! Wo denn? Am Schloss?« Inga hörte Geräusche. Boris zog sich demnach eine Jacke an.

»Du wirst es nicht glauben. Wir sind auf dem Campingplatz!«

»Oh«, Boris schien überrascht. »Na, dann bis gleich!«

Inga sah sich um. Der Spazierweg um den Stadtwaldsee wurde durch einen Zaun vom Campingplatzgelände getrennt. Es blieb nur der Eingang durch die Schranke. Da konnte jeder vorbei – zumindest zu Fuß. Aber vermutlich gab es noch andere Möglichkeiten, auf den Platz zu gelangen. Sie gab Karla ein Zeichen, beim Wohnwagen zu bleiben, und nickte Carsten zu, der ihr zur Rezeption folgte.

Die junge Frau erklärte, dass es einen weiteren Zugang gab, der aber nur mit einem Transponder zu benutzen war. Zu Birte Schade konnte sie keine weiteren Angaben machen.

»Aber der Volvo da, der gehört ihr.« Sie zeigte auf einen Parkstreifen gegenüber dem Verwaltungsgebäude. »Das ist ein Mitarbeiterparkplatz, da darf sie gar nicht stehen.«

Inga horchte auf. »Wann ist der Ihnen das erste Mal aufgefallen?«

Die junge Frau überlegte. »Heute Morgen, als ich um sieben Uhr anfing. Ich ärgerte mich schon, als ich ankam. Das geht eigentlich nicht. Ich hätte jetzt auch versucht, sie zu erreichen. Entweder in ihrem Wohnwagen oder unter der Nummer, die sie uns gegeben hat. Der Wagen muss auf jeden Fall da weg.«

Inga ließ sich das Anmeldebuch vorlegen, als draußen drei Wagen mit Martinshorn vorfuhren.

»Machen Sie bitte die Schranke auf«, forderte Inga die Frau auf.

Es schien, als wolle diese protestieren, doch dann betätigte sie einen Schalter. Die Schranke hob sich und die Fahrzeuge der Rechtsmedizin und der KTU fuhren durch. Uniformierte Kollegen stiegen aus und begannen, den Zugang zum Fundort der Leiche abzuriegeln.

Die Rezeptionistin seufzte tief auf und begab sich nach draußen, um die Camper, die sich neugierig am Verwaltungsgebäude sammelten, zu beruhigen.

Inga lief mit Carsten zurück zum Wohnwagen. Sie sah sich um. In der Nähe des Zaunes sah sie einen metallischen Gegenstand im Gras liegen.

»Warte!«, rief sie Carsten zu.

Mit zwei Schritten war sie am Zaun. Sie bückte sich und hob einen Autoschlüssel auf. Er gehörte zu einem Volvo. Inga lächelte. Manchmal war es gut, einem Impuls nachzugeben. Noch in gebückter Haltung blickte sie auf und sah durch den Zaun direkt in das Gesicht einer älteren Frau. Diese quiekte laut auf und sprang einen halben Schritt zurück. Dabei prallte sie mit einer zweiten Frau zusammen, die etwa im gleichen Alter zu sein schien. Waren das nicht die Frauen aus Hannahs Alten-WG?

Inga sah beide strafend an. »Es heißt zwar, dass einem das Alter nichts anhaben kann, solange man neugierig ist, aber das hier geht eindeutig zu weit!«

»Wir befinden uns auf einem öffentlichen Weg und suchen Kräuter!«, versetzte die Erste der Frauen.

»Hedwig Borgos, richtig?«, fragte Inga. »Und Sie sind …?«, wandte sie sich an die zweite Frau.

»Edith Steinbach. Und ich pflichte meiner Freundin bei – wir gehen nur spazieren.«

Das klang ja ganz schön patzig, wie zwei beim verbotenen Ballspiel ertappte Kinder. Inga schüttelte den Kopf. »Klar dürfen Sie hier herumspazieren, aber wenn ich Sie noch einmal dabei erwische, wie Sie sich in laufende Ermittlungsarbeiten der Polizei einmischen, werde ich Sie eigenhändig verhaften!«

»Ach«, fragte Hedwig Borgos, »und mit welcher Begründung? Rena hat uns erklärt …«

»Wollen Sie Renas Karriere gefährden, nur weil Sie und Ihre ganze WG Detektiv spielen?«

Das hatte offensichtlich gesessen. Beide Damen klappten gleichzeitig den Mund zu, sahen sich kurz an und stolzierten schnellen Schrittes davon.

Inzwischen hatte der Pathologe vor dem Wohnwagen ein Untersuchungszelt aufgebaut.

»Habt ihr schon was?«, fragte Inga Ares Gregorius, den Chef der Rechtsmedizin, der den toten Körper mit einer Lampe untersuchte.

»Elender Dummkopf«, brummte Gregorius.

Inga kannte ihn zu lange, um diese Begrüßung auf sich zu beziehen und wartete stumm auf eine weitere Erklärung.

»Hat sie gewaschen – ihren Kopf auf die Kante der Spüle geschlagen. Glaubt, ich erkenne das nicht. Leichenflecken stimmen nicht – zwei Verletzungen am Hinterkopf, eine post mortem – auf den ersten Blick post mortem! Hält uns für Idioten – hat sich geirrt.«

»Danke.« Glücklicherweise hatte Inga in den letzten drei Jahren gelernt, diesen Telegrammstil zu verstehen. Das Opfer war woanders getötet und danach zum Campingplatz gebracht worden. Der Täter hatte versucht, es wie einen Unfall im Wohnwagen aussehen zu lassen. Sie nickte dem Kollegen freundlich zu und wandte sich den Personen im Wohnwagen zu. Karla diskutierte gerade mit einem der Kriminaltechniker, ob man den Wagen hier auseinandernehmen oder als Ganzes in die KTU bringen sollte.

»Es kann immer nur einer zur Zeit rein, so kommen wir nicht weiter«, erklärte sie, als sie Inga bemerkte. »Wir müssen ihn auseinandernehmen, zumindest müssen wir diese Seitenwand abmontieren.«

»Was gewinnen wir dadurch?«, fragte Inga.

»Zeit. Dann können drei oder vier Leute gleichzeitig nach Spuren suchen.«

»Aber der Wohnwagen ist dann hinüber.« Kritisch musterte Inga die Seitenwand.

»Ist doch sowieso nichts mehr wert«, wandte Karla ein.

»Für die Mutter vielleicht schon – immerhin hat er der Tochter als Behausung gedient.«

»Sollen wir sie vorher fragen?«

Inga seufzte. Zeit war tatsächlich ein zentraler Faktor in diesem Fall. Hannah Dangers *hatte* eine Leiche gefunden und diese war weit weggebracht worden. Der Täter hatte sich sehr bemüht, alle Spuren im und um das Schloss zu tilgen, also war er vermutlich genau dort zu finden. Inga verdächtigte weniger das Museumspersonal als vielmehr einen der Seminarteilnehmer. Und die würden morgen Abend abreisen, was ihre Ermittlungen nicht gerade erleichterte.

Sie nickte Karla zu. »Nehmt ihn mit in die KTU – ganz. Baut die Seitenwand ab, wie du es vorgeschlagen hast. Ich rede mit der Mutter. Und bestellt noch einen Abschleppwagen. Für den Volvo der Toten.«

Karla machte sich Notizen. »Wo steht der?«

»Auf dem Mitarbeiterparkplatz, so als wenn sie ihn selbst dort abgestellt hätte. Und hier ist der Schlüssel. Den muss der Täter weggeworfen haben, nachdem er die Tote hier abgelegt hatte.«

»Und wie ist er später von hier wieder weggekommen?«, fragte Karla.

Inga nickte ihr anerkennend zu und rief die Kollegen im Präsidium an. »Alle Taxi-Firmen. Ja … letzte Nacht, in einem Umkreis von … sagen wir vier Kilometern um den Campingplatz. Und auch die Busfahrer, wann ging der erste Bus?« Mit etwas Glück würde sich ein Taxifahrer als Zeuge melden.

Carsten kam auf Inga zu. »Übrigens, der Name Gromowejev kam Frau Schade bekannt vor. Sie meinte, jemand mit diesem Namen hätte für einen internationalen Konzern die Elektrizitätswerke in Güstrow gekauft, gleich nach der Wende, und zwar für 'n Appel und 'n Ei. Dann hätten sie die Strompreise drastisch angehoben. Der ganze Ort und die Umgebung haben demonstriert und protestiert. Der Bürgermeister hat schließlich den Landkreis zu Hilfe gerufen. Frau Schade und ihre Tochter waren mit dabei, immer ganz vorne mitmarschiert, wie sie sich ausdrückte.«

»Wie ging die Sache aus?«, fragte Inga.

»Die Politiker solidarisierten sich mit den Einwohnern, sie hatten Angst um ihre Wählerstimmen. Das Management wurde unter Druck gesetzt. Dann hat sich der Konzern beleidigt abgewandt. Tat so, als habe er eine gut gemeinte Hilfe angeboten, die von unverständigen Bürgern abgelehnt wurde.«

»Und alles war wieder gut?«

»Na ja, man musste ganz schön investieren danach, der Konzern hat nur Geld abgeschöpft.«

Inga überlegte. »Mal angenommen, Birte hätte in unserem Gromowejev hier die Heuschrecke von damals wiedererkannt, das wäre doch für ihn fatal gewesen, oder?«

»Keine Ahnung. Für einen Geschäftsmann, wie er sich versteht, ist das vielleicht ein normales Verhalten und kein Grund, um sich zu schämen.«

»Da werde ich mal nachhaken.«

Inga blieb noch einen Augenblick in dem geschäftigen Treiben stehen. In einiger Entfernung, nah am Ufer, entdeckte sie Frau Steinbach und Frau Borgos. Ganz schön hartnäckig, diese Altweiber-Gang.

»Konferenz um 13 Uhr«, rief sie allen hörbar zu, drehte sich um und verließ den Campingplatz. Es würde eng werden. An einem Sonntag war mit einer Bankauskunft nicht zu rechnen. Die würde frühestens morgen Mittag vorliegen. Dann hatten sie nur noch wenige Stunden, um die Leute im Schloss zu befragen. Hoffentlich fand Rena etwas heraus.

15

»Ich glaube, die haben Birte gefunden. Den Wohnwagen nehmen sie jetzt auch mit«, berichtete Edith. »Es kam ein Abschleppwagen und die haben die Feststeller entfernt.«

»Dann werden sie auch etwas herausbekommen«, beschied Hannah. »Rena sagt immer, die Kriminaltechniker finden jede noch so kleine Spur.«

Sie sah Edith an. »Und du hast tatsächlich gesehen, wie sie eine Leiche aus dem Wohnwagen geholt haben?«

Edith nickte.

»Nur von Ferne, wir konnten kein Gesicht erkennen oder so«, fiel Hedwig ein.

Hannah biss sich auf die Lippen. »Dann lag ich doch richtig gestern. Ich bin doch keine dusselige, geistig umnachtete alte Frau.«

Sie holte tief Luft. Immer wieder hatte sie sich dieses Gesicht vor Augen gerufen. Jedes Mal war sie unsicherer geworden, was genau sie in diesem dunklen Keller gesehen hatte.

»Dann ist Mechthilds letzte Hoffnung zerstört. Sie wird auch zur Identifikation müssen.«

»Wie geht's ihr denn?«, fragte Hedwig.

»Schlecht. Nachdem ihr angerufen und von der Leiche erzählt habt, ist sie zusammengebrochen. Sie würde am liebsten ihrer Wut nachgeben und alle im Schloss abknallen. Jetzt liegt sie im Bett und kann sich nicht rühren.«

»Was sagt denn der Arzt?«, wollte Hedwig wissen.

»Er hat Beruhigungstabletten dagelassen. Heute früh konnte ich sie überreden, eine zu nehmen.«

»Es ist so tragisch! Keine Mutter sollte ihr Kind auf so eine grausame Weise verlieren müssen«, rief Hedwig. »Wenn wir nur helfen könnten!«

»Wir sind aus dem Fall raus«, erklärte Hannah. »Die Polizei hat alles im Griff, sagt Rena. Die gehen jedem Verdacht nach.«

»Und vermutlich sollen wir uns dort nicht mehr sehen lassen?« Ediths Stimme klang geknickt.

»Sicher.« Hannah sah Edith scharf an.

»Hat Rena das ausdrücklich gesagt?«, hakte Edith nach.

»Neeeiin«, kam es gedehnt von Hannah.

»Na also«, Edith schien zufrieden. »Uns drei kennt da ja noch keiner. Wir gehen ins Schloss.«

Hannah sah ihre Freundin grübelnd an. Sie merkte, dass Hedwig und Marlies vor Aufregung schon wieder strahlten.

»Bist du krank? Was meinst du, was ihr da findet, was den Bullen entgangen ist?«

»Weiß ich noch nicht.« Edith zog einen Schmollmund.

Hannah wusste, dass sie ihr diese Idee ausreden musste. »Und wenn der Mörder was merkt?«

»Wird er nicht. Ich dachte, wir wenden uns an die Museumsfrauen. Du hast doch gesagt, dass die etwa in unserem Alter sind. Wir treten in ihren Heimatverein ein. Wir werden überhaupt nicht auffallen und kommen überall hin.«

»Und ich back' ein paar Muffins, das kommt bei den Damen bestimmt gut an«, versprach Marlies.

Edith nickte. Sie wandte sich an Marlies. »Du machst also mit?«

»Klar!«, Marlies ließ sich durch Hannahs Kopfschütteln offensichtlich nicht abhalten.

»Und du?«, fragte Edith Hedwig.

»Ich habe da auch eine Idee …«, murmelte sie.

Hannah wurde angst und bange.

»Ihr seid ja verrückt! Rena wird euch erwürgen, wenn sie euch sieht!«

»Vielleicht können wir die Museumsfrauen ja einweihen, sodass sie uns helfen«, schlug Hedwig vor.

»Bloß nicht!«, fuhr Hannah dazwischen. »Wenn unser Club der greisen Detektivinnen noch größer wird, werden wir sicher bald verhaftet.«

»Greise Detektivin? Das mag ja für dich zutreffen, Hannah Dangers«, giftete Edith, »aber *ich* bin keine Greisin – noch nicht!«

Rena ließ sich von Werner Hirnreuther die Bestandteile des Mittagessens auf eine riesige Porzellanschale legen. Irritiert beobachtete sie, wie er das Essen fast künstlerisch auf dem Teller drapierte. Vier Kroketten legte er wie einen Fächer nach oben, zwei Broccoli-Röschen mit Mandelblättchen gegenüber, in die Mitte kamen zwei Fleischstückchen, darunter etwas Soße in einem geschwungenen Bogen: fast wie ein Kinderbild mit Sonne, Fluss und Bäumen. Sehr übersichtlich. Rena bezweifelte, dass sie davon satt würde.

Während des Essens erläuterte Doro Hirnreuther, welche Weine zu welchem Essen passten. Ihr Mann ließ die Teilnehmer kosten. Er forderte sie auf, selbst zu entscheiden, welcher der Weine zu den gereichten Rindsstückchen besser passte. Frau Liebig tanzte aus der Reihe, weil sie ständig ihren Teller drehte. Zur einen Seite, um eine Krokette aufzuspießen, zur anderen Seite, um sie in der Soße zu wenden. Dabei presste sie – wie schon an den vergangenen Tagen – die Ellbogen fest an den Körper. Natürlich, so konnte sie nicht an die ach so fernen Kroketten kommen. Und offensichtlich auch nicht an die Broccoli-Röschen, denn nun drehte sie den Teller zur anderen Seite, um eines davon aufzuspießen. Rena hörte, wie Werner Hirnreuther seinen Vortrag über die Vorzüge eines Syrah unterbrach und aufstöhnte.

»Werte Frau Liebig, was machen Sie da?«, hauchte er ihr seine Frage entgegen.

Frau Liebig sah auf. »Wenn doch die Kroketten so weit weg sind!«, empörte sie sich.

»Sie können doch einfach hinlangen!«, schlug Natalie Kern vor.

Mit einem entrüsteten Schniefen sah Frau Liebig sie an. »*Meine* Mutter hat mir beigebracht, dass man während des Essens die Arme so hält, dass eine eingeklemmte Zeitung nicht wegrutscht!«

»Meine Liebe«, mischte sich Doro Hirnreuther mit ihrer weichen Stimme ein. »Sicher hat Ihre Mutter es gut gemeint. Mit dem heutigen modernen Geschirr kannte sie sich aber nicht aus, wie denn auch? Natürlich dürfen Sie Ihren Arm ausstrecken! Sie müssen doch auch an Salzfässchen und Schüsseln kommen, nicht wahr? Nur dieses Gedrehe Ihres Tellers, das geht gar nicht!«

Frau Liebig machte einen verletzten Eindruck, zuckte mit den Schultern und drehte ihren Teller wieder in die Ausgangsposition zurück.

Anna schien die ganze Angelegenheit peinlich zu sein. Herr Liebig sah starr auf seinen eigenen Teller. Obwohl offensichtlich niemand großes Mitgefühl für seine Frau empfand, wurde die Stimmung noch gedrückter, als sie es ohnehin schon war. Selbst Maiwald und Gromowejev hatten ihr Getuschel aufgegeben. Doro Hirnreuther versuchte einige Male, ein Gespräch in Gang zu bringen, ohne große Resonanz. Kaum war das Essen zu Ende, stoben alle Teilnehmer aus dem Raum. Rena bemerkte, dass die Hirnreuthers sich mit dem Abräumen des Tisches Zeit ließen. Sie würden also erst später in ihrem Zimmer sein, um etwas Belauschbares zu besprechen.

Auf der Treppe zur Galerie wäre Rena fast über Herrn Liebig gestolpert, der unerwartet stehen blieb. Gromowejev rempelte sie von hinten an, entschuldigte sich hastig und machte einen Schritt zurück. Offensichtlich war er dabei Maiwald auf den Fuß getreten, denn Rena hörte, wie dieser aufschrie. Nun entschuldigte Gromowejev sich auch in Maiwalds Richtung. Rena wollte nach rechts ausweichen, doch dort stand bereits Kevin Kern, der sie vermutlich alle großräumig umgehen wollte.

Eingeklemmt zwischen Liebigs Hintern und Gromowejevs Gesicht, rief Rena: »Was ist denn los?«

Liebig drehte den Kopf in ihre Richtung. »Weiß ich auch nicht!«, er wandte sich wieder nach vorne. »Schatzi?«

Rena konnte außer dem Allerwertesten von Liebig nichts sehen und vermutete, dass Frau Liebig vor ihm stand und ihn am Weitergehen hinderte. Sie hörte ein gurgelndes Geräusch. Kam das von Frau Liebig? Hatte sie oben etwas Schreckliches entdeckt? Noch eine Leiche? Rena versuchte jetzt, Herrn Liebig etwas nach vorn zu schieben, und wäre beinahe gefallen, ihre Arme hingen in der Luft. Liebig bot kein Hindernis mehr und nahm plötzlich zwei Stufen auf einmal. Rena stolperte hinter ihm her. Am Treppenende schob sie sich an ihm vorbei und blieb verblüfft stehen. Sie spürte von hinten einen Stoß. Nun war vermutlich Gromowejev in sie hineingerannt.

Rena vergaß den erneuten Zusammenprall gleich wieder, so sehr war sie damit beschäftigt, zu verstehen, was in der Galerie vor sich ging. Eine Frau in einem schwarzen Häkelumhang mit weißem, wirrem Haar und einer schwarzen Federboa um den Hals drehte sich zwischen den Sesseln um sich selbst. Sie zog ihre dünnen Arme durch die Luft und murmelte unverständliche Worte. Rena wurde schon wieder geschubst, also war der Rest der Gruppe langsam oben angekommen.

Doro Hirnreuther schob sich an ihr vorbei. Doch nach einem energischen »Was?« erstarb ihre Stimme. Es gab also tatsächlich etwas, das Frau Hirnreuther die Sprache verschlagen konnte! Allerdings währte ihre Sprachlosigkeit nicht lange.

»Was machen Sie hier?«, bellte sie der Frau entgegen.

Diese wandte ihr Gesicht langsam ihrem Publikum zu. Rena sah zunächst nur das Profil. Es kam ihr seltsam bekannt vor. Als sie das ganze Gesicht mit den verdrehten Augen und dem blassen Teint erkennen konnte, fiel ihr die Kinnlade herab. Hedwig? War das Hedwig, die hier wie entrückt einen seltsamen Tanz aufführte?

Rena gab ihrem ersten Impuls, Hedwig zu stoppen, nicht nach. Jetzt trat die Seminarleiterin drohend auf Hedwig zu. Diese beugte sich vor und legte ihren Kopf in den Nacken, sodass sie Doro Hirnreuther von unten ansehen konnte. Ihr Blick schien leer. Sie zischte etwas Unverständliches. Frau Hirnreuther zuckte zurück. Dies schien alle Umstehenden so zu beeindrucken, dass die Menge einen kleinen Schritt zurückwich. Als sei dies ihr Signal gewesen, begann Hedwig zu sprechen: »Ich spüre Schwingungen. Verletzte Seelen, Tore zur Anderswelt.«

Sie drehte sich abrupt um, als habe jemand sie gerufen, und ging ein paar Schritte auf eines der Fenster zu. »Ja, meine Lieben, ich höre euch.« Ihre Stimme war nur noch ein Flüstern.

Rena konnte es immer noch nicht fassen. War das die Hedwig, die früher beim Besuch eines GEZ-Mitarbeiters in Hysterie ausgebrochen war, obwohl die WG ihre Gebühren immer brav bezahlte? Die nervös wurde, wenn in der Straßenbahn ein Kontrolleur auftauchte? Stand sie etwa unter Drogen? Am besten, sie rief Hannah an, damit sie Hedwig abholte. Sie durfte ihre Tarnung nicht gefährden. Rena wollte sich gerade entfernen, als Hedwig mit einer theatralischen Geste, die Arme weit ausgestreckt, auf die Gruppe zukam.

»Wir müssen sie befragen!«, beschwor sie die gespannt Zuhörenden. »Wir werden sie befragen. Nur sie kann sagen, was geschehen ist.«

»Wovon reden Sie überhaupt?«, Doro Hirnreuther hatte ihre Sprache wiedergefunden. Hedwig erstarrte in der Bewegung und fixierte die Referentin mit den Augen.

»Wir rufen sie.« Hedwig hatte den Tonfall eines Menschen angenommen, der einem kompletten Dummkopf etwas erklärt. »Ich benötige nur einen runden Tisch und einen Kreis spiritueller Menschen.«

Rena verstand noch immer nicht, was Hedwig wollte, doch Frau Liebig schien es begriffen zu haben.

»Eine Séance! Sie will eine Séance veranstalten!«, rief sie.

Hedwig ergriff ihre Hand. »Eine Wissende! Oh ihr Geister, ihr habt mir eine Wissende gesandt!«

Frau Liebig schaute triumphierend in die Runde. Endlich hatte sie den anderen etwas voraus.

»So ein Schwachsinn«, polterte Maiwald los.

»Aber wieso?«, Magett drängte sich an ihm vorbei. »Das ist doch eine gute Idee! Hier ist schließlich eine Tote gefunden worden, oder nicht?«

Maiwald sah sie wütend an. »Unfug! Es gibt keine Tote im Schloss! Und es gibt auch keine Geister!«

Magett kniff die Augen zusammen. »Das sollten wir *sie* entscheiden lassen«, sie zeigte auf Hedwig. »Wenn die Tote antwortet, kann sie uns ja auch sagen, wohin sie verschwunden ist. Und vor allem, was im Keller geschah.« Sie ging einen Schritt auf Hedwig zu. »Ich bin auf jeden Fall dabei.«

Sie warf Maiwald einen verächtlichen Blick zu und stellte sich neben Hedwig. Frau Liebig nickte ihr zu und nahm ihre Hand.

Rena schwante, dass sie sich der kleinen Gruppe anschließen musste, wenn auch nur, um zu verhindern, dass Hedwig ihr Theater allzu sehr übertrieb. Aber vielleicht griff ja noch jemand ein? Vielleicht gelang es Frau Hirnreuther, Hedwig zu verscheuchen? Doch die musterte Hedwig mit einem angewiderten Blick und schritt, ihren Mann im Schlepptau, auf ihr Zimmer zu.

»Ich mache auch mit«, erklärte Rena lahm und nahm sich vor, Hedwig später kräftig den Kopf zu waschen.

Maiwald lachte auf, so als könne er noch immer nicht glauben, dass die Séance tatsächlich stattfinden würde. Er pflanzte sich vor Hedwig auf und stemmte die Hände in die Seiten.

»Nun gut. Dann bin ich auch dabei. Und ich werde jeden dummen Trick aufdecken!«

Hedwig sah ihm direkt in die Augen. Rena meinte, darin Furcht zu erkennen. Doch dann verzog sich ihr Gesicht zu einem entrückten Lächeln.

»Wie angenehm! Ich liebe es, Zweifler zu überzeugen!«

Sie drehte sich noch einmal, wirbelte ihren Umhang durch die Luft und schwebte auf die Treppe zu. Jäh blieb sie stehen und wandte sich zu Magett um. »Zwei Stunden vor Mitternacht! Am runden Tisch!« Schon schwebte sie weiter.

Gromowejev, Anna und die Kerns machten ihr rasch Platz und beobachteten staunend, wie Hedwig am Ende der Treppe entschwand.

Rena überlegte angestrengt, ob sie Hedwig zur Rede stellen sollte. Aber das war nicht ihre Aufgabe. Sie sollte die Teilnehmer des Seminars beobachten. Unschlüssig griff sie zu einer der ausliegenden Zeitschriften und blätterte sie achtlos durch. Eine Tür öffnete sich und Maiwald erschien, eine Golftasche auf dem Rücken. Sie beschloss, Maiwald zu folgen, der sich in Richtung auf den Schlossflügel bewegte, der das Museum beherbergte – allerdings ohne Gromowejev. Maiwald verabschiedete sich mit einem kurzen Nicken in Richtung Tresen.

Rena stutzte: Da stand doch Edith! Offensichtlich unterhielt sie sich sehr intensiv mit einer der Museumsfrauen. Versuchte sie etwa auch, auf eigene Faust zu ermitteln? Sie seufzte tief auf, denn die Mitbewohnerinnen von Hannah hatten schon bei ihrem letzten Fall für Verwirrung gesorgt. Nun begegnete Edith Renas forschendem Blick. Nach einem Moment der Unsicherheit strahlte sie Rena entschlossen an.

»Guten Tag! Darf ich Ihnen einen Prospekt anbieten? Vielleicht möchten Sie auch gerne einen Museumsführer kaufen?« Freundlich hielt Edith ihr ein buntes Papier unter die Nase. Die Museumsmitarbeiterin schaute auf, doch ihr erfreutes Lächeln wich schnell einer nüchternen Miene.

»Das ist eine der Seminarteilnehmerinnen«, belehrte sie Edith. »Die dürfen umsonst durch die Ausstellung gehen.«

»Aha?«, Edith schien das merkwürdig zu finden.

»Erklär' ich später«, beschwichtigte die Museumsfrau. »Nun komm aber mit, ich führe euch erst mal durch die Ausstellung.«

Rena schwankte. Sollte sie, wie beabsichtigt, Maiwald folgen oder lieber überprüfen, was Edith und Hedwig hier trieben? Noch einmal blickte sie fragend in Ediths Gesicht, die mit ihrem harmlosesten Lächeln zu verstehen gab, dass alles in bester Ordnung war.

Also beeilte Rena sich, Maiwald zu folgen, der zielstrebig am Schloss entlangging. Sie konnte ihn von der Eingangstür aus gerade noch sehen. Vorsichtig folgte sie ihm, bemühte sich dabei um Abstand und zog ihr Handy aus der Tasche, um notfalls so tun zu können, als wolle sie ungestört außerhalb des Hauses telefonieren.

Doch Maiwald lief zu einem roten BMW-Cabrio, verstaute die Golftasche auf dem Beifahrersitz, stieg ein und fuhr los. Sollte sie ihm hinterherfahren? Wollte er wirklich nur Golf spielen oder zu einem heimlichen Treffpunkt?

Vielleicht hatte er ja die Leiche im Kofferraum? Besser sie ließ Inga entscheiden, ob sie Maiwald folgen sollte.

»Gut, dass du anrufst«, meldete sich Inga, »wir haben nämlich eine Leiche gefunden.«

»Ist es Birte?«, fragte Rena.

»Gregorius ist sich zu 97 Prozent sicher. Ja, es ist Birte Schade.«

»Aber wo denn? Hier am Schloss?« Rena wunderte sich, dass sie die Transporter der KTU übersehen haben sollte.

»Nein, auf dem Campingplatz, in ihrem Wohnwagen.« Inga gab Rena eine kurze Zusammenfassung.

Renas Gedanken wanderten zu Hannah und Mechthild. »Wie schrecklich. Weiß es die Mutter denn schon?«

»Ja, deine Tante kümmert sich um sie. Was gibt es bei dir Neues?«

Rena berichtete von Maiwalds Verschwinden, doch Inga entschied, dass sie ihn nicht überwachen sollte.

»Ich denke nicht, dass er zum Campingplatz zurückkommt. Aber wir haben da noch einen Posten. Ich werde ihm auftragen, nach so einem Angebersportflitzer Ausschau zu halten. Dieser Banker würde mir als Täter sehr gefallen.«

»Mir auch, aber meine Chefin ermahnt mich immer wieder, dass ich mir meinen klaren Blick nicht durch Vorurteile verstellen soll.«

»Kluge Frau, deine Chefin«, ätzte Inga durch das Telefon.

»Finde ich auch«, witzelte Rena zurück.

16

Edith war sehr zufrieden mit sich. Die peinliche Begegnung mit Rena hatte sie doch glänzend gemeistert! Und Monika Findmann war eine so freundliche Frau! Sie hatte sich sehr über die unverhoffte Verstärkung und das leckere Gebäck gefreut und ihnen gleich das Du angeboten. Auch Herr Kastendiek, der den Schlossplatz in Ordnung hielt, lobte ihren selbst gebackenen Kuchen. Er konnte nicht weiterarbeiten, weil die Polizei seine Karre beschlagnahmt hatte, und vertrieb sich die Wartezeit bei den Museumsfrauen. Marlies hatte sich mit einem Staubwedel bewaffnet und zog durch die Ausstellungsräume. Hedwig war gleich zu Beginn mit ihrer großen Tasche verschwunden, kam dann mit einem schwarzen Umhang zurück und hielt sich von da an merkwürdig still im Hintergrund. Zwischendurch erklärte Monika Findmann ihnen das Abrechnungssystem der Kasse. Auch den Polizeieinsatz ließ sie nicht unerwähnt. Als ihre Kollegin Gudrun Bergwald kam, die sie eigentlich ablösen sollte, bot sie Edith und Hedwig eine Führung an. Marlies wollten sie unterwegs aufpicken, je nachdem, wo diese gerade ihren Staubwedel schwang.

»Sonst müsstet ihr mit der Einweisung bis Donnerstag warten. Wir sind sonntagsnachmittags leider nicht so stark besetzt.«

Sie führte Edith und Hedwig durch die Ausstellungsräume. In einem Raum, den sie »Bürgerliche Wohnkultur« nannte, blieb sie etwas länger und erklärte die Herkunft der Möbel. Hedwig blieb an einem runden Tisch stehen und betastete ausführlich die Oberfläche. Frau Findmann warf ihr einen nachdenklichen Blick zu. Auch Edith fand dieses Verhalten ausgesprochen merkwürdig und zog ihre Freundin unsanft weiter. Die Ausstellung im oberen Stockwerk widmete sich dem Thema »Walfang«. Ediths Blick blieb an einer Schaufensterpuppe hängen, die mit Gummistiefeln, dicken Hosen, Lederschürze und Wachstuchjacke ausstaffiert war. Sie zeigte auf die Figur und sah Monika fragend an.

»Die Puppe haben wir von einem Herrenausstatter in Vegesack, aber den gibt's schon lange nicht mehr. Und die Klamotten von Ulrike ihrer Oma, die hatte die noch auf dem Dachboden. Nur die Stiefel sind nicht so alt.«

»Toll«, lobte Edith. »Sieht so echt aus, als wenn der gerade von Bord gegangen wäre und in einer Pfütze stünde.«

Sie wies auf einen dunklen Fleck am Boden und auf die verschmutzten Stiefel.

»Das ist doch wohl nicht wahr«, rief Monika. »Die habe ich letzte Woche noch geputzt! Und wo kommt dieser Fleck her? Sieht aus, als wenn hier Wasser gestanden hätte.«

Sie ließ sich auf die Knie nieder und betastete Stiefel und Holzfußboden. »Das ist noch leicht feucht! Da muss Wasser gewesen sein. Hier! Am Stiefel auch, man sieht noch richtige Wasserränder.«

»Du hast aber gute Augen«, wunderte sich Edith.

»Ich bin eben pingelig. Da steh' ich auch zu.«

Monika Findmann stand auf und betrachtete die Figur aus einem Schritt Entfernung.

»Da! Das Hemd ist nicht richtig in der Hose!« Sie schob einen Zipfel der Jacke zur Seite. »Und die Ärmel! Sieh mal, da sind ja Falten an den Ärmeln, so als wenn sie jemand hochgekrempelt hätte.«

Edith besah sich die Stelle und nickte. »Sieht ganz so aus, als wenn sich jemand die Klamotten ausgeliehen hätte, findest du nicht?«

Frau Findmann fuhr hoch. »Ausgeliehen? Niemand hat sich hier was auszuleihen!«

»Beruhige dich«, versuchte Edith ihr Glück. »Vielleicht war es nur ein dummer Scherz!«

»Das ist nicht komisch! Das Museum ist unser ganzer Stolz. Wir haben hier so viel Arbeit reingesteckt …«

»Sag mal, Monika, kann es sein, dass dieser Vorfall mit dem Mord zusammenhängt, von dem du mir erzählt hast? Vielleicht hat der Mörder sich die Kleider ausgeliehen?« Edith versuchte, möglichst leidenschaftslos zu klingen.

Monika sah sie wild an. Sie schien es als persönliche Beleidigung aufzufassen, dass jemand sich an den Objekten der Ausstellung vergriffen haben könnte. »Ich will das nicht. Ich will hier keine Polizei, die alles anfasst. Ich will keine Unruhe. Ich will keine Leichen im Keller und ich will keine Mörder im Haus. Ich will, dass alles ist wie immer.« Nun rannen ihr die Tränen über die Wange. Edith nahm sie spontan in den Arm und klopfte ihr beruhigend auf den Rücken.

»Ich kann dich ja so gut verstehen, Monika. Aber denk mal, mit deiner Hilfe wird vielleicht der Täter geschnappt!«

Monika schniefte. »Ich will hier keinen Fall«, kam es etwas leiser von ihr. »Meinst du wirklich, wir sollen das melden? Dann stellt die Polizei doch noch einmal alles auf den Kopf!«

»Aber wir helfen dir ganz bestimmt, alles wieder in Ordnung zu bringen«, versprach Edith.

»Na gut. Die unfreundliche Polizistin hat mir ihre Karte gegeben. Warte mal …«, sie kramte in ihrer Hosentasche. »Hier, Löwe heißt sie. Dann muss ich sie wohl anrufen.«

Die Frauen begaben sich nach unten. Hedwig lief in Richtung »Bürgerliche Wohnkultur«. Während Monika hinter dem Tresen Stellung bezog, kramte Edith unauffällig ihr Handy hervor, um Hannah zu informieren.

»Siehst du jetzt, wie gut es war, dass wir hergekommen sind? Das mit den Klamotten wäre doch niemals irgendjemandem aufgefallen!«

»Und das Gute ist«, bestätigte Hannah, »dass nicht *wir* die Polizei alarmieren. Die Chefin von Rena wäre bestimmt genervt, wenn sie mitbekommt, dass wir uns schon wieder einmischen.«

Das große Besprechungszimmer war rappelvoll. Inga sorgte mit einem kurzen Räuspern für Ruhe. Sie nickte dem Rechtsmediziner Gregorius zu, der aufstand und einige Fotos an das White Board heftete. Sie zeigten die Leiche, so wie sie aufgefunden wurde, die Wunden am Hinterkopf und die blutige Kante der Wohnwagenspüle. Er referierte, dass eine der Wunden postmortal zugefügt wurde und diese nachweislich von der blutigen Spüle stammte.

»Versuchte, clever zu sein. Aber wir haben experimentiert. Falls die arme junge Frau tatsächlich gestürzt und mit dem Kopf auf die Kante gefallen wäre, hätte sie anders liegen müssen, mehr seitlich. Außerdem wäre die Wunde nicht tödlich gewesen. Der Kopf wurde mit großer Wucht auf die Kante geknallt.«

Er nahm ein weiteres Foto vom Stapel und heftete es an die Tafel.

»Tödlich war bereits die erste Wunde, die verdeckt werden sollte. Sie stammt von diesem Schürhaken, den die Kollegen …«, er nickte in Richtung des KTU-Chefs, »… gefunden haben.«

»Ohne jeden Zweifel?«, hakte Inga nach.

Gregorius nickte. »Ohne jeden Zweifel. Das Blut am Schürhaken ist vom Opfer, die Form des Tatwerkzeugs passt zur ersten Wunde.«

»Fingerabdrücke?«

Boris, der seit einem Jahr die KTU leitete, antwortete: »Leider nur ein paar Fragmente. Wertlos. Wurde vermutlich abgewischt.«

Inga seufzte. »Spuren am Schloss und am Campingplatz?«

»Wir haben Schleifspuren und Spuren einer Karre am Schlossgraben gefunden. Das ist übrigens gar kein Graben, sondern ein Bach, die Beeke. Unsere Vermutung: Die Leiche wurde zunächst in die Beeke gebracht und lag nur wenige Zentimeter unter der Wasseroberfläche. Den Bereich betraten wir gestern erst, als es bereits zu dämmern begann, wir hatten keine Chance, die Leiche zu entdecken.« Entschuldigend sah er erst Inga an, dann in die Runde.

»Bedauerlich, aber nicht zu ändern«, nahm Inga die Entschuldigung an.

Der KTU-Chef fuhr fort. »Es ist zwar möglich, dass der Täter die Leiche einfach ins Wasser hineingeworfen hat. Aber beim Rausziehen muss auch er ins Wasser gegangen sein, wobei er sich seine Kleider ordentlich verdreckt haben dürfte.«

»Damit sollten wir einen Durchsuchungsbefehl begründen können. Wenn es einer der Gäste war, können wir vielleicht Spuren an der Kleidung nachweisen. Carsten, kümmerst du dich darum? Wende dich an Richterin Rotbach.«

Carsten nickte.

Boris nahm seinen Vortrag wieder auf und wies auf einige Aufnahmen vom Stadtwaldsee. »Hier haben wir Spuren entdeckt, die darauf hindeuten, dass der Täter die Tote im See gewaschen hat. Es gibt da einen Parkplatz für Surfer und Kanuten, durch Zufall haben wir auch dort gesucht.«

»Gewaschen?«, unterbrach Inga. »Warum das?«

Boris zuckte mit den Schultern. »Vielleicht, um Spuren zu beseitigen. Auch die Kleidung der Toten wurde in den Stadtwaldsee getaucht und nur unzureichend ausgewrungen. Wir fanden sie triefend nass im Wohnwagen. Ich vermute, der Täter hat rudimentäres Wissen über die Untersuchung von

Spuren. Er wollte alles verdecken, was man mit ihm oder dem Schloss in Verbindung bringen könnte. Aber er weiß nicht annähernd genug, um damit Erfolg zu haben. Wir konnten beispielsweise Schmutz aus dem Kellerraum nachweisen und haben das Wasser aus der Kleidung mit Proben aus dem Stadtwaldsee und der Beeke verglichen. Wir haben beides gefunden.«

»Noch was?«, fragte Inga nach.

Der KTU-Chef nickte. »Faserspuren im Auto und im Wohnwagen. Werden noch untersucht. So viel ist allerdings schon klar, keine 08/15-Stoffe. Ich warte jeden Augenblick auf die Ergebnisse. Eine Kollegin bringt sie her, sobald sie durch ist.«

»Was ist mit dem Smartphone?«, wollte Inga wissen.

»Nichts. Wir haben sonst alles – Schlüssel, Papiere und so weiter. Nur das Smartphone ist weg.«

»Was hat die Befragung der Taxifahrer ergeben?«, wandte sich Inga unzufrieden an den Kollegen aus der Mordkommission II.

»Nichts. In einem Umkreis von vier Kilometern ist in der Nacht niemand in ein Taxi gestiegen. Wir haben auch umgekehrt gefragt – also nach Taxen, die in der Nacht das Schloss angefahren haben. Ebenfalls Fehlanzeige.«

»Die Paare unter den Seminarteilnehmern könnten das allerdings hinbekommen haben!« Carsten hob die Augenbrauen. »Mit zwei Autos hin, mit einem zurück.«

Inga nickte. »Möglich.«

Jetzt stand Karla auf und deutete auf den Stadtplan an der Wand. »Aber der Täter kann auch einfach in die Richtung gelaufen sein, aus der er vorher mit dem Auto kam. Dann musste er hier durch das Kleingartengebiet und kam am Utbremer Kreisel raus – direkt an dem Wegweiser zum Waller Bahnhof. Zu jeder vollen Stunde fährt da ein Zug.

Der braucht nur 20 Minuten und von der Haltestelle sind es mal gerade 800 Meter zu Fuß bis zum Schloss.«

»Das bringt uns nicht viel weiter«, Inga überlegte. »Im Notfall müssen wir um die Haltestelle Leute befragen, ob sie in der Nacht was gesehen haben. Und eure Hintergrundrecherche?«

Der Kollege zog eine Kladde mit Ausdrucken zu sich heran. »Wenn man erst gräbt, kann man fast nicht wieder aufhören. Bernd hat sich die Kerns vorgenommen. Die Organisation ›Hilfe für Afrikas Kinder‹ ist seriös. Sie haben das DZI-Spendensiegel. Das bedeutet, dass sie Kontrollstrukturen eingerichtet haben und dass mindestens 75 Prozent der eingenommenen Spendengelder an die Projekte vor Ort fließen. Nur ein Viertel darf in der Verwaltung der Organisation hängen bleiben. Jetzt aber kommt's. ›Hilfe für Afrikas Kinder‹ hat kaum Verwaltung. Die beiden Kerns sitzen im Vorstand, ein paar angesehene Industrielle im Verwaltungsrat, dem Kontrollgremium. Die Kerns schmeißen den Laden mit zwei Sekretärinnen und einem Buchhalter.«

»Und?« Inga verstand den Knackpunkt nicht.

»Wenn man für die drei Angestellten Normalgehälter zugrunde legt und einen Betrag für Mieten und Reisen, dann bleibt ein großer Batzen für die Kerns übrig, von dem sie leben können. Auf ihrer Homepage stehen lange Listen von Projekten, bei denen sie sich in Afrika engagieren, aber es sind keine eigenen Initiativen. Sie stecken einfach Geld in bestehende Projekte anderer Organisationen und sparen sich so Projektleiter, Leute vor Ort und so weiter.«

Inga war beeindruckt. »Das hast du alles auf der Homepage gesehen?«

»Nein, ich habe recherchiert und gerechnet. Sie täuschen eine größere Organisation vor, indem sie eine Reihe von Funktionsträgern in einem schönen, großen Organigramm aufführen. Aber die meisten sind ehrenamtlich tätig, darunter auch viele Sponsoren. Das macht alles erst mal den Eindruck einer großen Organisation und vieler Projekte. Erst wenn man die einzelnen Maßnahmen verfolgt, kommt man drauf, dass es alles fremde Initiativen sind.«

Inga nickte ihm zu. »Gute Arbeit. Was noch?«

»Wir haben uns auch mit der kleinen von Wagenfeld beschäftigt. Alles dabei: Drogen, Alkohol, Verkehrsverstöße. Einiges hätte zu Verurteilungen führen müssen, aber die Familie ist jedes Mal mit einem ganzen Stab von Anwälten aufgekreuzt, die das Balg rausgepaukt haben.«

»Gewalt dabei?«, fragte Inga.

»Nein, nur Sachbeschädigung – ein bisschen Randale in einer Disko, leere Flaschen, die gegen ein Auto flogen. Nach einer anfänglichen Anzeige der Besitzer wurde die ganz schnell zurückgezogen. Die Familie hat das mit Geld geregelt, da bin ich sicher.«

»Und die Liebigs?«

»Nichts. Es gab mal einen Verdacht auf Schwarzarbeit, konnte aber nicht bewiesen werden.«

»Gegen den Vater?«, hakte Inga nach.

»Ja. Er beschäftigte eine Nachbarin ohne Lohnsteuerkarte, aber alle Beteiligten gaben an, dass sie nur einige Stunden aus Freundlichkeit für seine Frau eingesprungen war.«

»Bis auf die Geschichte mit den Kerns, sehe ich weit und breit kein Motiv. Und mir ist schleierhaft, wie Birte Schade hinter diese Geschichte gekommen sein könnte! Die Erpressungen durch die Hirnreuthers und die Geschäfte von Gromowejev scheinen mir da mehr zu bringen. Aber ich werde den Eindruck nicht los, dass der Mord eher mit einer Geschichte zu tun hat, die an dem betreffenden Abend stattfand. Birte muss irgendetwas bemerkt oder jemanden gestört haben.«

Inga dachte nach. Wer konnte im Keller etwas getan haben, das eine Gefahr für den Täter oder das Opfer dargestellt hatte? Sie blickte auf. Alle sahen sie gebannt an. Niemand hatte es gewagt, ihre nachdenkliche Pause zu stören. »Karla, gibt es etwas in Birtes Vergangenheit, das uns weiterbringt?«

»Nein. Die Kollegen in Meck-Pom waren sehr kooperativ. Zwei Ex-Freunde haben sie ausgegraben, die aber beide nachweislich in der Nähe von Güstrow waren. Und in der Firma kann sich niemand vorstellen, wieso jemand eine Gasableserin töten sollte. Feinde oder Neiderinnen hatte Birte Schade dort nicht. Sie hatte eher unbeliebte Gebiete gezogen. Beliebter waren die Gegenden um den jeweiligen Heimatort.«

Es klopfte und eine Kollegin aus der KTU steckte ihren Kopf vorsichtig durch die Tür. Inga nickte ihr zu und sie überreichte dem KTU-Chef einen Aktendeckel. Dann verzog sie sich aus dem Besprechungsraum. Boris schlug den Ordner auf und begann zu lesen. Alle warteten gespannt.

»Wir haben tatsächlich Fasern gefunden, die nicht von der Toten stammen können«, begann er. »Nicht viel. Er hat vermutlich Gummistiefel getragen und eine Regenjacke. Aber die Hose! Eine Art Wachstuch, ganz alter Stoff. Das gibt uns Rätsel auf. Ich kann mir nicht vorstellen, dass einer der Seminarteilnehmer so ein Zeug trägt. Passt eher zu einem Landarbeiter oder Fischer. Dieselben Spuren auch im Wohnwagen, aber nur in geringer Menge.«

»Das scheint wirklich nicht zu den Schlossbesuchern zu passen«, bestätigte Inga. Sie hörte ein Handy klingeln und sah verärgert auf. Carsten griff zu seinem Gerät und beeilte sich, das Gespräch im Flur entgegenzunehmen. Noch in der Tür meldete er sich mit Namen und Dienstrang und begann, die Tür hinter sich zuzuziehen. Inga wollte gerade die nächste Frage an den KTU-Chef stellen, bemerkte aber, wie Carsten in der Tür stoppte und sich zu ihr und den Kollegen umdrehte. Er lauschte dabei konzentriert und nickte ein paarmal mit dem Kopf. Die Teilnehmer der Besprechung warteten gespannt. Auch Inga unterbrach Carsten nicht, denn es war klar, dass er gerade etwas erfuhr, das für ihre Ermittlungen wichtig war.

»Danke. Ihre Entscheidung war richtig«, beendete er das Gespräch und wandte sich an die Anwesenden. »Ich habe die Erklärung für eure Faserspuren«, wandte er sich an den KTU-Chef. »Im Schloss hat sich jemand eine alte Fischermontur ausgeliehen. Er hat sie einer Puppe ausgezogen und später wieder angelegt. Einer der Museumsfrauen ist das aufgefallen und sie hat Polizeiobermeisterin Löwe informiert.« Carsten war wieder bei seinem Platz angekommen und setzte sich.

»Was sagen wir der Presse?« Er blickte kurz in die Runde, dann zu Inga.

Simone hob die Hand. »Sollten wir nicht nur den Leichenfund auf dem Campingplatz veröffentlichen? Damit würden wir den Täter in Sicherheit wiegen und er begeht vielleicht einen Fehler.«

»Ich finde, wir sollten den Druck erhöhen«, widersprach Karla, »indem wir erklären, dass der Mord nachgewiesenermaßen im Schloss verübt wurde. Wir untersuchen die Stelle im Burggraben weiter, wir holen unter großem Tamtam die Fischerklamotten ab, wir legen unsere Spuren offen und beschreiben den Täter als Dummkopf, der keine Ahnung von Spuren hat.«

»Aber dann ist er gewarnt!«, Simone schüttelte den Kopf. »Er kann alle Hinweise vernichten, wenn wir ihm zu nahe kommen. Und wenn es dieser Russe ist, taucht er doch gleich unter und wir finden ihn nie.«

»Das mit dem Russen sehe ich ein«, gab Karla zu. »Aber wenn jemand versucht, Hinweise zu vernichten, sind wir da. Wir rücken allen so auf die Pelle, dass sie sich ständig beobachtet fühlen.«

Inga lachte. »Zwei gute Vorschläge. Wir werden sie kombinieren. Carsten, an die Presse nur den Leichenfund auf dem Campingplatz, ein paar wenige Hintergründe über die Tote, nichts über ihren Beruf oder das Schloss Schönebeck. Karla, du holst – wie sagtest du? – ›mit großem Tamtam‹ die Fischerkleidung und am besten die ganze Puppe ab. Boris, du begleitest sie mit Schutzkleidung, Koffern und allem, was ihr aufbieten könnt. Aber Achtung! Rena ist undercover, niemand spricht sie an, kapiert?

Wenn ihr damit fertig seid, nehmt euch noch mal die Stelle am Wasser vor, wo die Leiche gelegen hat, auch den Keller. Ihr benutzt Schwarzlicht, versprüht Flüssigkeiten und seid dabei sichtbar. Findet heraus, wer Zugang zu dieser Kleidung hatte.

Simone, befrag bitte die Museumsfrauen, wann sie wen aus dem Kreis der Seminargäste gesehen haben und natürlich: wo sie selbst waren? Ich will ein vollständiges Bewegungsprofil aller Beteiligten. Trag die Ergebnisse sichtbar in große Tabellen oder Tafeln ein.

Das sollte den Mörder verwirren und aufschrecken. Er soll unsicher sein, was wir wissen, und ob wir nur aus Hilflosigkeit weiter das Schloss untersuchen oder ob wir dort konkrete Spuren gefunden haben.«

Karla und Simone nickten. Offensichtlich hatte Inga beide von ihrem Plan überzeugt.

»Wir befragen erneut die Taxifahrer, diesmal mit der Beschreibung der Kleidung. Die Durchsuchung der Gästezimmer schieben wir erst einmal auf. Wir werden keine verdreckte Kleidung finden.«

Inga biss sich auf die Unterlippe. Dieser Fall schien von Stunde zu Stunde verworrener zu werden. Sie erteilte noch einige Aufträge und verließ als Erste den Besprechungsraum, um in ihrem Büro in Ruhe über alles nachzudenken.

17

Als Rena die Treppe zur Galerie hinaufstieg, bemerkte sie, dass Magett an ihrer Wildschwein-Tür stand, klopfte und an der Füllung lauschte. Rena räusperte sich. Magett zuckte zusammen, drehte sich hastig zu ihr um und ging auf sie zu. Doch dann öffnete sich plötzlich die Tür der Hirnreuthers. Magett hob abwehrend die Hand und lief zu ihrer eigenen Kammer zurück. Rena überlegte, ob sie ihr folgen sollte. Irgendetwas hatte die blaublütige Punkerin mit ihr besprechen wollen, aber wohl nicht in aller Öffentlichkeit. Aus dem Zimmer der Hirnreuthers kam Gromowejev, nickte ihr freundlich zu und entschwand gleichfalls. Rena setzte sich in einen Sessel und griff zu einer der ausliegenden Zeitschriften. Sie würde warten, bis die Luft rein war, und dann bei Magett klopfen.

Die Galerie war leer, Rena schlenderte zur Treppe, auch hier war niemand zu sehen. Dann konnte sie ihr Glück ja noch einmal versuchen. Doch noch bevor sie an Magetts Tür angelangt war, trat diese aus dem Zimmer. Sie legte einen Finger auf ihre Lippen. »Nachher!«, zischte sie Rena zu, als sie auf ihrer Höhe angelangt war. »Ich muss jetzt zu den Paukern, komm um 17 Uhr zu der kleinen Brücke, immer dem Spazierweg folgen! Aber allein!« Dann war sie auch schon vorbei und klopfte bei den Hirnreuthers an.

Rena ging in ihr eigenes Zimmer. Sie versuchte, durch den Kachelofen das Gespräch zwischen Magett und den Hirnreuthers zu belauschen, hörte aber nur das Gemurmel, folglich war die Zwischentür geschlossen. Nun, dann konnte sie sich Edith und Hedwig vorknöpfen. Vielleicht waren die beiden allein, sodass sie ungestört mit ihnen reden konnte. Doch als sie das Zimmer verlassen wollte, wäre sie fast mit Marlies zusammengestoßen. Sie stand mit einem Staubwedel vor ihr und schien gerade anklopfen zu wollen. Rena zog sie in den Raum und schloss schnell die Tür.

»Seid ihr denn alle komplett durchgeknallt?«, blaffte sie Marlies an.

Marlies versuchte, den Staubwedel hinter dem Rücken zu verstecken. »Wieso?«

Rena schüttelte genervt den Kopf. »Ihr könnt hier nicht einfach rumschnüffeln!«

Marlies zog eine Schnute. »Was heißt rumschnüffeln? Wir wollen doch helfen!«

»Helfen? Was denkst du dir denn? Meinst du, wenn du in einem der Räume hier etwas entdeckst, dann lässt der Täter dich einfach so laufen? Ist dir nicht klar, wie gefährlich deine Spionagetätigkeit ist?«

»Ich putze nur Staub.« Marlies rümpfte die Nase. »Ich bin doch für solche Leute unsichtbar, gar nicht vorhanden!«

»Jetzt denk mal darüber nach, was in dem Täter vorgeht, wenn er dich aus seinem Zimmer kommen sieht. Er hat schon einmal gemordet, warum sollte er *dich* am Leben lassen?«

Marlies schien geknickt zu sein. »Ich dachte, es ist eine gute Idee«, ihre Stimme wurde leiser, »… einfach mal durch die Räume gehen, wischen und gucken und …«

»… sterben«, vollendete Rena. »Und was ist eigentlich mit Hedwig los?«

Marlies riss erschrocken die Augen auf. »Was meinst du?«

Rena erzählte ihr von Hedwigs Auftritt. Marlies' Augen wurden immer größer.

»Hedwig?« Sie starrte Rena an. »Hedwig will eine Séance … und so ein Theater vor so viel Leuten?« Sie schien es nicht fassen zu können.

»Ich konnte es auch nicht glauben«, bestätigte Rena. »Wo sie doch sonst so schüchtern ist!«

»Ah!« Marlies schien sich an etwas zu erinnern. »Sie hat früher mal in einer Theatergruppe mitgespielt. Es hat mich schon damals gewundert, wie die hektische, ängstliche Hedwig sich auf der Bühne plötzlich in eine autoritäre Matrone oder einen Vamp verwandeln konnte.« Sie grübelte. »Und ich glaube, einmal hat sie auch ein Medium gespielt. Sie hatte so eine komische schwarze Häkeldecke um und eine schwarze Federboa …«

Rena nickte. »Kommt mir sehr bekannt vor.«

Marlies kicherte. »Das muss alles in diesen großen Kisten auf dem Dachboden gewesen sein. Jetzt weiß ich auch, warum sie so lange gebraucht hat, bis sie alles zusammenhatte und warum sie so eine große Tasche dabeihatte.«

»Marlies, das ist nicht komisch!« Doch auch Rena musste nun schmunzeln. »Am besten, ihr verschwindet schnell wieder. Ihr begebt euch nur unnötig in Gefahr. Ich muss mich auf die Leute hier konzentrieren und kann euch Hobbyermittlerinnen nicht ständig im Auge behalten.«

»Das musst du auch nicht.« Marlies hob ihren Staubwedel. »Aber ich höre mit der Zimmerinspektion auf, versprochen!«

Rena öffnete ihre Zimmertür, überzeugte sich, dass niemand auf der Galerie war, und ließ Marlies hinaus.

Und nun würde sie sich Edith vorknöpfen. Edith stand am Tresen und schien tatsächlich allein zu sein. Doch als Rena sich bemerkbar machte, schüttelte Edith erschrocken den Kopf. Sie legte einen Finger auf die Lippen und zeigte mit dem Daumen hinter sich. Eine weibliche Stimme war zu hören und schon näherte sich die zugehörige Museumsfrau.

»Die sind unterwegs«, erklärte sie Edith. Dann bemerkte sie Rena und setzte hastig ein freundliches Gesicht auf. »Guten Tag! Falls Sie sich die Ausstellung im Obergeschoss ansehen möchten, würde ich Sie bitten, dies kurz zu verschieben. Wir müssen nämlich eine kleine Umdekoration vornehmen. Genießen Sie doch einfach das schöne Wetter und kommen Sie in einer halben Stunde wieder.«

Rena musste lachen. »Gerne. Sie haben vollkommen recht«, übernahm sie die überhöfliche Ausdrucksweise der Museumsfrau. »Bis später dann!« Sie nickte Edith bedeutungsvoll zu, hob warnend ihren Zeigefinger und verließ das Gebäude.

An der Brauteiche hatte sich eine Hochzeitsgesellschaft versammelt und stellte sich nach den Anweisungen des Fotografen auf. In wechselnden Gruppierungen bauschte die Braut ihr Kleid, raffte die lange Schleppe oder lächelte in ihren Rosenstrauß. Rena beobachtete die Prozedur, die wunderbarerweise niemanden zu ermüden schien. Gromowejev erschien und versuchte, einen großen Bogen um die Gesellschaft zu machen. Rena hatte den Eindruck, dass er weder ins Bild geraten noch in ihre Nähe kommen wollte. Der alte Mann, der am Vortag das Laub gerecht hatte, säuberte unterdessen in der Nähe des Schlosses einige Gartengeräte.

Sie ließ Gromowejev einen kleinen Vorsprung und folgte ihm langsam. Er schlenderte scheinbar ziellos die Straße entlang und bog ab. Hier war die Bebauung etwas dichter und es gab sogar einige Geschäfte. Rena ließ etwas mehr Raum zwischen sich und ihrer Beute, doch der Russe drehte sich nicht um. Schon wenig später betrat er ein Café. In der Auslage lockten Torten, Kürbisbrote und handgemachte Kekse. Gromowejev stand noch in der halb geöffneten Tür. Rena ging schnell ein paar Schritte zurück, damit er sie nicht bemerkte, doch es war bereits zu spät.

»Hallo, meine Liebe, teilen Sie etwa meine kleine Schwäche für Gebäck und Sahne?«

Seine Stimme klang freundlich, doch Rena meinte einen kritischen Unterton zu hören. Sie konnte nicht anders als schuldbewusst nicken.

»Was Süßes betrifft, werden wir ja ein wenig kurz gehalten«, versuchte sie eine halbwegs passende Erklärung.

»Sie sagen es!« Er ging voran und hielt ihr galant die Tür auf. Rena betrat den Verkaufsraum, in dem es verführerisch nach frischem Gebäck und Kaffee duftete. Sie entschied sich für ein gigantisches Stück Schwarzwälder Kirschtorte mit einer großen Tasse heißer Schokolade.

Sie folgte Gromowejev durch eine Schwingtür in einen gemütlichen Raum, wo er sofort einen Stuhl für sie zurechtrückte. Er hatte ihre Plätze so gewählt, dass er mit dem Rücken zum Fenster saß, Rena ihm gegenüber. Sie musste etwas blinzeln, wenn sie ihm ins Gesicht sehen wollte. Gromowejev betrachtete Rena stumm und ein wenig nachdenklich. Die Bedienung brachte das Gebäck.

»Mir scheint, Sie können eine Menge vertragen«, wies Gromowejev auf das große Tortenstück.

Mit vollem Mund brachte Rena nur eine dumpfes »Hmpf« heraus.

Amüsiert kräuselte er seine Lippen. »Manchmal nimmt man sich allerdings etwas zu viel vor, nicht wahr?«

Rena bemühte sich, den Mund leer zu kauen und den süßen Brei aus Teig, Sahne und Kirschen schnell hinunterzuschlucken. Sie wischte sich den Mund mit dem Handrücken.

»Sie meinen, ich nehme den Mund zu voll?«, versetzte sie scharf.

Er lachte. »Mit Verlaub, unsere erlauchten Trainer würden bei Ihrem Anblick in Ohnmacht fallen.«

Rena grinste. »Das wäre mal eine unterhaltsame Einlage.«

»Sie sollten nichts herausfordern.« Gromowejev war nun ernst geworden. »Manchmal kommt man den Dingen zu nahe.«

Rena horchte auf. Worauf spielte er an? »Den Dingen oder den Personen?«, hakte sie nach.

»Dass Sie klug sind, habe ich bereits bemerkt.« Gromowejev fixierte sie eindringlich. »Manchmal gebietet einem die Klugheit, sich aus bestimmten Angelegenheiten herauszuhalten.«

Das klang ja fast wie eine Drohung. Rena begann an dem Geplänkel Gefallen zu finden. »Ich glaube nicht, dass die Hirnreuthers wirklich gefährlich sind.« Absichtlich verstand sie ihn falsch.

»Das kann man nie wissen. Es gibt Gefahren jenseits von Messern und Kugeln. Doch auch sonst sollten hübsche junge Frauen ihre zierlichen Näschen nicht in fremde Angelegenheiten stecken.«

»Huch!« Rena lächelte ihn an und löffelte den nächsten Bissen Torte. Sie legte den Kopf fragend schief und tat unschuldig.

»Auch, wenn sie ihr Näschen aus beruflichen Gründen in anderer Leute Wohnungen stecken müssen.«

Wusste der Russe etwa, dass sie Polizistin war? Rena schluckte ihren Bissen hinunter. »Wie darf ich das verstehen?« Sie versuchte, ihren naiven Ausdruck beizubehalten.

»Nun, wenn Sie die Wohnungen Ihrer Kunden verschönern, müssen Sie ja wohl Ihre Nase hineinstecken, nicht wahr?«

Verdammt, ertappt! Immer vergaß sie ihren blöden Tarnberuf. »Sicher. Aber ich bin auch hundertprozentig diskret«, versuchte sie seine Bedenken zu zerstreuen.

»Das sagen andere auch.« Seine Stimme war leise geworden, fast ein Murmeln. »Dennoch. Genießen Sie das unschätzbare Wissen unserer Referenten und das wunderbare Herbstwetter. Manche Menschen werden sehr wütend, wenn man ihnen zu nahe kommt.«

»Ach wissen Sie, ich bin hart im Nehmen.« Rena setzte eine herausfordernde Miene auf und verleibte sich das letzte bisschen Torte ein.

»Das Leben besteht nicht nur aus süßer Sahne!« Gromowejev schien nun verärgert und seine Stimme klang hart. Er schüttelte leicht den Kopf, als bedauerte er seine Warnung, die vielleicht von anderen Gästen mitgehört wurde.

Als Rena und Gromowejev die Einfahrt zum Schloss erreichten, wurden sie von Maiwalds rotem Flitzer überholt, der schwungvoll in eine Parklücke fuhr. Gromowejev knurrte leise. Aha, hatte er sich möglicherweise mit Maiwald überworfen? Die beiden waren doch die letzten zwei Tage ständig zusammen gewesen! Maiwald stieg pfeifend aus seinem Wagen und schulterte seine Golftasche.

»So gut gelaunt, mein Lieber?« Wenn er etwas gegen Maiwald hatte, ließ er sich das zumindest nicht anmerken.

»Golf!«, rief Maiwald. »Nichts ist entspannender als Golf. Gute Anlage hier in der Nähe!«

»Dann nehme ich an, Sie konnten Ihr Handicap verbessern?«, hakte Gromowejev nach.

Maiwald schien nun erst zu bemerken, dass auch Rena in der Nähe war. »Hallo. Vielleicht interessiert es ja auch, dass in den Radio-Nachrichten nichts von einer Leiche hier im Schloss berichtet wurde.«

Maiwald schloss sein Cabrio und lief auf Rena und Gromowejev zu, die auf ihn gewartet hatten.

»Oh, dann war es vielleicht ein Irrtum?«

Scheinbar hatte Gromowejev ein großes Interesse an dem Fall. Er gab sich zwar betont gelangweilt, aber in seinen Augen hatte Rena ein Aufblitzen bemerkt.

Maiwald lachte. »Ja, das denke ich. Es wurde lediglich über eine Tote auf einem Campingplatz berichtet, also nichts, was mit uns hier zu tun haben könnte.«

»Dann weiß ich allerdings nicht, was das hier zu bedeuten hat …« Der Russe zeigte mit weit ausgestrecktem Arm auf den Innenhof des Schlosses.

Maiwald erstarrte, auch Rena blieb stehen und versuchte, beide Männer genau im Auge zu behalten. Auf dem Platz vor dem Schloss standen zwei Limousinen, daneben der Transporter der KTU. Zwei Männer in weißen Schutzanzügen trugen eine Schaufensterpuppe, die wie ein Fischer gekleidet war, aus dem Schloss.

»Was soll das denn?«, fauchte Maiwald und ließ seine Tasche von der Schulter gleiten.

Rena fand, dass es Zeit wurde, mit Inga zu sprechen. Sie nickte den beiden Männern zu, die offensichtlich das Spektakel weiter beobachten wollten, und ging mit schnellen Schritten ins Haus.

Kaum in ihrem Zimmer angekommen, rief sie im Präsidium an. Inga erläuterte die weiteren Schritte und Rena berichtete von Gromowejevs unverhohlener Warnung im Angesicht der Schwarzwälder Kirschtorte.

»Ich glaube, er ist es. Warum sollte er mich sonst warnen? Habt ihr inzwischen irgendwelche Beweise?«

»Dazu benötigen wir noch Vergleichsmaterial. Aber um von den Seminarteilnehmern eine Speichelprobe zu fordern, haben wir einfach zu wenig in der Hand.«

»Ich habe gleich noch ein Treffen mit Magett. Vielleicht weiß sie etwas. Ich melde mich, sobald ich mit ihr gesprochen habe.«

18

Rena sah auf die Uhr. Fast 17 Uhr. Sie musste sich beeilen. Aus einem Impuls heraus holte sie ihre Waffe aus dem Versteck und schob sie sich in den Hosenbund. Eine Jacke drüber und niemand würde etwas bemerken. Sie verließ das Schloss durch den Seminareingang. An der Beeke waren einige KTU-Kollegen damit beschäftigt, mit langen Stangen das Wasser zu durchpflügen.

Sie lief an der Mauer entlang bis zum Tor und wandte sich dann zum Spazierweg am Wasser entlang. Links von ihr floss die Schönebecker Beeke, Seerosenblätter bewegten sich träge auf der Oberfläche, rechter Hand wiegte sich dichtes Schilf im sanften Wind. Rena meinte, trotz des dichten Grases eine leichte Senke zu erkennen, vielleicht war es ein Graben, dahinter lag eine Streuobstwiese. Die Beeke machte eine Biegung und der Weg folgte ihr. In der Kurve war das Wasser seicht und sandig, fast wie ein kleiner Strand. Nun kam die Brücke, die in einen Wald führte. Von Magett war allerdings weit und breit nichts zu sehen. Nun ja, sie hatte nicht erwartet, dass ausgerechnet die Punkerin superpünktlich sein würde.

Plötzlich hörte Rena Geräusche. Vielleicht ein Liebespaar im Schilf? Trotz des noch immer warmen Wetters war der Boden sicher feucht und kühl. Neugierig näherte sich Rena und hörte, wie eine Frau stöhnte, während eine Männerstimme etwas knurrte. Ein leises Aufjaulen der Frau. Das klang nicht wie zärtliches Geflüster. Wurde hier gerade eine Frau vergewaltigt? Schon tastete sich Rena im Schilf voran – und hörte ein dumpfes Geräusch.

»Hey! Alles in Ordnung?« Sie griff nach ihrer Waffe.

Vor sich hörte sie ein Schwirren, weshalb sie sich instinktiv duckte. Etwas Dunkles flog an ihrem Kopf vorbei, vermutlich ein Ast. Aus dem Dickicht kam das Geräusch von brechenden Zweigen, so als ob sich jemand den Weg durchs Schilf bahnte. Das hohe Gras nahm ihr die Sicht. Rena schob es entschlossen zur Seite, schnitt sich dabei aber in die Haut. Beherzt gab sie einen Schuss ab, der die Kollegen am Schloss alarmieren sollte. Sie lauschte. Nichts. Die Person, die offensichtlich geflohen war, hatte das Gebüsch wohl schon hinter sich gelassen.

»Hallo? Wo sind Sie?«, rief Rena und horchte. Die Frau musste doch noch hier sein, oder waren beide Personen geflüchtet? Vorsichtig bewegte sie sich vorwärts, den Blick abwechselnd nach vorn, soweit das Schilf es zuließ, und nach unten gerichtet. Nach wenigen Schritten stieß sie mit dem Fuß an etwas Weiches. Sie bückte sich und erkannte Magett auf den ersten Blick. Die junge Frau lag leblos auf dem Boden, aus einer Wunde an ihrer linken Schläfe sickerte Blut.

Rena steckte ihre Waffe weg und klopfte Magett einmal leicht auf die rechte Wange.

»Magett, hallo! Aufwachen, Magett, komm schon!«

Erleichtert nahm sie zur Kenntnis, dass ein schwacher Puls zu ertasten war. Hinter sich hörte sie das Geräusch eiliger Schritte, das mussten die Kollegen sein. Rena richtete sich auf.

»Hier! Hierher! Ruft einen Krankenwagen!« Durch das hoch gewachsene Schilfgras bewegte sich Carsten auf sie zu – endlich!

»Hast *du* geschossen?«, fragte er besorgt.

»Ja, Alarm. Bitte hilf mir, Magett aus dem Schilf zu ziehen! Und jemand sollte zurück zum Schloss laufen, der Täter muss dort jeden Augenblick auftauchen!«

Zu zweit trugen sie die bewusstlose junge Frau zurück zum Spazierweg, wo zwei weitere Kollegen warteten.

»Sie lebt«, rief Rena schwer atmend. »Eine große Wunde am Kopf, vermutlich Schlagwunde.« Der Kollege gab die Information sofort telefonisch an die Zentrale weiter.

Carsten zog seine Jacke aus und legte sie Magett unter den Kopf.

»Hast du jemanden erkannt, Rena?« Er reichte ihr eine Packung Taschentücher.

»Nein, leider nicht. Ich kann nur sagen, es war ein Mann, zumindest mit großer Sicherheit. Ich glaube, es war Gromowejev, aber sicher bin ich mir nicht. Er hat mir heute Nachmittag gedroht.«

Carsten griff zu seinem Handy und begann zu wählen. Rena legte einige der Papiertaschentücher notdürftig auf Magetts Wunde.

»Hat jemand was zum Verbinden?« Sie blickte Hilfe suchend in die Runde.

Der Polizist, der ihr am nächsten stand, holte ein Päckchen aus seiner Innentasche. Darin waren einige Mullbinden und eine Tube Salbe. Rena sah ihn überrascht an.

»Ich hab 'ne Wespenstichallergie.« Der Polizist zuckte mit den Schultern. »Nur wenn ich einen Stich gleich versorge, hab' ich eine Chance.«

Rena entnahm dem Päckchen eine Mullbinde und wickelte damit die Taschentücher fest. Aus der Ferne war bereits das Martinshorn zu hören.

»Ich laufe zum Schloss, vielleicht kann ich Gromowejev auflauern. Er kann unmöglich auf dem direkten Weg zurückgelangen, denn da sind überall die Kollegen.«

»Viel Glück«, hörte sie noch, dann war sie außer Hörweite. Rena rannte den Weg entlang, wobei sie den Schilfgürtel im Blick behielt. Vielleicht hatte sich Gromowejev ja noch dort versteckt oder bahnte sich gerade einen Weg durch die Halme?

Auf Höhe der Schlossmauer kam ihr ein Krankenwagen entgegen, den Rena mit hektischen Armbewegungen weiter den Spazierweg entlang dirigierte. Der Platz vor dem Schlosseingang glich einem Ameisenhaufen. Zu den Fahrzeugen der Mordkommission und der KTU hatten sich zwei Streifenwagen gesellt. Eine der Museumsfrauen stand händeringend auf der Treppe und wurde von Edith gestützt. Die Liebigs und Natalie Kern hielten sich im hinteren Bereich an der Ecke zum Seminareingang auf und diskutierten aufgeregt miteinander. Keine Spur von dem Russen.

Rena rannte auf die Seminargruppe zu.

»Hat jemand Gromowejev gesehen?«, rief sie ihnen zu.

Anna schüttelte den Kopf, Natalie schien entgeistert, Herr Liebig zuckte mit den Schultern und Frau Liebig riss den Mund auf. Rena flog an ihnen vorbei zum Seminareingang, riss die Tür auf und stürmte ins Haus.

In der Lounge saß Kevin und hielt sein Tablet in den Händen. Als er Rena bemerkte, blickte er auf.

»Gromowejev?«, rief sie ihm zu.

Er schüttelte aufgeschreckt den Kopf. Rena rannte weiter durch den Flur zur Treppe und hinauf. Maiwald kam ihr entgegen, wieder mit seiner Golftasche über der Schulter. Rena nickte ihm zu und bemühte sich, ruhiger zu atmen.

»Haben Sie vielleicht Gromowejev gesehen?«

Maiwald schüttelte den Kopf und verlagerte seine Tasche auf die andere Schulter.

Rena stürmte zum Fasanen-Zimmer und hob ihre Faust, um gegen die Füllung zu donnern. Jäh wurde sie durch das Klingeln ihres Handys gestoppt. Die Melodie kündigte Inga Traubner an. Rena fühlte sich sofort ertappt. Andererseits: In der Galerie war niemand, sie konnte sich in eine Ecke verziehen und Gromowejevs Tür trotzdem im Auge behalten.

»Ich wollte nur verhindern, dass du in deiner Hast vielleicht einen Fehler machst.« Ingas Stimme klang angespannt.

Rena prustete statt einer Antwort.

»Sag mir bitte, dass ich nicht zu spät anrufe!«

»Nein, ich wollte gar nicht ...«

»Umso besser. Wo bist du gerade?«

Rena fischte ihren Zimmerschlüssel aus der Hosentasche und lief so leise wie möglich zu ihrer Tür.

»In meinem Zimmer«, antwortete sie so unschuldig wie möglich.

Vorsichtig schob sie den Schlüssel in die Tür, drehte ihn und drückte langsam die Klinke hinunter.

»Du hast gerade eine junge Frau vor einem Mordanschlag gerettet, den Mörder verfolgt und sitzt jetzt ganz gelassen auf deinem Sofa ...?« Ingas Stimme ließ erkennen, dass sie Rena nicht glaubte.

»Bis gerade habe ich in der Galerie gewartet, ob Gromowejev sich zeigt.«

»Dann mach mal damit weiter. Aber behalte deine Tarnung. Und bitte: kein Rumfuchteln mit deiner Waffe, keine Verhaftungen, keine Verhöre, ja?«

»Ja, klar!«

Missmutig nahm Rena ihren Beobachtungsposten in der Galerie ein. Wäre es tatsächlich ein Fehler gewesen, bei Gromowejev einzudringen und ihn ... nun ja, was wollte sie von dem Russen? Verhören? Ihm zusetzen, bis er gestand, dass er Birte ermordet und Magett überfallen hatte? Rena biss sich auf die Lippe. Gut, dass Ingas Anruf sie gestoppt hatte. Gromowejev hätte sie nicht zum Reden gebracht, aber ihre Tarnung wäre aufgeflogen, Inga wäre sauer gewesen, sie hätte den Fall gefährdet ... Sie seufzte tief auf.

Glücklicherweise hatte sie ihre Waffe schon wieder in den Hosenbund geschoben, als sie Magett verarztet hatte. Nur für die Liebigs und Natalie Kern musste sie sich eine Geschichte ausdenken, warum sie wie eine Irre ins Schloss gerannt war und nach Gromowejev gefragt hatte.

Sie konnte doch spazieren gegangen sein, den Überfall aus der Ferne mitbekommen haben und Gromowejevs Namen bei den Polizisten aufgeschnappt haben? Ach ja, aus Angst natürlich! Sie hatte sich in Sicherheit bringen wollen. Sie musste grinsen. Rena Dangers mimte einen Angsthasen, wenn sie das Conny erzählte! Sie stellte sich vor, wie er auf ihre Geschichte reagieren würde – und hielt schnell inne. Der Conny in ihrem Tagtraum wusste, weshalb sie sich in das Seminar eingeschlichen hatte, der echte noch nicht. Vermutlich würde er sich ärgern, weil sie ihn belogen und benutzt hatte, wie sollte er da noch über ihre Undercover-Geschichte lachen können?

Da! Rena hörte Geräusche auf der Treppe. Was nun? Würde ein echter Angsthase zitternd vor der Tür des Mörders ausharren?

Sie sprang auf, hechtete zu ihrem Zimmer, stieß die Tür auf, sprang in den Raum und lugte durch den kleinen Spalt. Carsten erschien am Treppenabsatz.

»Hey«, rief Rena ihm leise zu.

Carsten bemerkte sie. »Gromowejev?«

Sie zeigte auf das Auerhahn-Relief.

Carsten nickte, winkte sie zurück in ihr Zimmer und klopfte bei Gromowejev an. Rena zog sich hinter ihren Spalt zurück. Carsten klopfte ein weiteres Mal, lauter als vorher. Carsten hob in Renas Richtung die Schultern. Dann donnerte er mit der Faust gegen das Holz. Endlich öffnete sich die Tür. Rena zog sich noch weiter zurück und ließ nur einen millimeterbreiten Schlitz.

»Was soll der Lärm?«, hörte sie die Stimme des Russen. »Wer sind Sie?«

»Albertz, Kripo Bremen.« Carstens Stimme klang gelassen und entspannt.

»Ach?«

»Herr Gromowejev, darf ich mich bitte in Ihrem Zimmer umsehen?«

»Welchen Grund könnte es dafür geben?«

»Ich ermittele in einem Mordfall und Sie, Herr Gromowejev, gehören zum Kreis der Verdächtigen.«

»Weil ich Ausländer bin?«

»Ganz sicher nicht!« Carstens Stimme klang nun eine Spur angespannt. »Weil Sie vorübergehend in diesem Schloss wohnen und alle hier anwesenden Personen verdächtig sind. Kann ich nun hereinkommen?«

»Wenn ich richtig informiert bin, dann benötigen Sie hierfür einen Durchsuchungsbefehl, richtig?« Gromowejev hatte zu seinem freundlichen Tonfall zurückgefunden, vermutlich fühlte er sich sicher.

»Da haben Sie recht, der Durchsuchungsbeschluss für alle Räume des Schlosses ist auf dem Weg hierher. Wenn Sie möchten, warten wir eben so lange, bis er da ist.«

Rena bemerkte sehr wohl den zornigen Unterton in Carstens Stimme. Sollte Gromowejev sich jetzt nur ein bisschen verdächtiger machen, würde der Kollege blitzschnell handeln.

»Dann warten wir noch, junger Mann. Es soll doch alles seine berühmte deutsche Ordnung haben, nicht wahr?!«

Gromowejevs Tür klappte und Carsten trat einen Schritt zurück. Rena schlich auf die Galerie, blieb aber in der Nähe ihres Zimmers, um jederzeit wieder verschwinden zu können.

»Der war's«, flüsterte Rena.

Carsten zuckte mit den Schultern. »Abwarten. Simone ist mit ihren Bewegungsanalysen noch nicht fertig. Sicher ist, er hat gelogen, was sein Alibi betrifft. Kann aber andere Gründe haben.«

»Ich wette mit dir, dass er es war«, setzte Rena nach.

Von der Treppe kam ein Geräusch, beide drehten sich um. Carsten gab Rena ein Zeichen, damit sie sich gleich wieder hinter ihren Sehschlitz verzog. Sie erkannte Doro Hirnreuther, die mit sehr besorgtem Gesichtsausdruck die Galerie betrat.

»Wer sind Sie? Was …«, hörte sie Doro Hirnreuthers Stimme, die einen leicht hysterischen Klang hatte. »Ich rufe die Polizei!«, schob sie drohend nach.

»Hier …«, Rena vermutete, dass Carsten seinen Ausweis zeigte, »Carsten Albertz, Mordkommission.«

»Oh, gut. Wie geht es Freifrau von Wagenfeld? Haben Sie den Täter schon?«

»Frau Wagenfeld wurde ins Krankenhaus gebracht. Sie war bewusstlos, als sie gefunden wurde.« Dass es Rena gewesen ist, die Magett gefunden hatte, ließ Carsten wohlweislich unerwähnt.

»Frau *von* Wagenfeld, bitte. Was soll ich ihren Eltern nur sagen?« Doro Hirnreuther war einen Schritt nach hinten getreten und Rena bemerkte, wie sie sich mit der Hand über die Stirn fuhr. Eine ratlose Seminarleiterin, das war mal eine völlig neue Sicht auf diese sonst perfekte Person.

»Die Familie wurde bereits informiert.«

»Wie …«, begehrte Doro Hirnreuther auf, schien sich aber anders zu besinnen. »Gut.« Knappe Antwort und kein Dankeschön – hier sprach das Biest in ihr. »Was können Sie über den Täter sagen? War es ein Raubüberfall? Oder eine versuchte Vergewaltigung?« Langsam schien sie wieder zu ihrer alten Form zurückzufinden.

»Tut mir leid, ich darf keine Informationen aus laufenden Ermittlungen weitergeben. Wir werden erneut alle Personen im Schloss befragen und die Räume durchsuchen.«

»Was für eine Zumutung!« Rena wünschte sich sehnlichst, dass Carsten der arroganten Hirnreuther einen ordentlichen Dämpfer verpasste.

»Meinen Sie nicht, dass die Zumutung, mit einem Mörder an einem Tisch zu sitzen, noch viel größer ist?«, fragte Carsten. Rena hätte ihn knutschen können.

»Die Polizei glaubt also immer noch, dass es hier eine Leiche gab und sucht den Täter in unseren Reihen?«, entgegnete Doro Hinreuther wenig versöhnlich.

»Ach wissen Sie, gute Frau, auch in Ihren Reihen gibt es Menschen, die nur durch Raub, Erpressung oder Mord zu Vermögen und Ansehen gekommen sind. Egal, ob dieses Vergehen schon ein paar Jahrhunderte zurückliegt oder sich erst vor einigen Tagen ereignet hat.«

Rena beobachtete, wie Doro Hirnreuther Luft holte, um Carsten eine gepfefferte Antwort entgegenzuschleudern. Doch sie wurde von ihm abgewürgt, noch bevor sie sich genügend aufgeblasen hatte.

»Gehen Sie jetzt auf Ihr Zimmer, verhalten Sie sich still und warten Sie, bis Sie gefragt werden«, versetzte Carsten im Befehlston. Nach einer kleinen Pause setzte er ein genervtes »Bitte« hinzu.

Frau Hirnreuther warf ihren Kopf in den Nacken, drehte sich um und verschwand aus Renas Blickfeld. Kaum war die Tür der Hirnreuthers ins Schloss gefallen war, trat Rena auf den Flur und strahlte Carsten an.

»Danke«, flüsterte sie.

Carsten winkte ab. »Solche Leute nerven.« Er scheuchte sie mit einer Handbewegung zurück in ihr Zimmer und Rena nahm stumm ihren Beobachtungsposten wieder ein.

Sie musste nicht lange warten. Stampfende Geräusche verrieten ihr, dass eine ganze Gruppe die Treppe heraufkam. Inga erschien in ihrem Blickfeld, gefolgt von Simone und Karla, dahinter Kollegen aus der KTU, die sich noch im Laufen ihre Latexhandschuhe überzogen. Rena zeigte sich kurz, doch Inga bedeutete ihr, wieder von der Bildfläche zu verschwinden.

»Wir fangen hier an! Simone, du bleibst mit dem Kollegen hier im Flur, niemand verlässt seine Räume.«

Rena vernahm ein Klopfen und öffnete sofort die Tür.

»Ja?«, fragte sie gedehnt, um etwaige Lauscher zu täuschen.

»Hallo, Frau Dangers. Ich bitte um Ihr Verständnis, aber im Rahmen unserer polizeilichen Ermittlungen müssen wir jetzt auch Ihr Zimmer durchsuchen«, erklärte Inga und legte ganz kurz einen Finger auf die Lippen. Mit den Augen wies sie nach rechts, also gab es tatsächlich Beobachter.

»Wieso? Was soll das?«, widersprach Rena zum Schein.

Inga verkniff sich ein Grinsen. »Hier ist der Durchsuchungsbeschluss. Also bitte, lassen Sie uns rein.«

»Nun gut. Tun Sie also, was Sie nicht lassen können.«

»Wie lautet dein Bericht?«, fragte Inga knapp, nachdem sie mit einem KTU-Kollegen Renas Zimmer betreten hatte.

»Ich war um 17 Uhr mit Magett verabredet. Sie wollte mir etwas mitteilen, aber hier im Schloss waren wir nicht allein. Sie schien Angst zu haben. Am vereinbarten Treffpunkt war sie nicht, aber ich habe verdächtige Geräusche aus dem Schilfgürtel gehört. Vermutlich habe ich den Täter gestört – und Schlimmeres verhindert … Er konnte nur entkommen, weil ich mich um die verletzte Magett kümmern musste.« Rena hob bedauernd die Schultern.

»Leider hat der Kollege, den wir zum Schloss geschickt haben, nichts Verdächtiges gesehen. Aber dieser Kasten hat ja mehrere Eingänge. Und einige Fenster im Untergeschoss standen offen. Der Täter könnte sich beispielsweise durch den Keller zurückgeschlichen haben. Was meinst du, wie groß war sein Vorsprung?«

»Fünf, höchstens sechs Minuten. Nach meinem Warnschuss waren die Kollegen ja gleich zur Stelle. Und der Täter musste durch das hohe Gras, während der Kollege den Spazierweg nehmen konnte.«

»Dennoch kann es der Täter geschafft haben: Er kämpft sich in die Nähe des Schlosseinganges, verlässt das Gebüsch, tut so, als sei er ein Spaziergänger, und geht zum hinteren Teil des Schlosses. Dort rutscht er ein Fenster in den Keller hinunter. Mit etwas Glück begegnet ihm niemand. Unsere Leute haben ihn nicht gesehen, weil er noch im Schilf war, als sie zu dir liefen – und er kann schon im Schloss gewesen sein, als der Kollege dort ankam.«

»Aber an seiner Kleidung müssen Spuren zu finden sein«, wandte Rena ein. Sie wies auf ihre Schuhe, an denen feuchte Grashalme klebten.

»Hast du sonst noch was für uns?« Inga sah sie prüfend an.

»Dass Gromowejev mir gedroht hat, habe ich schon erzählt. Eher indirekt, aber ich hab's verstanden.«

»Dann fangen wir mit ihm an. Zieh deine Schuhe aus, die nehmen wir mit.«

Laut genug für jeden Lauscher verabschiedete sich Inga: »Na also, Frau Dangers, war doch gar nicht so schlimm. Die Schuhe bekommen Sie natürlich zurück.«

Rena ließ sich auf ihr Bett sinken. Was nun? Sie konnte nichts tun – außer zu warten. Oder zu horchen. Sie lief zum Kachelofen und öffnete vorsichtig die Klappe.

»... und wieso immer *sie* zuerst?«, hörte sie Doro Hirnreuthers Stimme.

»Was weiß ich. Vielleicht, weil sie denken, sie kennt sich hier aus.« Ihr Mann klang ziemlich genervt.

»Du meinst, sie verdächtigen Rena Dangers?« Sie schien erstaunt.

»Nein. Oder doch? Dann sind sie blöder als ich dachte. Ich tippe ja auf Gromowejev.«

»Warum?«

»Gefühl«, kam von Werner Hirnreuther.

»Oh, du hast Gefühle, wie erfrischend.« Die Stimme seiner Frau klang hart und spitz.

»Mach dir keine Sorgen, ich werde dich damit nicht belästigen.« Auch seine Stimme wurde metallisch.

Die beiden befanden sich offensichtlich mitten in einem handfesten Krach. Lagen die Nerven bei ihnen schon so blank? Aber warum?

»Lassen wir das. Mit Tippen und Raten kommen wir nicht weiter. Maiwald und Gromowejev geben sich gegenseitig ein Alibi. Vielleicht waren sie es gemeinsam. Maiwald scheint mir sehr angespannt.«

»Angespannt sind wir alle. Kein Wunder, jetzt wird auch noch die kleine Wagenfeld-Schlampe angegriffen. Vielleicht doch jemand von außerhalb, der was gegen unsere Kreise hat?«

»Glaube ich nicht.« Doro Hirnreuthers Stimme wurde leiser. »Ich bin müde. Das ist alles so frustrierend. Das ganze Seminar läuft aus dem Ruder. Wenn man diese Geschichte mit unserem guten Namen in Verbindung bringt, dann ...«

»Beschrei es nicht! Mach mal die Tür einen Spalt auf, vielleicht können wir was sehen.«

Rena schloss enttäuscht die Ofenklappe.

19

Inga teilte Carsten sowie drei Leute aus der Kriminaltechnik für die Durchsuchungsaktion bei den Liebigs und Hirnreuthers ein und nahm sich selbst Gromowejev vor. Dieser lehnte betont lässig an einer Kommode und schaute den Technikern bei ihrer Arbeit zu. Inga beobachtete ihn aus den Augenwinkeln, während sie vorgab, ihre Leute zu beaufsichtigen. Einer der Techniker zog ein Paar dünne Lederschuhe aus dem Kleiderschrank und zeigte sie Inga. Sie waren feucht, aber sauber.

»Schuhe geputzt?«, wandte sie sich an Gromowejev.

Er lächelte säuerlich. »Ich bemühe mich stets um ein gepflegtes Äußeres.«

»Mitnehmen«, entschied Inga und die Schuhe wanderten in eine Plastiktüte.

Gromowejev machte kurz den Eindruck, als wolle er protestieren, doch unter Ingas forschendem Blick senkte er die Augen und wandte sich dem Fenster zu. Der Techniker winkte einen Kollegen zum Badezimmer. Wenige Augenblicke später kam er wieder heraus und hielt eine feuchte Hose hoch. Der Russe drehte sich um.

»Und?«, fragte Inga.

»Flecken«, antwortete Gromowejev.

»Ach, und woher, wenn ich fragen darf?!«

»Von einer Bank an diesem Flüsschen. Sie war dreckig. Algen vielleicht.«

»Hm. Einpacken.«

Auch die feuchte Hose wurde in einer Tüte verstaut.

»Herr Gromowejev, ich verdächtige Sie des Mordes und des versuchten Mordes. Sie werden uns begleiten müssen.«

»Und mein Alibi?« Er starrte sie wütend an.

»Wird sich nach meiner Erfahrung in Luft auflösen, wenn Ihre Festnahme erst bekannt wird.«

Inga öffnete die Tür und wies zwei Kollegen in Uniform an, Gromowejev zum Polizeipräsidium zu bringen. Der Russe schnappte sich Jackett und Mantel und folgte den beiden Polizisten mit erhobenem Kopf.

»Gut. Weiter. Wenn die Untersuchung seiner Klamotten nichts ergibt, will ich nicht noch einmal herkommen müssen. Nehmen wir uns das nächste Zimmer vor.«

Natalie Kern stellte sich furchtbar an. Sie wollte die Polizisten erst einlassen, wenn ihr Mann wieder zurück ist, musste sich aber schließlich dem Druck beugen. Panisch tippte sie auf ihrem Handy herum. Inga vermutete, dass sie ihren Mann benachrichtigen wollte. Als sich offenbar niemand meldete, sank sie in einen Sessel, sprang jedoch gleich wieder auf, öffnete die Tür, blickte suchend in die Galerie und kam widerstrebend zurück ins Zimmer.

Die Kleidung des Ehepaars lieferte keinerlei Hinweise, doch in einer Aktentasche fand Inga einen Stapel Spendenquittungen, die – allerdings ohne Angabe eines Betrags – auf die anderen Mitglieder des Seminars ausgestellt waren. In einem kleinen Nebenfach der Tasche entdeckte sie außerdem Kontoauszüge einer zypriotischen Bank. Demnach waren im Frühjahr 258.000 Euro kurz vor Sperrung aller zypriotischen Bankguthaben abgehoben und an eine unbekannte Bank überwiesen worden.

»Frau Kern, das hier müssen wir mitnehmen.« Inga zeigte der aufgewühlten jungen Frau die Kontoauszüge.

Natalie Kern sprang auf und schien Inga die Unterlagen entreißen zu wollen. Doch sie besann sich und sank auf den Sessel zurück. Die Tür öffnete sich und Kevin Kern erschien. Mit einem spitzen Schrei warf sich Natalie Kern ihrem Mann an den Hals. Dieser schob seine hysterische Frau von sich und blickte sich wütend im Raum um.

»Was hat das denn zu bedeuten?«

Natalie klammerte sich an seinen Arm und sah mit tränennassen Augen zu ihm auf. »Warum bist du denn nicht an dein Handy gegangen? Ich konnte doch nicht weg und dich suchen, was hätte ich denn tun sollen, du warst ja nicht …«

»Kann man dich denn nicht einmal allein lassen …« Mit einer rohen Bewegung löste er sich aus ihrem Griff.

»Kann ich mal Ihre Berechtigung sehen?«, wandte er sich an Inga.

Inga zog den Durchsuchungsbeschluss aus der Tasche und hielt ihn Kevin Kern unter die Nase.

»Sie hätten auch noch warten können, nicht wahr? Sie sehen doch, dass meine Frau einer solchen Situation nicht gewachsen ist.« Demonstrativ umarmte er seine aufgelöste Frau, was diese mit einem dankbaren Hundeblick quittierte.

»Herr Kern, wir bedauern natürlich die Umstände, sind aber schon so gut wie fertig.«

»Und was haben Sie da?« Kern zeigte auf das Bündel Papier in Ingas Hand.

»Kontoauszüge, Herr Kern.«

»Die können Sie nicht einfach so mitnehmen.« Er baute sich vor Inga auf und stemmte die Arme in die Seiten. »Die haben doch keine Relevanz für einen Mord, wenn es denn überhaupt einen gegeben hat.«

»Hat es, Herr Kern. Und wir suchen nicht nur nach Tatwaffen und Spuren, sondern auch nach Motiven. Und das hier«, sie hielt die Kontoauszüge hoch, »sieht mir ganz nach einem Motiv aus.«

»Ich protestiere. Wissen Sie nicht, dass unsere Organisation auch von Ihrem Bürgermeister unterstützt wird?«

In Inga keimte Mitleid. Ob diese Unterstützung anhalten würde, wenn ihre Ermittlungsergebnisse bekannt wurden? »Dann schlage ich vor, wir legen dem Bürgermeister diese Unterlagen vor und lassen ihn entscheiden!«

Kern schnaubte laut und wandte sich ab. Seiner Frau warf er einen verächtlichen Blick zu.

Inga grinste spöttisch, nickte den anderen zu und wandte sich zur Tür. Von draußen drangen aufgeregte Stimmen zu ihnen hinein.

Vor dem Zimmer der Hirnreuthers gab es einen kleinen Menschenauflauf. Werner Hirnreuther versperrte mit ausgebreiteten Armen den Türdurchgang und starrte wütend Carsten an, der ihm etwas zu erklären versuchte. Seine Frau sprach währenddessen wild gestikulierend in ein Handy. Hinter Carsten stand der KTU-Chef, warf manchmal Bemerkungen ein und hielt einen Durchsuchungsbeschluss hoch. Inga überlegte kurz, ob sie sich einmischen sollte. Andererseits vertraute sie Carsten vollkommen – er würde die Situation in den Griff bekommen. Jetzt drehte er sich um und winkte einen der uniformierten Beamten zu sich.

»Nun machen Sie mal Platz«, dröhnte kurz darauf dessen Bass. Die beiden lieferten sich ein sehenswertes Duell, bei dem Werner Hirnreuther erneut seinen überheblichen Monokelblick einsetzte. Es nützte ihm nichts, der Polizist wandte die Augen nicht von ihm. Seine Sturheit siegte. Inga nahm sich vor, sich nach dem Namen des Kollegen zu erkundigen. Solche Leute konnte sie immer gebrauchen. Hirnreuther trat zur Seite und ließ die Beamten ins Zimmer. Doro Hirnreuther hatte sich offensichtlich in den hinteren Teil verzogen, denn Inga konnte sie nicht mehr sehen. Ob sie der Polizeichef heute noch einmal anrufen würde?

Inga wandte sich ab und ließ sich von einem der Techniker das Zimmer von Magett aufschließen. Auf dem Bett und den Sitzmöbeln lagen verstreut Kleidung, Handtücher und eine stattliche Anzahl kleinerer Gegenstände. Ein großer Koffer lag geöffnet neben dem Schrank, dunkle Kleidungsstücke quollen heraus. Inga öffnete den Schrank. Er war leer. Auf dem Tischchen fand sie einen Terminkalender, offensichtlich neu. Die Seiten bis Oktober wirkten unberührt. Von da an gab es eine Eintragung für das Knigge-Seminar, weitere Termine für Friseur, Anproben, Schuhkäufe oder Fitnesstraining. Manchmal nur Namen, hin und wieder mit den Zusätzen Onkel oder Tante. Wurde das schwarze Schaf also wieder in den Kreis der Familie aufgenommen?

Neben dem Bett lag ein silberner Flachmann, der einen deutlichen Gin-Geruch verströmte. In der Nachttisch-Schublade fand sich ein Beutel mit bunten Pillen. Wenn der Beutel einmal voll gewesen war, musste einem der Rest kümmerlich vorkommen. Inga fand es merkwürdig, dass es in Magetts Kalender keinen Termin für eine Entzugsklinik gab. Aber vielleicht tolerierte die Familie ja einen moderaten Drogengenuss, solange es nicht zum Totalausfall kam.

Im Durcheinander des Koffers entdeckten Ingas Kollegen auch Kondome. Immer bereit, oder wie? Ob Magett jemanden hier im Seminar im Auge hatte? Außer Maiwald oder Kern konnte Inga sich niemanden vorstellen, aber was wusste sie schon über die Vorlieben dieser Göre? Das Badezimmer war eine echte Schatztruhe: Hier standen Kosmetika im Wert eines Kleinwagens. Vermutlich alles Geschenke der reichen Tanten und Verwandten, denn zu Magett passten eigentlich nur die schwarzen Kajal- und Lippenstifte, das wimpernverlängernde Maskara sowie die dunklen Rougetöpfchen.

Der Techniker stieß einen Laut aus, der Inga herumfahren ließ. Er hatte einen blauen Müllsack in der Hand.

»War unter dem Bett.« Er schüttete den Inhalt auf den Boden. Zwei Halsbänder mit Nieten, ein sehr kurzer schwarzer Lederrock, grobmaschige, löchrige Strümpfe, schwarze feste Stiefel und eine grüne Strickmaske, die Inga an die russische Punk-Band »Pussy Riot« erinnerte.

»Wollte sie das alles wegwerfen?« Gregorius schien irritiert.

»Vermutlich *musste* sie die Klamotten wegwerfen. So wie den Rest hier!« Sie wies auf den Kleiderhaufen, der im Koffer gesteckt hatte. »Ihre Tage als Nobelpunk scheinen gezählt.«

Der Techniker schüttelte den Kopf. »Ob wohl noch was Vernünftiges aus ihr wird?«

»Ich bezweifle das. Magett wird nicht plötzlich anfangen, sich um sozial benachteiligte Kinder zu kümmern.« Sie stutzte.

»Schau mal, da liegt ja ihr Smartphone.« Inga wies auf das Kopfkissen, unter dem ein Handheld hervorlugte. »Zeig mal.«

Der Techniker tippte auf dem Gerät herum und reichte es dann mit einem Pfiff an Inga. Das Foto auf dem Display zeigte eine junge Frau, offensichtlich Birte Schade. Sie schien mit jemandem zu streiten, von dem jedoch nur ein Knie in einer Männerhose sichtbar war. Der Hintergrund war unscharf, doch Inga meinte den Museumskeller zu erkennen.

»Gibt es noch mehr Fotos?« Aufgeregt gab sie das Smartphone an den Techniker zurück, denn der war in solchen Dingen schneller.

»Nee, nur Bilder aus einer Disco und einem Flugzeug. Schau mal hier!«

Inga nahm das Gerät und betrachtete Magett, die im bunten Licht und verqualmter Luft tanzte. Sie trug schwarze, aufreizende Kleidung und sehr viel Schminke im Gesicht. Die Hände nach oben gereckt, drückte sie ihren Körper an einen jungen Mann, der hinter ihr tanzte und seine Hände auf ihren Busen presste. Beide hatten ihre Augen verdreht und die Lippen geöffnet. Da waren Drogen im Spiel, vermutete Inga.

»Mitnehmen. Vielleicht findet ihr noch was unter den gelöschten Aufnahmen. Außerdem müsst ihr das Foto mit dem Männerbein auswerten. Auf jeden Fall weiß Magett etwas. Hoffentlich wacht sie bald auf!«

Rena stand an der geöffneten Klappe des Kachelofens und versuchte, einem Streitgespräch zu folgen. Sie meinte Werner und Carsten herauszuhören. Jetzt kam Doro Hirnreuthers Stimme näher.

»Sie wollen doch nicht ernsthaft sagen, dass wir das erdulden müssen?« Pause. »Das müssen Sie als unser Anwalt doch verhindern können?« Pause. »Sie rufen also umgehend den Innensenator und den Bürgermeister an!« Lautes Fauchen, dann Stille.

Rena hörte, wie jemand im Zimmer umherlief, als suche er etwas. Plötzlich wurde mit einem Quietschen die Ofenklappe auf der Hirnreutherschen Seite aufgezogen. Rena konnte ihre gerade noch anlehnen. Den Verschlusshebel behielt sie in der Hand, um das Klacken zu verhindern. Glücklicherweise hatte sie ihre Waffe im Hosenbund behalten, das wäre sonst ein Sensationsfund geworden … Ein lautes Einrasten bestätigte, dass der Ofen wieder geschlossen war. Ganz langsam zog Rena ihre Klappe wieder auf. Was für ein Glück, dass ihre Seite nicht quietschte.

Vorsichtig schaute sie nach. Da, wo vor ein paar Stunden noch ihre Waffe gelegen hatte, befand sich nun ein Buch. Langsam zog Rena es zu sich heran. Ein kleines, aber dickes Notizbuch, offensichtlich oft gebraucht, mit einigen losen Zetteln darin. Vielleicht ein Tagebuch? Tatsächlich waren die Eintragungen mit Kalenderdaten versehen. Sie reichten fast acht Jahre zurück. Aber es waren keine privaten Aufzeichnungen aus dem Leben der Hirnreuthers, auch keine Konzepte für neue Seminare, sondern intime Informationen aus dem Geschäfts- oder Privatleben anderer Menschen.

Der Eintrag für den 5. November 2006 lautete beispielsweise: »Sternberg, Onkel. Unterschlagung in Firma des Vaters, etwa 4000 jeden Monat. Kontakt ab Januar. 15.000, einmalig.«

Rena blätterte weiter. Seite für Seite gespickt mit Insider-Informationen, die den aufgelisteten Personen mit Sicherheit peinlich waren. Darunter Seitensprünge, Fahrten unter Alkohol, aber auch Steuerhinterziehungen und Betrügereien – also Straftatbestände. Sogar die Familie Worms war vertreten: 2010 hat demzufolge ein gewisser Hermann irgendwelche Zollpapiere gefälscht. Vermutlich gaben die Zahlen unter den Eintragungen an, welche Summe die Hirnreuthers von ihren Opfern erpresst hatten. Hin und wieder war eine Zahl durchgestrichen, meistens stand eine kurze Erklärung dabei, wie »nicht zu erreichen« oder »lebt nicht mehr«. Ob in diesen Fällen die Erpressung schiefgelaufen war? Doch die meisten Eintragungen schienen auf erfolgreiche Fälle zu verweisen. Ziemlich viel Geld, was da im Laufe der Zeit zusammengekommen war.

Auf der letzten Seite fand sie ihren Namen: »Denaro, Freund/Bekannter von Dangers. Wohnort …«, hier brach der Eintrag ab. Natürlich, die Adresse hatten sie ja noch nicht herausgefunden.

Rena war so vertieft in ihre Lektüre, dass Doro Hirnreuthers Stimme erst spät in ihr Bewusstsein drang.

»… versteckt natürlich! Ich wusste erst auch nicht, wo, aber dann habe ich hier was gefunden.«

Rena klappte das Buch hastig zu und legte es gerade noch rechtzeitig zurück, bevor der Ofen auf der anderen Seite geöffnet wurde. Sie presste ihr Ohr an die Lamellen und hielt krampfhaft ihren Hebel fest.

»Genial!«, hörte sie Werner Hirnreuther antworten. »Aber was, wenn die Dangers auch in den Kachelofen schaut?«

»Wozu sollte sie? Unsere kleine Unschuld hat doch nichts zu verbergen.« Die Stimme seiner Frau triefte vor Verachtung. Na, warte, dachte Rena.

Die Teams von Inga und Carsten trafen sich auf der Galerie. Carsten berichtete, dass sie bei Liebigs nichts von Bedeutung gefunden hatten. Sie nahmen trotzdem eine Hose von Herrn Liebig mit, weil sie Rostflecken hatte. War nicht der Schürhaken, mit dem Birte ermordet worden war, auch rostig gewesen? Bei Anna Liebig fanden sie hingegen nichts, nicht einmal feuchte Schuhe.

»Wer fehlt noch?«

»Maiwald«, Carsten schaute auf seine Liste. »Der scheint nicht da zu sein. Seine Tür ist abgeschlossen.«

»Lass dir einen Schlüssel von den Schlossfrauen geben. Wir können nicht ewig warten.«

Carsten nickte.

»Schau dir mal dieses Foto an. Habt ihr bei eurer Durchsuchungsaktion vielleicht eine Hose gesehen, die dazu passen könnte?«

Carsten, der KTU-Chef und seine Kollegen scharten sich um das Smartphone. Aber niemandem war eine solche Hose aufgefallen.

»Boris, ihr kommt mit den Funden aus Maiwalds Zimmer nach. Gleich ins Labor damit, ich will Ergebnisse. Carsten, du bleibst hier. Hilf Simone bitte bei den Bewegungsprofilen. Karla, du holst Frau Schade zu einer Gegenüberstellung. Ich möchte wissen, ob sie den Mann wiedererkennt. Vielleicht führt uns diese Spur doch zum Energiewerk. Ich fahre jetzt ins Präsidium und knöpfe mir unseren russischen Freund vor.«

20

Karla führte Frau Schade in den kleinen Raum, der an das Verhörzimmer angrenzte. Durch eine getönte Scheibe konnten sie beobachten, wie Inga Gromowejev bearbeitete. Karla spürte, wie sich Frau Schade versteifte. Es war sicher nicht leicht für sie, den Mann zu beobachten, der möglicherweise ihre Tochter getötet hatte.

»Ich weiß nicht ...«, Frau Schade blickte Karla unsicher an. »Ich glaube, ich bin diesem Typen einmal begegnet, als unsere Delegation mit ihm über die Strompreise diskutieren wollte. Aber irgendetwas stimmt nicht.«

»Ich komme gleich wieder. Setzen Sie sich ruhig.« Karla wies auf einen Stuhl und verließ den Raum.

Sie klopfte an die Tür des Vernehmungsraumes und trat ein. Inga blickte erstaunt auf. Karla machte ihr ein Zeichen und sie trafen sich auf dem Flur.

»Frau Schade meint, er ist es, aber irgendetwas irritiert sie. Soll ich sie nicht reinholen?«

Inga dachte kurz nach. »Nein, das ist mir zu riskant. Aber beschäftige dich noch ein paar Minuten mit ihr. Ich komme dann gleich bei dir mit dem da vorbei.« Sie zeigte mit dem Daumen hinter sich auf die Tür zum Vernehmungsraum.

Karla geleitete Frau Schade zu ihrem Schreibtisch.

»Ein paar Fragen habe ich noch. Wenn Sie sich bitte kurz setzen wollen?!«

Umständlich suchte Karla Papier aus einer Schublade, begutachtete zwei Kugelschreiber, bevor sie einen auswählte. Verflixt, wie sollte sie anfangen? Am besten blieb sie erst einmal beim Thema Gromowejev.

»Können Sie sagen, wann Sie Gromowejev das erste Mal begegnet sind?«

»Gesehen habe ich ihn zuerst in der Zeitung: Hände schüttelnd mit dem Bürgermeister, Gruppenbild mit Führungsleuten von der Treuhand. Und dann kam unsere erste Stromabrechnung. Ich bin fast umgekippt, denn sie war fast um das Dreifache gestiegen. Wir Nachbarn haben uns ausgetauscht und sind zum E-Werk marschiert, um mit den Leuten da zu reden. Aber die haben einfach dichtgemacht. Dann hat unser Käseblatt das Thema aufgegriffen und es gab eine Menge Wirbel. Wir haben eine Bürgerinitiative gegründet und sind fast einmal die Woche zum E-Werk spaziert. Immer mit Presse. Erst trat der Bürgermeister für die tollen Investoren ein, doch dann wendete sich das Blatt, er hatte einfach Angst vor der nächsten Wahl. Er verhandelte mit den Russen, kam aber zu keiner Lösung. Dann haben wir das E-Werk blockiert, haben einfach niemanden rein- oder rausgelassen.

Schließlich kam Gromowejev und erlaubte, dass sich eine Delegation mit ihm traf – aber nur im E-Werk und nach Ende der Blockade. Ich durfte mit, Aktivistin der ersten Stunde und so. Er war scheißfreundlich, schüttelte allen die Hand, nickte verständnisvoll mit dem Kopf, schrieb sich was auf einen Zettel und beteuerte, dass er doch nur das Beste für den Ort wollte. Er versprach uns, alles noch einmal durchzurechnen.«

»Das hört sich doch gut an«, warf Karla ein.

»Dachten wir auch. Doch es kamen nur Entschuldigungen. Sie sahen leider keine Möglichkeit, die Kosten zu senken ... Also haben wir wieder demonstriert und blockiert. Dann sind sie plötzlich über Nacht verschwunden. Erst waren wir froh, denn wir dachten, nun gehört das E-Werk wieder uns. Irgendwie ging es dann auch wieder auf die Stadt über, aber mit einem Sack voll Schulden. Diese Banditen hatten einfach hohe Kredite auf das Werk aufgenommen und sind mit dem Geld verschwunden. Unsere Rechnungen waren in der Folgezeit fast unverändert hoch, aber es gab Härtefallregelungen. Inzwischen ist die Stadt die Schulden los ...« Sie brach ab und blickte an Karla vorbei.

Inga kam mit Gromowejev in den Raum und steuerte an ihrem Schreibtisch vorbei.

»Schweinehund«, knurrte Mechthild Schade und stand auf.

Auch Karla erhob sich, um eine Eskalation zu vermeiden. Frau Schade ging einen Schritt auf den Verdächtigen zu, zögerte aber plötzlich.

»Das ist gar nicht Gromowejev! Der war viel kleiner.«

Inga knallte dem Russen den Personalausweis auf den Tisch. Schnurstracks hatte sie ihn wieder in den Vernehmungsraum geführt, nachdem Frau Schade seine Identität angezweifelt hatte. Inga war sauer auf sich selbst. Warum hatte sie nicht gleich bei der ersten Begegnung bemerkt, dass dieser Mann mindestens fünfzehn Zentimeter größer war als die 1,75 m, die im Ausweis standen? Sie hatte nicht aufgepasst und sich mit der Ähnlichkeit der Gesichter zufriedengegeben.

Der Russe – war er überhaupt einer? – fuhr sich mit der Hand übers Gesicht. Er schien plötzlich müde und mit sich zu ringen.

»Bevor ich das aufkläre, muss ich mit jemandem telefonieren.«

»Ach ja? Damit Ihre Helfershelfer Beweise vernichten können? Was läuft hier eigentlich? Wollten Sie unter falschem Namen ein paar reiche Esel abzocken? Und Birte Schade hat erkannt, dass Sie nicht derjenige sind, für den Sie sich ausgeben?«

Empörung machte sich in seinen Zügen bemerkbar. »Ganz sicher nicht!«

»Ach, und die siebzehn Prozent Rendite, die Sie versprochen haben?«

Verblüfft beugte sich der Mann vor. »Woher …?«

Inga blieb stumm. Der Mann blickte durch sie hindurch, schien in seiner Erinnerung zu suchen. Dann fixierte er sie.

»Die kleine Dangers? Sie gehört zu Ihnen? Das hätte ich nicht gedacht. Und ich habe sie noch gewarnt, weil ich den Eindruck hatte, dass sie den Hirnreuthers gleichfalls eine Falle stellen will.«

Verdammt, nun war Rena enttarnt.

»Hören Sie, meine Motive sind edel, wenn Sie so wollen. Aber es betrifft nicht nur mich, ich bin sogar ganz unwichtig. Ich muss mit jemandem reden, Sie können gerne zuhören, aber ich muss erst seine Zustimmung haben, damit ich die Geschichte erzählen darf.«

Er musste die Skepsis in Ingas Blick erkannt haben, denn er legte noch nach: »Ich würde auch für mich behalten, dass Sie einen Maulwurf im Seminar haben.«

Inga war nicht nach Schachern zumute. »Das werden Sie sowieso, wenn Sie nicht wegen Behinderung der Polizeiarbeit belangt werden wollen.«

Die Lippen des Mannes kräuselten sich. »Lassen Sie mich telefonieren, bitte!«

Inga verließ den Raum und gab ihren Leuten ein paar Anweisungen. Sie wollte den Anruf aufzeichnen und nach Möglichkeit rückverfolgen. Mit einem Telefon kam sie zurück in den Raum und stöpselte das Gerät an. Sie stellte es vor den Mann.

»Bitte sehr.«

»Ich nehme an, Ihre Leute hören mit?«

Inga seufzte und legte den Kopf schief.

»Natürlich hören Sie mit, wie dumm von mir.«

Er wählte eine Nummer. Am anderen Ende meldete sich offensichtlich jemand. Der Mann nannte seinen Namen: Michail. Dann sprach er russisch. Oder etwas, das sich für

Inga russisch anhörte. Sie langte über den Tisch, um Michail den Hörer zu entreißen, doch der drehte sich weg und hielt den Hörer außerhalb ihrer Reichweite, sprach aber sehr laut weiter. Inga lief um den Tisch und hatte den Hörer fast erreicht. Nach zwei Sätzen wechselte er jedoch wieder ins Deutsche. Inga zögerte und hörte zu.

»Ja, verhaftet. Wegen Mordverdachts. Deshalb benötige ich deine Erlaubnis, zu sprechen … Nur so viel, dass sie verstehen … Gut. Den Plan habe ich bereits umgesetzt. Wir müssen nur warten. Danke, Alexej.«

Mit einem spöttischen Lächeln reichte er Inga den Hörer. Sie knallte ihn auf den Tisch.

»Was sollte das? Glauben Sie im Ernst, wir hätten keine Übersetzer?«

»Alexej hätte gleich aufgelegt, wenn ich zu Beginn deutsch gesprochen hätte.« Er war offensichtlich bemüht, sie zu beruhigen. »Ich musste ihm deutlich machen, dass es wichtig ist.«

Inga war noch nicht überzeugt, dass Michail sie nicht übertölpeln wollte. Auch wenn die Kollegen sicher bereits an einer Übersetzung der russischen Sätze arbeiteten.

»Dann mal raus mit der Sprache. Wer sind Sie? Was ist das für ein Plan, von dem Sie gesprochen haben?«

»Ich bin Michail Kroskotkin.« Er kramte in seiner Hosentasche und hielt Inga einen Hotelschlüssel entgegen. »Hier, Hotel Scandic Crown. Dort finden Sie meine echten Papiere.«

Sekunden später betrat Karla den Raum, nahm die Schlüssel aus Ingas Hand und verschwand wortlos. Inga war überzeugt, dass hinter der Scheibe noch mehr aufmerksame Kollegen das Geschehen beobachteten.

»Also Herr Kroskotkin, wozu die Scharade?«

»Mein Onkel, der Mann, den ich angerufen habe, wird erpresst. Jemand hat ein Detail aus seiner Vergangenheit herausbekommen.«

»… das Sie mir vermutlich nicht verraten werden?«

Kroskotkin grinste. »Nur unter Folter. Es tut nichts zur Sache. Seit zwei Jahren wird mein Onkel zur Kasse gebeten. Jeweils im November sollte er ein ›Weihnachtsgeld‹ zahlen, und zwar die Kleinigkeit von 80.000 Euro. Er rief daraufhin zwei seiner engsten Vertrauten zu sich, meinen Vetter und mich. Wir sollten herausbekommen, wer hinter den Erpressungen steckte. Wir versuchten, das Geld zu verfolgen, doch es verlor sich in einem Gewirr von Finanzkanälen über alle Kontinente. Wir untersuchten den Brief. Er war sehr professionell gemacht. Keine Fingerabdrücke, keinerlei Hinweise aufgrund von Papierart und Drucker. Wir fragten meinem Onkel Löcher in den Bauch, wann er wo gewesen war, bei welcher Gelegenheit er vielleicht etwas Unbedachtes gesagt haben könnte. Wir befragten sogar seine Gespielinnen, vielleicht hatte er ja im Rausch oder im Schlaf gesprochen?! Es ergab sich nichts. Als mein Vetter und ich wieder einmal alle Unterlagen durchgingen, fast verzweifelt alles immer wieder umdrehten, ließ mein Vetter eine Bemerkung fallen. Er hatte im Vorjahr in Deutschland an einem Knigge-Kurs teilgenommen, weil er für meinen Onkel den süddeutschen Markt als Vertriebschef übernehmen sollte.«

»Bei den Hirnreuthers?« Inga wurde hellhörig.

Kroskotkin nickte. »Es ist die sogenannte ›persönliche Beratung‹, bei der die Hirnreuthers sehr geschickt ihre Fragen stellen. Mein Vetter, der Idiot, hatte offensichtlich über unseren Onkel geredet. In seinen Augen sicher nichts Kompromittierendes, doch in Verbindung mit einigen Zeitungsberichten konnte man aus seinem dummen Gerede einige Schlüsse ziehen. Wir waren in einer Zwickmühle. Wenn mein Onkel vom Verrat meines Vetters – denn so hätte er es eingestuft – etwas in Erfahrung gebracht hätte, dann …«

Inga konnte sich vorstellen, was ein russischer Oligarch mit Verrätern anstellen würde – Verwandtschaft hin oder her.

»Und wir mussten natürlich Beweise beibringen. Meine Aufgabe bestand darin, an einem der Knigge-Seminare teilzunehmen und Informationen über eine Person auszuplaudern. Natürlich alles ausgedachtes Zeug. Und dann wollten wir abwarten, ob ein Erpressungsversuch folgt.«

»Warum die falschen Papiere?«

»Mein Onkel und mein Vetter heißen beide wie ich. Das wäre den Hirnreuthers aufgefallen. Also borgte ich mir die Papiere von einem anderen Vetter, dem ich ähnlich sehe.«

»Bis auf die Größe.«

»Bis auf die Größe – ist niemandem aufgefallen«, grinste Kroskotkin, »… nicht einmal Ihnen.«

»Schöne Geschichte, Herr Kroskotkin. Bis wir sie überprüft haben, bleiben Sie bei uns.«

Kroskotkin betrachtete seine Fingernägel. »Wie Sie wünschen.«

Eine Viertelstunde später rief Karla an. Sie hatte die Papiere gefunden. Der Name passte, das Gesicht und diesmal auch die Größe. Ein Teil seiner Geschichte schien also zu stimmen. Inga beauftragte einen ihrer Mitarbeiter, den familiären Hintergrund von Kroskotkin zu durchleuchten. Vielleicht kamen sie weiter, wenn sie herausfanden, durch welchen »Fehltritt« sich die Familie erpressbar gemacht hatte. Außerdem musste sie Rena anrufen, aus ihrem Hauptverdächtigen Gromowejev war jetzt schließlich ein Herr namens Kroskotkin geworden …

»Moment«, flüsterte Rena undeutlich durch ihr Handy, »ich geh’ nach draußen und melde mich wieder!«

Hatte sie etwa Angst, belauscht zu werden? Zwei Minuten später rief sie zurück.

»Die Hirnreuthers haben das Ofenversteck gefunden«, begann sie.

»Und deine Waffe?« Inga hoffte inständig, dass dies nicht geschehen war.

»Nein, die hatte ich noch bei mir.«

»Aber sie wissen jetzt, dass man durch den Ofen das andere Zimmer abhorchen kann?«

»Weiß ich nicht. Ich rede nach Möglichkeit nur noch im Flüsterton und versuche, mich ganz leise zu bewegen.«

»Gut.« Noch war kein Schaden entstanden.

»Aber sie haben selbst etwas Wichtiges im Kachelofen versteckt, was bei der geplanten Durchsuchung nicht gefunden werden soll.«

Inga horchte auf. »Oh, also haben sie tatsächlich Dreck am Stecken.«

»Und wie! Ich habe sozusagen ihren Erpresser-Guide gefunden.«

»*Was* hast du gefunden?«

»Ein Notizbuch, in dem sie alle Dinge notiert haben, die sie über andere Leute erfahren haben. Mit Namen, Daten und natürlich der Höhe der erpressten Summen.«

Das war ja ein echter Glücksfall. »Wow. Du hast es dir genauer anschauen können?«

»Ja, ich konnte es einmal komplett durchblättern. Ich hab's gerade noch geschafft, das Buch wieder rechtzeitig zurück ins Ofenversteck zu legen.«

»Rena, kannst du dich an den Namen Kroskotkin erinnern? Kam der vor?«

Inga wusste, dass Rena nun vor ihrem geistigen Auge die Eintragungen im Notizbuch durchgehen würde.

»Ja, ich erinnere mich: 4. November 2011. Onkel von Kroskotkin plant, Chodorkovsky aus dem Gefängnis zu befreien, 80.000 Euro im November.«

Inga war stolz auf Rena, denn sie besaß ein eidetisches Gedächtnis, was zwar unter »Normalsterblichen« Befremden auslöste, aber schon in manchem Fall ungemein hilfreich gewesen war.

»Wäre diese Information noch vor den Olympischen Winterspielen an die Öffentlichkeit gelangt, dann hätte das sein Todesurteil sein können«, meinte Inga, »Kroskotkins Onkel hätte sicher jede Summe gezahlt. Auch noch nach seiner Freilassung – da sind die Russen nachtragend. Seine Geschichte ist damit bestätigt.« Inga erzählte Rena, was Kroskotkin im Verhör preisgegeben hatte.

»Aber der Mordverdacht ist damit noch nicht entkräftet«, gab Rena zu bedenken. »Birte könnte doch entdeckt haben, dass sich Kroskotkin im Schloss fälschlicherweise als Gromowejev ausgegeben hat, woraufhin dieser seinen Plan gefährdet sah.«

»Richtig. Aber dazu hätte Birte ja wissen müssen, dass er dort als Gromowejev unterwegs war, das halte ich für unwahrscheinlich. Ihr habt doch keine Namensschilder, oder?«

»Nein. Du hast recht. Vielleicht war er ja mal wieder mit Maiwald zusammen und die haben sich mit Namen angeredet?«

»Möglich. Fallen lassen werde ich den Verdacht gegen ihn nicht. Aber noch was anderes. Wir haben auf dem Handy von Frau Wagenfeld ein Bild gefunden, das Birte und einen Unbekannten zeigt.«

»Einen Unbekannten? Also doch jemand von außen?«

»Da hab' ich mich falsch ausgedrückt: Zu sehen ist lediglich das Knie eines Mannes, der restliche Körper ist nicht auf dem Foto.«

»Dann sollte Magett besser Polizeischutz bekommen. Der Mörder wird doch bemerkt haben, dass er fotografiert worden ist.«

Inga seufzte. »Rena, wir denken hier auch mit. Wenn die Techniker mit dem Foto durch sind, schicke ich es dir. Krame bitte in deinem Gedächtnis, ob du diesen Stoff schon mal gesehen hast.«

»Klar. Und die Hirnreuthers? Sind die nun nicht mehr verdächtig?«

»Im Mordfall? Kann ich mir nicht vorstellen. Wie soll Birte, die ja bekanntlich nie viel Geld hatte, mit Leuten in Kontakt gestanden haben, die von den Hirnreuthers erpresst werden?«

»Wir sollten Frau Schade fragen«, schlug Rena vor.

»Die ist gerade wieder weg. Aber sie hat ja die falsche Identität von Kroskotkin aufdecken können.«

»Soll ich mal meine Tante anrufen, damit die mit Birtes Mutter redet?«

»Untersteh dich! Wer weiß, was dabei rauskommt!«

»Na, gut«, maulte Rena.

Inga beließ es dabei und hoffte, dass weitere Ermahnungen überflüssig sein würden.

21

Nach dem Gespräch mit Rena konnte Inga Kroskotkin direkt angehen: »Ihr Onkel wollte also Chodorkovsky aus dem Gefängnis holen?«

Kroskotkin fiel beinahe die Kinnlade herab. Bisher war er ihr immer beherrscht vorgekommen, selbst als er seinem Onkel am Telefon die unangenehme Nachricht überbringen musste, dass er wegen Mordes verhaftet worden war. Nun sah sie, wie seine Fassade bröckelte.

»Woher haben Sie das?«

»Wir haben unsere Quellen. Was die falschen Papiere betrifft, so ist Ihre Geschichte erst einmal bestätigt.«

»Das darf niemand erfahren. Mein Onkel wäre in Lebensgefahr – immer noch.«

»Ist mir klar. *Sie* behalten für sich, dass Ihre Seminarkollegin Frau Dangers für uns arbeitet, und *wir* werden Ihr Motiv aus den Protokollen heraushalten.«

Kroskotkin seufzte auf. »Dann kann ich jetzt gehen?« Schon stand er auf.

»Nein. Es besteht die Möglichkeit, dass die junge Frau, deren Leiche wir gefunden haben, aufgedeckt hat, dass Sie unter falschem Namen reisen, also haben Sie sie kurzerhand umgebracht …«

»Unfug!« Kroskotkin ließ sich auf den Stuhl zurückfallen.

»Birte Schade kannte Gromowejev. Sie wusste, dass er kleiner war als Sie«, drängte Inga weiter.

»Verdammt. Gromowejev ist ein entfernter Verwandter. Wir sind uns ähnlich, außer in der Größe natürlich. Wenn ich als Kroskotkin bei den Hirnreuthers aufgetaucht wäre, hätten die doch gleich Verdacht geschöpft. Wir vermuten, dass die Hirnreuthers nie ihre Seminarteilnehmer selbst erpressen, sondern immer nur Außenstehende, über die sie etwas in Erfahrung gebracht haben. Deshalb sind ihre Machenschaften bis dato auch noch nicht aufgeflogen. Wir haben uns eine tolle Geschichte ausgedacht, ein vermeintlich lukratives Geschäft, das auf keinen Fall jetzt schon bekannt werden darf. Wenn der angebliche Investor ...«

Inga war noch nicht überzeugt. »Und dann? Was wollte Ihr Onkel dann tun?«

Kroskotkin fixierte seine Fingernägel. »Oh, er kann sehr überzeugend sein. Er hätte mit den Hirnreuthers geredet ...«

»Und? Hätten die Hirnreuthers das überlebt?«

Kroskotkin reagierte empört. »Was denken Sie denn? Nicht alle Russen sind kaltblütige Mörder! Wir spekulieren außerdem darauf, dass die Hirnreuthers gierig werden und selbst Geld in dem Papier anlegen. Dann würden sie schon bald zu den Verlierern gehören.«

»Überlassen Sie die Hirnreuthers uns«, forderte Inga.

Kroskotkin blickte misstrauisch auf. »Dann müssen Sie doch die Erpressungen offenlegen!«

»Nicht alle. Wir haben Unterlagen über ihre Aktivitäten seit 2006.«

»Aber das wird doch niemand machen, vor Gericht aussagen!« Er schien nicht überzeugt.

Sie würde noch mehr Überzeugungsarbeit leisten müssen. »Überlassen Sie das uns. Wir werden Sie dabei raushalten, das habe ich ja versprochen.«

»Und wann lassen Sie mich frei?« Schon wieder wollte er aufstehen.

Mit einer Geste forderte Inga ihn auf, sich wieder zu setzen. »Langsam! Wir ermitteln noch.«

»Und mein Alibi?« Das klang eher trotzig als empört.

»Das knacken wir gerade.« Inga war sich dessen absolut nicht sicher, denn leider war Maiwald noch immer nicht aufgetaucht.

Kroskotkin presste die Lippen aufeinander und setzte eine verschlossene Miene auf.

Unmittelbar nach dem Gespräch mit Inga rief Rena endlich ihren Dämonenjäger an.

»Hier ist Ihr ergebener Diener«, meldete sich Conny.

Rena lachte. »Wie treffend! Neues Skript oder selbst ausgedacht?«

»Du traust mir aber auch gar nichts zu. Selbst ausgedacht natürlich! Wie geht es dir? Was macht deine Leichenjagd?«

»Gut. Nicht viel.«

»Hä?«

»Mit geht es gut, aber die Jagd macht nicht viel. Zwei Fragen, zwei Antworten.«

»In den Nachrichten war noch gar nichts.«

»Nachrichtensperre, ich kann dir leider auch nicht mehr sagen.«

»Sind denn die Seminarteilnehmer verdächtig?«

Er versuchte es immer wieder, neugieriger Kerl. »Mein Herr, wollen Sie mich etwa aushorchen?«

»Welch niedere Motive unterstellen Sie mir, meine Dame? Nein, im Ernst, Rena. Ich mache mir Sorgen. Wenn nun der Mörder direkt im Zimmer nebenan wohnt …«

Rena lachte auf. »Umso besser, dann habe ich ihn schneller. Ich bin in diversen Kampftechniken ausgebildet und könnte sogar mit dem Kopfkissen jemanden töten.«

»Warum beruhigt mich das nicht?«

»Weil du mich noch nie in Action gesehen hast. Komm mal mit zum Dojo, danach machst du dir nie wieder Sorgen um mich.«

Conny lachte. »Ich hätte zu viel Angst, als Sparringspartner herhalten zu müssen.«

»Du bist mir vielleicht ein Held! Aber keine Angst, ich vergreife mich nicht an Schwächeren!«

Rena hörte ein empörtes »Oih!«

»Ätsch, das hast du nun davon! Mach dir bitte keine Sorgen, ich weiß, was ich tue.«

»Na gut. Ich rufe dich heute Abend noch einmal an.«

Eigentlich konnte Rena nun auch noch mit Hannah telefonieren. »Du solltest die Kavallerie zurückrufen!«

Hannah schien verblüfft. »Was meinst du?«

»Tu nicht so!« Rena zweifelte keine Sekunde daran, dass Hannah über die Eskapaden ihrer Freundinnen informiert war. »Deine Alten-WG mischt das ganze Schloss auf. Ein Glück, dass sie nicht meiner Chefin über den Weg gelaufen sind.«

Sie erzählte Hannah von Hedwigs spiritistischem Auftritt, von Marlies' Staubwedel-Aktion und von Ediths Einsatz im ehrenamtlichen Museumsdienst.

Hannah konnte sich ein Lachen nicht verkneifen, wurde aber gleich wieder ernst. »Mechthild geht es gar nicht gut. Sie ist gefasst, war heute auch bei der Polizei, aber in ihrem Inneren brodelt es.«

»Hannah, ich hatte da so eine Idee, aber ich darf dich nicht bitten, sie umzusetzen …«, begann Rena vorsichtig.

Sie hörte, wie ihre Tante erst enttäuscht prustete, dann aber die Luft einsog, als bei ihr der Groschen fiel. »Aber es ist dir nicht verboten, mir von deiner Idee zu erzählen?«

»Du hast es erfasst! Die Seminarleiter hier, Hirnreuther heißen die, erpressen augenscheinlich Bekannte und Verwandte ihrer Klienten.«

»Sehr vornehm, von denen kann man wirklich einiges lernen!« Hannahs Stimme klang spitz.

»Und es wäre möglich – nicht wirklich wahrscheinlich, aber möglich –, dass Birte was davon mitbekommen hat.«

Hannah hatte verstanden. »Soll ich Mechthild danach fragen?«

»Auf keinen Fall!«

Hannah lachte. »Schön. Ich frage nicht direkt. Ich ruf dich dann an.«

»Du bist ein Schatz!« Rena lächelte ihr Handy an.

»Ich weiß.«

Das wäre also auch geregelt. Viel versprach sich Rena nicht davon, aber wer weiß, vielleicht hatten die Schades ja was von den Machenschaften der Hirnreuthers mitgekriegt?!

Vom Parkplatz her waren plötzlich ein aufheulender Motor und quietschende Reifen zu hören. War das vielleicht Maiwald? Rena lief zur Treppe, die ins Museum führte, und versteckte sich dahinter. Tatsächlich, Maiwald lief mit seiner geschulterten Golftasche auf die andere Seite des Schlosses zu. Also wollte er den Seminareingang nehmen. Sollte sie ihm hinterherlaufen? Aber oben waren sicher noch die Kollegen, die sein Zimmer durchsucht hatten – oder noch damit beschäftigt waren. Besser, sie überließ Maiwald denen und machte sich ihm gegenüber nicht verdächtig. Rena sah auf die Uhr. So langsam wurde es Zeit, sich für das Dinner umzuziehen und wieder in die Rolle einer ambitionierten Innenarchitektin zu schlüpfen!

Rena ließ Maiwald ein paar Minuten Vorsprung. Als sie die Tür zur kleinen Halle öffnete, schwappte ihr ein Schwall lauter Stimmen entgegen. Die Galerie schien voller erregter Menschen zu sein. Neugierig stieg sie die Treppe hinauf. Sie konnte nun Maiwalds Stimme ausmachen, der sich offensichtlich wütend bei Carsten beschwerte, der wiederum scharf dagegenhielt. Im Hintergrund waren das Ehepaar Hirnreuther sowie Anna Liebig und Kevin Kern zu hören.

Oben angekommen, stellte Rena fest, dass auch Annas Eltern und Natalie Kern dem Auflauf zusahen.

Boris und ein Kollege hielten einige Plastiksäcke und ein Bündel Golfschläger in Händen, während Maiwald von einem uniformierten Kollegen festgehalten und daran gehindert wurde, eben diese Säcke zu erreichen. Carsten redete beschwichtigend auf Maiwald ein, wurde seinerseits aber von den Hirnreuthers belagert, während Anna Liebig und Kevin Kern wiederum den Seminarleitern zusetzten. Gerade schien sich Annas Vater einmischen zu wollen, denn er hielt die Schulter seiner Tochter fest.

Rena verspürte den Drang, ihre Dienstwaffe abzufeuern, um effektvoll für Ruhe zu sorgen. Stattdessen drückte sie sich am Geländer vorbei, um nicht aufzufallen – doch ihre Vorsicht war unnötig, niemand nahm von ihr Notiz.

Carsten war das Durcheinander offensichtlich leid. Er rief dem KTU-Chef etwas zu, das Rena durch den Lärm nicht verstehen konnte. Boris ging einen Schritt zurück und öffnete die Reh-Tür zu Maiwalds Zimmer. Mit sanfter Gewalt wurde Maiwald in den Raum geschubst, die beiden Techniker folgten ihm nach. Durch ein lautes »Hey« verschaffte sich Carsten auf der Galerie endlich Gehör.

»Ruhe! Aufhören! Gehen Sie bitte alle auf Ihre Zimmer und verhalten Sie sich ruhig! Wenn Sie nicht augenblicklich verschwinden, rufe ich Verstärkung und lasse Sie alle wegen Behinderung der Polizeiarbeit verhaften!« Er blickte den aufgeregten Menschen einem nach dem anderen fest in die Augen.

Rena beobachtete amüsiert, wie Doro und Werner Hirnreuther einen Schritt zurückwichen. Herr Liebig holte tief Luft, um etwas zu sagen, wurde aber von seiner Tochter weggezogen. Carsten bedachte noch einmal jeden auf der Galerie mit seinem strengen Blick, sparte auch Rena nicht aus. Anna

Liebig schubste ihren Vater in Richtung auf dessen Zimmer, ihre Mutter folgte. Kevin Kern nahm seine Frau folgsam am Arm und tat es ihnen gleich. Die Hirnreuthers zögerten noch, doch dann beugten auch sie sich und entschwanden. Carsten hob die Arme und den Blick zur Decke und ließ ein genervtes »Aaaaah!« hören. Er grinste Rena kurz zu und verschwand in Maiwalds Raum.

Rena beeilte sich, in ihr eigenes Zimmer zu gelangen, um die »Live-Schaltung« zu den Hirnreuthers nicht zu verpassen. Sie wollte sich schon enttäuscht von der Ofenklappe abwenden, doch ihre Stimmen kamen plötzlich näher.

»Soll ich ihr mein Kleid nun anbieten?«, fragte Doro Hirnreuther. Eine Schranktür wurde geöffnet.

»Ja. Wir wissen nicht, wie das hier endet. Lass uns alle Möglichkeiten verfolgen.« Ihr Mann klang nachdenklich.

»Auch Gromo?« Rena hörte Rascheln von Stoff.

»Aber anders als sonst. Wir investieren.«

»Viel zu riskant!«

»So einen Tipp bekommen wir so schnell nicht wieder. Das ist unsere Chance!«, entgegnete ihr Mann mit Nachdruck.

»Und wenn der Tipp falsch ist? Oder das Geschäft platzt? Wir sollten diesen Freund anzapfen. Wenn es nichts wird, bekommen wir nichts, aber wir verlieren auch nichts.«

»Weichei«, das kam verächtlich. »Wer nichts wagt …«

»Und Gier hat schon so manchen umgebracht!«, gab seine Frau zu bedenken.

»Also *ich* werde meinen Anteil einsetzen.« Werner Hirnreuther klang sehr entschlossen.

»Seit wann haben wir *deinen* Teil und *meinen* Teil?« Die Gereiztheit in Doro Hirnreuthers Stimme war nicht zu überhören.

»Die Hälfte! Die Hälfte ist ja wohl meins. Ich nehme das Geld vom Bermudakonto.«

»Und wenn du es verlierst?«

»Habe ich Pech gehabt!«, entgegnete ihr Mann patzig.

Doro Hirnreuther schien nicht überzeugt zu sein. »Ach ja, und dann gehört dir wieder die Hälfte vom Rest, oder wie?«

»Hab dich nicht so.«

»Ich habe einfach ein ungutes Gefühl. Lass die Finger davon …« Die Stimmen verloren sich, offensichtlich verließen die beiden ihren Schlafbereich.

Kurze Zeit später klopfte es. Vor Renas Tür stand die Seminarleiterin persönlich, ein Kleid aus schillernder grüner Seide über dem Arm.

»Liebe Frau Dangers, kann ich kurz hereinkommen?«

Rena trat zur Seite und bat Doro Hirnreuther mit einer Handbewegung ins Zimmer.

Diese ging ein paar Schritte in den Raum und drehte sich, wie suchend, um sich selbst. Offensichtlich suchte sie eine Sitzgelegenheit, wollte sich aber weder auf das Bett noch auf den von Renas Jacke belegten Sessel setzen. Rena wurde plötzlich heiß. Ihre Jacke! Sie hatte ihre Jacke nicht an, also könnte die Hirnreuther ihre Waffe sehen, wenn sie ihr den Rücken zudrehte!

Mit einem gezierten Lächeln präsentierte diese jetzt Rena das elegante Kleid.

»Ich will Ihnen ja nicht zu nahetreten, liebes Kind. Ich dachte nur, Sie würden sich vielleicht wohler fühlen, wenn Sie mal einen Abend ein anderes Kleid trügen? Dieses hier könnte Ihnen gut zu Gesicht stehen. Wissen Sie, ich habe es als Ausweichgarderobe eingepackt, falls mal was schiefgeht …«

Rena merkte, wie sie rot wurde. Gut, das würde zu ihrer Rolle passen.

»Danke, aber das kann ich doch nicht annehmen.«

»Aber sicher doch. Machen Sie sich keine Gedanken. Sie wirkten beim Essen heute Mittag etwas angespannt. Vielleicht probieren Sie es gleich mal an?«

Rena hatte sich die ganze Zeit bemüht, Doro Hirnreuther keinen Blick auf ihre Rückseite zu gewähren, doch wie sollte sie sich umziehen? Sie schnappte sich schließlich das Kleid und ging rückwärts zum Badezimmer. Um ihr merkwürdiges Benehmen zu überspielen, hielt sie sich das Kleid vor den Körper, damit man schon mal sehen konnte, wie es ihr stünde. Aufatmend verschloss sie die Tür hinter sich und versteckte die Waffe in ihrer Kulturtasche. Das Kleid war rasch angezogen.

Als sie zurück ins Zimmer kam, schien sich Doro Hirnreuther ertappt zu fühlen. Sie stand neben dem Tischchen, auf dem Renas Handy lag. Rena atmete schneller. Hatte sie in der Zwischenzeit etwa einen Anruf oder eine SMS erhalten? Gab es Nachrichten auf dem Display, die auf ihre wahre Identität hindeuteten? Rena registrierte jedoch nur einen enttäuschten Blick und war beruhigt. Die Frau hatte gar nichts gesehen!

»Ganz entzückend!« Doro Hirnreuther hielt den Kopf schief und musterte Rena von oben bis unten.

Rena schaute in den Spiegel und konnte nicht umhin, ihr recht zu geben. Das Kleid, das für Doro Hirnreuther ein Cocktailkleid war, sah an ihr wie ein Abendkleid aus. Der schmale Schnitt verengte sich zu den Knöcheln hin. Ein Schlitz ließ ihren Beinen bequemen Raum zum Laufen. Die Taille saß perfekt. Der obere Teil bauschte sich etwas, weil sie eine kleinere Oberweite hatte, aber das sah nicht einmal schlecht aus – ihre sportliche Figur wurde sogar noch betont.

»Also abgemacht!« Doro Hirnreuther hielt Rena ihre Hand hin. »Heute Abend tragen Sie es.« Sie wandte sich zur Tür. »Ach ja, mein Mann und ich haben beschlossen, Ihnen ein zusätzliches halbes Stündchen Individualgespräch anzubieten. Am besten morgen Nachmittag. Auf diese Weise können wir unser Gesamtbild noch besser vervollständigen.«

Rena zeigte sich auch mit diesem Vorschlag einverstanden und Doro Hirnreuther rauschte sichtlich zufrieden mit dem Erfolg ihrer Mission aus dem Zimmer.

22

Nachdem sich Rena den Ärger und die Aufregung des Tages vom Körper geduscht hatte, zog sie Doro Hirnreuthers Leihgabe an. Etwas Mascara, einen Hauch Lippenstift und ihr Auftritt war perfekt. Nach einem langen Blick in den Spiegel wurde ihr klar, dass es sie einiges an Überwindung kosten würde, das Kleid nicht als Geschenk anzunehmen. Sie war bereits an der Tür, als das Piepen ihres Handys den Eingang einer neuen Nachricht vermeldete. Das Bild, das die Techniker ihr übermittelt hatten, zeigte ein Knie. Offensichtlich ein Männerknie, denn sie erkannte eine Hose mit Bügelfalte. Ein dunkler Braunton mit helleren Streifen, die ein feines Karo bildeten. Noch hatte Rena allerdings keine Idee, ob und wo sie diesen Stoff schon einmal gesehen haben könnte.

Die anderen Seminarteilnehmer waren schon vollzählig im Speisesaal versammelt. Alle sahen auf, als Rena durch die Tür trat. Werner Hirnreuther lächelte anerkennend. Herr Liebig hätte fast gepfiffen, wurde daran aber von seiner Frau gehindert, die ihn in den Arm kniff. Kevin Kern, der leise mit seiner Frau sprach, blickte nur kurz auf. Wenig später betrachtete er Rena erneut und seine besorgte Miene wich einen Moment lang einem Lächeln. Anna Liebig nickte Rena freundlich zu. Doro Hirnreuther wies ihr den Platz neben Maiwald zu, der die ganze Zeit nicht aufgesehen hatte. Rena setzte sich. Sie genoss die Blicke der anwesenden Männer, bis die Stimme der Vernunft ihr sagte, dass es darauf ja wohl nicht ankäme – sie hatte schließlich einen Job zu erledigen. Aber musste denn immer die Vernunft siegen?

»Liebe Freunde, wir haben eine etwas schwierige Situation. Frau von Wagenfeld wurde überfallen, sie liegt im Krankenhaus. Sie wird wohl vor Ende des Seminars nicht wieder zurückkommen. Herr Gromowejev wurde absurderweise von der Polizei verhaftet. Wir hoffen allerdings, dass er noch heute Abend wieder bei uns sein kann. So werden wir unsere Runde leider in einem kleineren Kreis fortsetzen müssen.«

»Dann können wir diese unsägliche Séance also ausfallen lassen?«, fragte Maiwald. Er blickte entschuldigend in die Runde. »Außer Frau von Wagenfeld wollte ja wohl niemand ernsthaft daran teilnehmen, oder?«

Frau Liebig zuckte mit den Schultern. Rena war erleichtert, das Thema war vom Tisch. Wer weiß, was Hedwig noch alles eingefallen wäre.

Doro Hirnreuther nickte jetzt aufmunternd ihrem Mann zu, der die Gesprächsführung übernahm. »Sie haben sicher bemerkt, dass der Tisch noch nicht gedeckt ist. Wir möchten Sie bitten, sich aus dem Angebot an Tellern, Besteck, Gläsern und so weiter zu bedienen und ihren Platz zu decken. Es wird Fisch geben zur Vorspeise, das Hauptgericht enthält Rindfleisch und als Nachtisch gibt es Schokoladenkuchen und Obst. Bitte decken Sie festlich. Sie wissen, dass wir heute ein Geschäftsdinner haben, da heißt es Eindruck schinden.«

Nach einer kurzen Schrecksekunde erhob sich Anna Liebig und ging als Erste zur Anrichte, auf der haufenweise Geschirr stand. Die anderen folgten nur zögernd. Rena überlegte angestrengt. Festlich, hieß das Platzteller? Besser war das. Sie nahm einen Platzteller und zwei große flache Teller von der Anrichte. Dabei fiel ihr Blick auf die Hose von Herrn Liebig. Ein dunkles Braun, aber ohne die feinen Karostreifen vom Foto. Hatte er in den letzten Tagen eine solche Hose angehabt? Sie ließ alle Begegnungen mit ihm an ihrem inneren Auge vorbeiziehen. Nein, keine Karos an Liebig.

Nachdem sie ihre Teller an ihrem Platz gestapelt hatte, holte sich Rena das Besteck. Fisch als Vorspeise? Musste sie nun Fischbesteck nehmen? Anna Liebig trat neben sie und

Rena wartete, um zu sehen, was sie auswählte. Doch offensichtlich hatte Anna Liebig dieselbe Idee gehabt, denn sie ließ Rena mit einer Handbewegung den Vortritt.

Ach egal, Mut zur Lücke! Es würde Fisch geben, dann also Fischbesteck, dazu einmal normales Besteck sowie kleine Löffel und Gabeln für den Nachtisch. Rena drapierte ihr Besteck um den Teller. Nun benötigte sie noch Gläser. Diesmal würde sie nicht als Erste auswählen, sondern sich die Auswahl der anderen ansehen und abgucken. Noch hatte sich niemand Gläser geholt. Also rückte sie ihr Besteck noch ein wenig zurecht, um Zeit zu gewinnen. Natalie Kern holte sich als Erste drei Gläser. Ein hohes, sehr bauchiges Glas, vermutlich für den Rotwein, das etwas kürzere war dann sicher für Weißwein, oder? Ach ja, es gab ja Fisch, dazu trinkt man normalerweise Weißwein. Und das dritte Glas, dem Weißweinglas nicht unähnlich, wofür war das gedacht? Natürlich für Wasser!

Natalies Auswahl leuchtete ihr ein, also übernahm Rena die Auswahl der Gläser. Ob sie außerdem noch eines der kleinen Gläser mitnehmen sollte, die man für Sherry benutzte? Vielleicht gab es ja einen Dessertwein zum Nachtisch? Rena stellte ihre drei Gläser neben ihrem Tellerberg ab und holte sich noch ein Sherryglas. Das sollte genügen. Halt! Sie hatte ja noch keine Serviette. Auf der Anrichte fand sie Damasttücher, bunte Stoffservietten, hochwertige Papierservietten und silberne Serviettenringe. Sollte sie vielleicht aus einer Papierserviette eine Lotusblume falten? Das war die einzige Figur, die sie kannte. Edith hatte sie ihr einmal gezeigt. Ging das auch mit Stoff? Rena bemerkte, dass alle anderen Teilnehmer die silbernen Ringe wählten, und entschied sich für das Falten.

Der Damaststoff war gestärkt und ließ sich ohne Probleme in die ersten Falten legen. Nur der Trick, wenn die Enden herausgezogen werden müssen, um die Blütenblätter zu bilden, gelang nicht ganz – ein schiefer Lotus. Trotzdem war Rena mit ihrem Werk zufrieden. Sie setzte sich und bemerkte, dass alle auf sie gewartet hatten. Tücher durch Ringe zu ziehen, ging eben doch erheblich schneller.

Maiwald hatte sein Geschirr etwas lieblos vor sich hingestellt und blickte kaum auf. Rena schielte zu ihm hinüber. Er trug einen anthrazitfarbenen Anzug, der leicht glänzte. Auch alle anderen Begegnungen mit Maiwald, die sie sich ins Gedächtnis rief, brachten keine Hose zutage, die dem gesuchten Exemplar glich: Als er von seinem Golfspiel kam, hatte er eine helle Hose getragen, zusammen mit hellen Schuhen. Bei der chaotischen Szene auf der Galerie hatte er eine braune Hose angehabt, allerdings mit Streifen und nicht mit Karos.

Werner Hirnreuther begann jetzt damit, den Tisch abzuschreiten und die Gedecke zu kommentieren. Bei Anna Liebig monierte er bereits, dass niemand gefragt hatte, was für ein Fisch als Vorspeise zu erwarten wäre. Er erklärte, dass es kleine Häppchen geräucherten Fisches geben würde und dass Fischbesteck deshalb nicht angebracht sei. Bis auf Maiwald standen alle Teilnehmer auf und tauschten ihr Besteck aus. Rena vermutete, dass der teilnahmslos wirkende Maiwald nur zufällig die richtigen Messer und Gabeln ausgewählt hatte. Aber nun stand er gut da, was ihn zumindest einen Moment aus seiner Lethargie riss.

Bei Anna Liebigs Eltern rückte Werner Hirnreuther die Teller etwas zurecht, bei den Kerns kritisierte er die bunten Servietten. Hinter Rena blieb er stehen und nahm ihre schiefe Lotusblüte in die Hände.

»Guter Versuch, doch ein Geschäftsessen verlangt Perfektion. Besser eine einfache Variante wählen, statt das Risiko des Scheiterns eingehen.« Er legte die verunglückte Blüte auf Renas Teller zurück.

»Aber ich sehe hier, dass Frau Dangers einen Dessertwein erwartet. Gut geraten, denn wir werden in der Tat einen Digestif anbieten.« Er prüfte die anderen Gedecke. »Bitte besorgen Sie sich alle ein weiteres Glas.«

Die anderen Teilnehmer komplettierten folgsam ihre Gedecke. Werner Hirnreuther nickte zufrieden, als an die Tür geklopft wurde.

»Ah, unser Menü ist da. Just in time.«

Während des Essens musste jeder einmal seinem Nachbarn einen Gang servieren. Rena rief sich in den Pausen die Kleidung der übrigen Männer ins Gedächtnis. Werner Hirnreuther hatte nur schwarze Hosen getragen, einmal eine mit einem sehr feinen Nadelstreifen. Kevin Kern hatte während des Seminars dunkle Anzüge bevorzugt, in der Freizeit hatte er eine etwas modischere, hellere Variante getragen. Und Kroskotkin? Nein, bei dem hatte sie nur dunkle Anzugfarben gesehen, allenfalls mit Nadelstreifen.

»Frau Dangers, wann dürfen wir Sie wieder in unserer Mitte begrüßen?« Herrn Hirnreuthers Ironie riss Rena aus ihren Gedanken. Offensichtlich wurde gerade von ihr erwartet, dass sie Maiwald mit einem Steak bediente. Sie langte schnell zur Fleischschale, spießte ein Stück halb rohen Fleisches auf und klatschte es Maiwald auf den Teller. Daneben ließ sie zwei Knödel rollen und tauchte einen Vorlegelöffel in eine Schüssel mit Gemüse.

»Aber etwas eleganter, meine Liebe«, wurde sie von Werner Hirnreuther ermahnt. »Stellen Sie sich bitte vor, Sie würden einen Ihrer besten Kunden bedienen!«

Rena knurrte innerlich, schöpfte noch einmal von dem Gemüse und drapierte es in einem kunstvollen Bogen um das blutige Steak.

Doro Hirnreuther bemühte sich nach Kräften, ihre Schäfchen zu unverfänglichen Gesprächen zu animieren, doch niemand wollte sich mit Small Talk abgeben. Hin und wieder schielte jemand zu Maiwald hinüber. Alle schienen wissen zu wollen, was in seinem Zimmer vorgefallen war und warum er im Vorfeld der polizeilichen Durchsuchung so ein Theater gemacht hatte.

Rena überlegte, wie sie Maiwald aus der Reserve locken könnte. Eine Gelegenheit ergab sich, als er an der Reihe war, ihr den Nachtisch zu servieren.

»Oh, wie hübsch. Ein Küchlein, von Beeren umzingelt.« Sie lächelte ihn breit an. »Man fragt sich allerdings, warum die Beeren dem armen Küchlein so zusetzen.« Rena beobachtete Maiwald von der Seite. Er knurrte und warf seinen Löffel auf den Dessertteller. Er war blass geworden und bemühte sich sichtlich um Beherrschung. Schließlich stand er auf.

»Sie entschuldigen mich bitte!« Ohne jemanden eines Blickes zu würdigen, verließ Maiwald den Raum.

»Wir werden diese kleine Unterbrechung zum Anlass nehmen, um über atmosphärische Störungen bei Geschäftsessen zu sprechen.« Doro Hirnreuthers Stimme lenkte die Aufmerksamkeit der Anwesenden von der Tür, hinter der Maiwald verschwunden war, wieder auf sich.

Rena bewunderte ein weiteres Mal die Fähigkeit der Seminarleiterin, sich spontan auf neue Situationen einzustellen. Trotzdem lauschte sie nur widerstrebend ihren langatmigen Ausführungen, wie ein guter Gastgeber sich zu verhalten habe, wenn einer seiner Gäste bedauerlicherweise die Contenance verlor.

Inga hörte Carsten gespannt zu.

»Ich dachte, die lynchen mich gleich.« Carsten hob in einer theatralischen Geste die Hände. Die Kollegen lachten.

»Nee, das war schon eine heikle Situation. Dieser Maiwald hat sich aufgeführt, als wenn wir ihn komplett enteignen wollten. Dabei haben wir nur zwei Pullover und sechs Golfschläger von ihm mitgenommen.«

»Golfschläger?«, hakte Inga nach. »Ich dachte, der kam eben vom Golfspielen zurück? Ohne Schläger?«

Carsten zuckte die Schultern. »In der Tasche, die er dabeihatte, waren nur fünf. Ich habe ihn nicht gefragt.«

»Habt ihr die Pullover schon untersucht?«, unterbrach ihn Inga.

Carsten schüttelte den Kopf und wies auf Boris, der die Handflächen nach oben hob.

»Ein bisschen viel, was wir gerade vorliegen haben.«

Inga gab sich noch nicht zufrieden. »Und weiter?«, forderte sie Carsten auf.

»Wir haben Maiwald die Rechtslage erklärt und den Durchsuchungsbeschluss gezeigt. Er forderte, sein Anwalt müsste dabei sein, wenn wir irgendwas beschlagnahmen, aber das haben wir abgelehnt. Als er hörte, dass wir Kroskotkin zur Befragung mitgenommen haben, wurde er plötzlich ganz kooperativ. Er ließ durchblicken, dass er vielleicht doch nicht die ganze Zeit mit dem Russen zusammen gewesen war.«

Inga runzelte die Stirn. »Ach ja? Hat er konkrete Angaben gemacht?«

»Nein, so genau konnte er sich leider nicht erinnern. Sie haben wohl am Freitagabend einen gemeinsamen Spaziergang gemacht, aber nicht so lange, wie ursprünglich behauptet. Maiwald sagte, er hätte in Ruhe ein Investitionspaket durchrechnen wollen und sich daher zurückgezogen.«

»Neue Fragen für Kroskotkin. Mal sehen, was er dazu aussagt.« Inga freute sich schon auf das nächste Gespräch mit ihrem Verdächtigen.

»Und am Samstag, als die Leiche gefunden wurde?«

»Da will er auch eine Zeit lang mit Kroskotkin zusammen gewesen sein, aber nur bis gegen 17.30 Uhr.«

»Was sagt er zu dem falschen Alibi?« Inga erwartete gespannt die Antwort.

»Er meinte, er wäre überzeugt gewesen, dass Kroskotkin nichts mit dem Mord – wenn es denn einen gab, wie er sich ausdrückte – zu tun haben könnte. Sie wollten beide einfach keine unangenehmen Fragen beantworten.« Carsten grinste.

»Und wo war er, als Frau von Wagenfeld überfallen wurde?«

»Auf dem Golfplatz, sagt er.«

Inga stutzte. »Da war er doch schon vorher.«

Carsten hob die Hände. »Stimmt, aber als er zurückkam, wimmelte es von Polizei und er ist angeblich gleich wieder umgedreht, weil ihn der Auflauf gestört hat.«

»Frag da mal beim Golfplatz nach.« Inga nickte Carsten zu. »Simone, was machen deine Bewegungsprofile?«

»Fast fertig, soweit wir an Informationen kommen konnten. Es fehlte die Zuordnung der Person, die Anna Liebig nach eigener Aussage aus dem Keller kommen hörte, aber nicht sehen konnte. Ich denke, wir können davon ausgehen, dass das Frau Wagenfeld war.«

Niemand widersprach.

»Ich habe Lücken bei Maiwald, Kroskotkin, Werner Hirnreuther und den Kerns. Nicht zu füllen, niemand hat sie gesehen. Die Kerns geben sich gegenseitig ein Alibi, Hirnreuther war angeblich am Freitag mit Vorbereitungen beschäftigt. Am Samstag habe ich sogar eine Lücke bei beiden Hirnreuthers, aber eine sehr kleine.« Simone schien unsicher.

»Könnte diese Lücke ausgereicht haben, um die Leiche wegzuschaffen?«

Simone suchte in ihren Unterlagen. »Rein rechnerisch ja. Aber wenn wir bedenken, dass der Mörder ja auch gelauscht haben muss und erst in den Kellerraum konnte, als Frau Dangers heraus war, dann wird es eng. Die Hirnreuthers sind noch gegen 18 Uhr von einer der Museumsfrauen gesehen worden, kurz bevor Renas Tante reinkam.«

»Und zur Zeit, als Frau Wagenfeld überfallen wurde?«

»Habe ich noch nicht. Kroskotkin müsste bei den Hirnreuthers gewesen sein, aber nur bis 17 Uhr. Über Maiwald kann ich nur sagen, dass er zwischen seinen Golfbesuchen im Schloss gesehen wurde. Wann er es wieder verlassen hat, ist unklar. Vielleicht hat er sich umgezogen? Nach dem Überfall war er jedenfalls verschwunden.«

»Was machen die Laboruntersuchungen?«, wandte sich Inga an den KTU-Chef.

Der seufzte. »Wir arbeiten rund um die Uhr. Aber wir haben eine Menge Spuren zu sichern.«

Inga zog unwillig die Brauen zusammen.

Boris schlug eine Mappe auf. »Okay, ich fang an. Die Fischerkleidung aus dem Museum weist sowohl Spuren von Beekewasser als auch vom Stadtwaldsee auf. Es handelt sich also tatsächlich um die Kleidung, die der Mörder getragen hat, als er nachts die Leiche weggeschafft hat. Wir haben DNA gefunden – vom Opfer und drei weiteren Personen.«

»Drei?«

»Vermutlich Museumspersonal. Die haben ja die Puppe angezogen. Aber eine könnte vom Mörder sein.«

Und wenn nun alle drei Spuren von den Museumsfrauen waren, überlegte Inga still für sich …

»Die Kleidung, die wir von den Seminarteilnehmern mitgenommen haben, hat bisher wenig gebracht. Die Hose von Gromo…, äh, Kroskotkin wies zwar Beekewasser auf, aber nur ganz unten am Saum. Dafür kann er eine Erklärung haben. Bei allen anderen Teilnehmern – Fehlanzeige. Aber wir müssen davon ausgehen, dass der Täter seine Kleidung inzwischen entsorgt hat.

Im Wohnwagen der Toten haben wir ihre, eine verwandte und zwei unbekannte DNA-Spuren gefunden. Die Verwandte ist die Mutter, die beiden anderen führen vermutlich zu ihren Begleiterinnen aus der Alten-WG.«

Inga kam eine Idee, wie sie sich an den Hobby-Ermittlerinnen rächen konnte. »Bestell doch das ganze Kleeblatt mal für morgen her, Spucke tupfen. Dann sehen sie, welche Folgen es hat, sich überall einzumischen.«

Boris grinste und machte sich eine Notiz. »Die Pullover, die wir von Maiwald mitgenommen haben, liegen noch.«

Inga biss sich auf die Lippe. »Wann gibt es dazu Ergebnisse?«

Boris prustete laut. »Wir haben schon die letzte Nacht durchgearbeitet, heute müssen die Leute mal schlafen.«

»Na gut«, Inga fiel es schwer, ein Zugeständnis zu machen, »lass deine Leute nach Hause gehen.« Sie wandte sich an Karla. »Wie weit sind die Kontoeinsichtsverfügungen vorbereitet?«

Karla wies auf einen Stapel Formulare, der vor ihr lag. »Alle vom Staatsanwalt unterschrieben und an die Banken gefaxt. Die können bei Arbeitsbeginn loslegen. Bis Mittag müssten wir die Antworten haben.«

Wieder warten. Hatte die zweite Mordkommission etwas? »Was ist mit den Kontoauszügen der Kerns?«

Der Kollege nickte. »Könnte Schwarzgeld sein. Passt zu den Ergebnissen der Hintergrundrecherche. Das werden Gelder sein, die eigentlich für die Verwaltung der Stiftung bestimmt waren, aber wegen des schlanken Aufbaus nicht benötigt werden.«

»Eigentlich müssten wir die Kerns dazu hören.« Inga überlegte laut. »Aber solange sie nachweislich nichts mit dem Mord zu tun haben, stellen wir das zurück. Wenn der Fall abgeschlossen ist, übergeben wir die Unterlagen an das Betrugsdezernat.«

»Wie geht es Frau Wagenfeld?« Simones Frage unterbrach das allgemeine Unterlagen-Aufstapeln, mit dem die Anwesenden das Ende der Sitzung vorbereiteten.

»Unverändert, nehme ich an.« Inga fiel ein, dass sie seit Stunden nichts vom Krankenhaus gehört hatte.

»Soll ich hinfahren?«, bot Simone an.

Sollte sie das Angebot annehmen? Dann konnte sie selbst nach einem letzten Gespräch mit Kroskotkin alle Ergebnisse noch einmal in Ruhe durchgehen und einordnen.

»Ja, mach das, danke!« Sie musterte die Anwesenden, von denen einige schon ihre Unterlagen in den Händen hielten und nur noch auf das Signal zum Aufbruch warteten. »Schluss für heute. Geht nach Hause, ruht euch aus. Morgen wird ein anstrengender Tag. Ich hätte euch gerne um 7 Uhr wieder hier.« Sie sah, dass einige schluckten, der frühe Beginn war nicht nach jedermanns Geschmack. Aber es half ja nichts. Nach dem letzten Dinner, das im Seminar serviert wurde, würden die Teilnehmer in ihre Heimatstädte abreisen und nur mit zusätzlichem Aufwand verhört werden können. Bis dahin gedachte sie diesen vertrackten Fall zu lösen.

Kroskotkin saß auf dem gekippten Stuhl, die Beine auf den Tisch gelegt und döste vor sich hin, als Inga den Raum betrat. Vor ihm lag eine Schachtel mit Resten einer Pizza. Entweder hatte er keinen Hunger oder sie war nicht nach seinem Geschmack. Inga ließ ihre Mappe auf den Tisch fallen und erschreckte ihn damit so, dass er beinahe den Stuhl umgeworfen hätte. Rasch nahm er die Beine vom Tisch und setzte sich aufrecht.

»Ihr Alibi ist geplatzt«, begann Inga.

»Dieser verdammte Idiot.« Kroskotkin stöhnte auf.

»Also, wo waren Sie?« Sie war stehen geblieben und sah von oben auf ihn herab.

»Wann?« Er gab sich verärgert.

»Am Freitag gegen 18 Uhr, am Samstag zwischen 18 und 18.30 Uhr, am Sonntag um 17 Uhr.«

Kroskotkin wirkte, als habe er etwas besonders Saures geschluckt.

»Freitagabend habe ich mit meinem Onkel telefoniert, der wird das bestätigen.«

Inga lachte auf. »Tolles Alibi, wenn der Sie auf so eine Mission schickt, wird er ja wohl alles bestätigen, worum Sie ihn bitten!«

»Ein besseres Alibi habe ich nicht. Sehen Sie sich doch meine Handydaten an.« Kroskotkin schnaufte beleidigt.

»Am Samstag habe ich mich nach dem Spaziergang mit Maiwald hingelegt. Ausgeruht. Und es hat keiner zugesehen. Und heute – ja, da habe ich ein tolles Alibi – ich war bei den Hirnreuthers, mein Individualgespräch. Ich habe meine Falle aufgestellt.« Er schien überzeugt zu sein, dass diese Angaben reichten, und lehnte sich lässig zurück.

»Ihr Individualgespräch ging nur bis 17 Uhr. Danach hätten Sie noch zum Treffpunkt mit Frau Wagenfeld gehen können.« Inga stemmte die Hände in die Seite.

»Woher hätte ich davon wissen sollen? Was für ein Treffpunkt? Was sollte ich gegen die kleine Wagenfeld haben? Ich weiß ja nicht mal, wie das alles zusammenhängt.«

»Das klären wir schon noch. Sind sie mit einer Speichelprobe einverstanden?«

Der rasante Themenwechsel schien ihn zu irritieren. »Äh, wie bitte?«

Inga beugte sich zu ihm hinunter. »Speichelprobe. Wir haben Täter-DNA. Sie könnten ein für alle Mal beweisen, dass Sie nicht der Mörder sind.«

»Meinetwegen. Wenn es Sie glücklich macht.« Kroskotkin hielt den Mund auf.

»Warten Sie, ich hole ein Probenröhrchen.« Sollte er doch ein paar Minuten mit offenem Mund schmoren.

Inga verließ den Raum. Nach der Probe würde sie ihn gehen lassen müssen, unter Auflagen zwar, aber er würde frei sein. Sie holte ein Probenröhrchen, wischte mit dem Wattestäbchen über Kroskotkins Mundschleimhaut und verstaute es. Nach ein paar ermahnenden Worten entließ sie ihren Verdächtigen und brachte das Röhrchen eigenhändig ins Labor, das dunkel und verlassen wirkte.

23

Hannah nahm Mechthilds Hände und betrachtete das Gesicht ihrer Freundin. Mechthild wirkte müde, niedergeschlagen, fast krank. Sie hob langsam den Kopf und sah Hannah aus geröteten Augen an.

»Mechthild, kannst du dich an Probleme bei euch in Güstrow oder Umgebung erinnern, irgendein Politiker, ein Streit um Grundstücke, jemand, der Dreck am Stecken hatte?«

Mechthild schüttelte den Kopf, entzog ihr eine Hand und strich sich über das Gesicht.

»Und Birte? Hat die vielleicht mal was angedeutet?«

Mechthilds Blick wurde stumpf.

»Nicht bei uns, aber in Schwerin. Jemand aus München behauptete, eines der großen Häuser in der Innenstadt gehöre ihm, noch aus alten Zeiten. Die Stadt wollte da ein Kaufhaus hinsetzen. Dann plötzlich zog der Wessi sich zurück. Birte erzählte, da hätte jemand mit etwas Druck nachgeholfen.« Als sie den Namen ihrer Tochter aussprach, zitterte ihre Stimme und wurde leiser.

»Schon gut, Mechthild. Lass mal. Aber jemand aus dem Seminar ist augenscheinlich ein Erpresser und wenn Birte den erkannt hätte …«

Hannah beobachtete, wie in Mechthilds Blick Hoffnung aufkeimte.

»Es ist so schrecklich, nicht zu wissen, warum. Ich will dem Mörder ins Gesicht sehen können und ihn das fragen. Was war so wichtig, dass er dafür meine kleine Birte getötet hat?«

Hannah ergriff erneut Mechthilds Hände. »Das wirst du. Rena wird den Mörder finden, das verspreche ich dir.«

Simone hatte der Nachtwache am Eingang des Krankenhauses ihren Ausweis gezeigt, sich in das Besucherbuch eingetragen und lief den nur unzureichend beleuchteten Flur entlang. Weit vor ihr sah sie ein Licht, vermutlich das Schwesternzimmer. Es war allerdings leer, die Nachtschwester war sicher unterwegs. Vor Magetts Zimmer saß ein Mann auf einem Stuhl. Simone erkannte die Uniform erst, als sie schon fast vor ihm stand. Der Kollege schlief fest, saß dabei aber völlig aufrecht, den Kopf gegen die Wand gelehnt, so als ruhe er sich nur kurz aus. Simone wollte ihn gerade anstoßen, als die Tür aufging und eine Frau rückwärts auf Zehenspitzen aus dem Zimmer schlich.

»Was machen Sie hier?«, zischte Simone ihr zu.

Die Frau quietschte auf und drehte sich um. Simone erkannte Doro Hirnreuther. Offensichtlich hatte das Geräusch auch den Polizisten geweckt. Er fuhr herum.

»Hier darf niemand rein!« Er dachte wohl, gerade noch rechtzeitig aus seinem Nickerchen aufgewacht zu sein.

Simone hielt ihm ihren Polizeiausweis unter die Nase.

»Mit Ihnen rede ich gleich. Frau Hirnreuther, was machen Sie hier?«

Der Polizist sank auf seinem Stuhl zusammen, während sich Doro Hirnreuther sichtlich aufplusterte.

»Es ist ja wohl meine Pflicht, mich nach dem Befinden meines Seminargastes zu erkundigen.«

»Und dabei schleichen Sie sich an einem Polizisten vorbei?« Simone bemerkte, wie der Wachtmeister noch tiefer in seinen Stuhl sank.

»Wenn er schläft? Sollte ich den guten Mann etwa wecken?«

»Was haben Sie darin gemacht?« Simone zeigte auf die Zimmertür.

Doro Hirnreuther machte ein harmloses Gesicht. »Nichts. Frau von Wagenfeld schläft tief und fest. Ich habe mich nur überzeugen wollen, dass alles in Ordnung ist.«

»Rufen Sie das nächste Mal bei uns an. Oder besser: bei den Eltern, denn die werden ständig über den Zustand ihrer Tochter auf dem Laufenden gehalten. Die können dann auch entscheiden, an wen sie welche Informationen weitergeben. Und jetzt verlassen Sie bitte das Krankenhaus!«

Die Hirnreuther warf den Kopf in den Nacken, kniff die Lippen zusammen und wandte sich dann betont langsam dem Ausgang zu.

»Und nun zu Ihnen.« Simone fixierte den Wachmann. »Nennen Sie mir Ihren Namen, Rang und Auftrag.«

Der Polizist stand auf und nahm Haltung an. »Oberwachtmeister Kaiser, Bewachung von Krankenzimmer 214.«

»Und wie bewacht man ein Krankenzimmer?«

»Ich kann höchstens für eine Sekunde eingenickt sein.« Kaiser klang sehr kleinlaut.

Simone blieb ruhig, obwohl sie ihn am liebsten angeschrien hätte. »Lange Sekunde. Die Frau ging rein, ich kam den Flur entlang …«

Kaisers Schultern sackten ab. »Bitte, melden Sie mich nicht.«

»Ich werde nachsehen, wie es Frau Wagenfeld geht. Und wehe, der Besuch hat sie aufgeregt!«

Simone trat in das abgedunkelte Krankenzimmer. Nur ein Strahler, der die Anzeigen der Überwachungsgeräte beleuchtete, verbreitete etwas Licht. Magett atmete schwer, Simone hörte ein Geräusch, das sie an ein Wimmern erinnerte. Sie drückte den Ruf-Knopf für die Schwester. Kurz danach wurde die Tür aufgestoßen und eine junge Frau in Schwesternkleidung erschien.

»Sind Sie wach …«, nach einem Blick auf Simone und einem zweiten auf die Kranke brach sie ab.

»Was machen Sie hier?«

»Kriminalhauptkommissarin Simone Kurth. Gerade war jemand hier drin. Frau Wagenfeld macht mir einen sehr unruhigen Eindruck und deshalb habe ich Sie gerufen.«

Die Schwester trat an die Geräte und überprüfte einige Anzeigen.

»Das war gut. Ich glaube, sie wacht bald auf. Ihr Blutdruck ist in den letzten Minuten gestiegen, aber nun wieder unten.« Sie wandte sich an Simone. »Das ist normal und kann noch ein paarmal passieren, bevor sie wieder ganz da ist.«

»Ist es möglich, dass sie die Frau, die eben in diesem Zimmer war, aufgeregt hat?«

»Schon möglich, vielleicht hat sie die Stimme erkannt. Das kann im Kopf einiges in Bewegung setzen.«

Simone betrachtete Magett, die ein Stöhnen von sich gab. »Kann ihr das geschadet haben?«

»Ich glaube nicht, es ist alles im grünen Bereich.« Die Schwester kontrollierte den Zugang an der Hand der Patientin und nickte zufrieden.

»Und Sie meinen, sie wacht bald auf? Vielleicht schon heute Nacht?« Vielleicht bekamen sie ja bald Antworten auf ungelöste Fragen.

Die Schwester wich aus. »Möglich. So genau kann man das nicht sagen.«

Simone reichte der Frau ein Kärtchen. »Rufen Sie mich bitte an, wenn Frau Wagenfeld aufwacht. Egal wie spät es dann ist. Wir müssen mit ihr reden, sie ist eine wichtige Zeugin in einem Mordfall.«

Die Schwester steckte die Karte in die Tasche ihres Kittels. »Gerne. Aber erst einmal wird sie gründlich untersucht, wenn sie aufgewacht ist. Die Gesundheit unserer Patienten hat absoluten Vorrang vor jeder polizeilichen Ermittlungsarbeit. Da müssen Sie sich schon etwas in Geduld üben.«

Vor dem Zimmer stand mit zerknirschtem Gesichtsausdruck Oberwachtmeister Kaiser. »Alles in Ordnung mit der jungen Dame?«

»Glücklicherweise ja. Wissen Sie nicht, dass Frau Wagenfeld überfallen wurde? Und das im Zusammenhang mit einem Mordfall? Sie sitzen hier nicht zum Spaß, Kaiser. Wir müssen verhindern, dass der Mörder sie ein zweites Mal angreift.«

Er trat von einem Bein auf das andere. »Das weiß ich doch, das ist mir noch nie passiert. Ich döse schon mal vor mich hin, aber beim kleinsten Geräusch, bei jeder Bewegung bin ich voll da.«

»Heute nicht.« Simone legte ihre ganze Empörung in ihre Stimme.

»Es tut mir wirklich leid!«

»Gehen Sie, holen Sie sich einen Kaffee. Ich bleibe so lange hier. Und dann sehen Sie zu, dass Sie den Rest der Nacht wach bleiben!«

Mit hängendem Kopf schlurfte der Polizist den Flur entlang. Als er nach einigen Minuten mit einem dampfenden Kaffee zurückkam, nickte Simone ihm nur kurz zu und machte sich auf ihren Heimweg.

Rena verbrachte außergewöhnlich viel Zeit unter der Dusche. Die vergangenen Tage hatten an ihr genagt und sie hatte das Gefühl, einiges an Schmutz und Staub abwaschen zu müssen. Ihre doppelte Existenz hinterließ Spuren. Sie war überrascht, wie weit sie sich auf das Seminar eingelassen hatte. Und dieses verfluchte Kleid weckte plötzlich einen Wunsch in ihr, den sie längst begraben geglaubt hatte.

»Ich bin Rena Dangers, Kriminalkommissarin«, sagte sie sich vor, während sie ihren Bauch schrubbte. »Ich stehe nicht auf schicke Klamotten. Ich bin rational, der Logik verpflichtet«, murmelte sie wie ein Mantra, als ihre Arme dran waren. »Ich tauge einfach nicht für Undercover-Einsätze«, musste sich das Handtuch anhören. Doch so einfach war die Vision, die dieses Kleid in ihr ausgelöst hatte, nicht zu vertreiben: Rena in einem todschicken Outfit an der Seite von Falk Denaro auf einem roten Teppich im Blitzlichtgewitter. Konkurrenz bekam dieses Bild durch ein anderes, auf dem sie in lässigen Jeans neben Conny auf der Couch herumalberte. Wohin gehörte sie bloß?

Das Kleid lag über der Lehne des Sessels, als sie aus dem Bad kam. Sie war gestern Abend ganz sicher gewesen, dass sie es Frau Hirnreuther zurückgeben würde. Deshalb hatte sie es auch nicht auf einem Bügel in den Schrank gehängt, was ihr erster Impuls war. Das Kleid schien sie auszulachen, denn immer wieder stahl sich in Renas Gedanken der Wunsch, es noch einmal anzuziehen, um Conny zu beeindrucken. Oder Falk?

Ein Geräusch aus Richtung des Kachelofens wirbelte alle verführerischen Bilder durcheinander und holte sie zurück in die Realität.

Rena schlich zum Ofen und hielt ein Ohr an die Lamellen. Auf der anderen Seite wurde die Klappe gerade wieder geschlossen. Den Hirnreuthers schien es überhaupt nicht in den Sinn zu kommen, dass der Ofen mit seinen zwei Seiten kein ungefährliches Versteck war. Aber diesen Fehler hatte Rena zu Beginn ja auch gemacht. Sie öffnete leise ihre Klappe und lauschte.

»Das muss nun aber schnell gehen!« Doro Hirnreuthers Stimme klang triumphierend.

»Dann müssen wir es jetzt und hier tun. Er wird wissen, dass es jemand aus dem Seminar ist.«

»Oder aus dem Museum.« Sie klang nun etwas ungeduldig.

»Oh ja«, ätzte ihr Mann. »Eine ehrenamtliche Museumsdame mit einem Konto auf den Caymans.«

»Ach, sei still. Schwieriger ist das Schreiben. Hast du etwa eine Schreibmaschine oder einen Drucker dabei?«

»Scheiße, nein.« Bei Werner Hirnreuther schwang leise Panik mit.

Doro Hirnreuther lachte auf. »Wir gehen über Trash-Mail und schicken ihm die Zahlungsaufforderung anonym auf sein Spielzeug.«

Rena wurde klar, dass jemand aus dem Kreis der Seminarteilnehmer erpresst werden sollte. Hatten die beiden etwa herausgefunden, wer der Mörder war? Und war mit »Spielzeug« das Smartphone von Maiwald gemeint? Aber auch Kevin Kern lief in den Pausen gerne mit einem Tablet-PC herum und schrieb darauf. Der Russe jedenfalls benutzte kein solches Gerät, zumindest nicht vor den anderen Teilnehmern.

Werner Hirnreuther schien überzeugt. »Okay. Und als Gegenleistung gibt es unser Schweigen und die Zimmernummer von Magett.«

»Wir sollten ihn lieber nicht darauf hinweisen, dass unser Schweigen nichts mehr wert ist, wenn Magett aufwacht«, zischte Doro Hirnreuther.

»Wenn wir das Geld haben, kann uns das egal sein.«

»Erst mal müssen wir ihn überzeugen, dass es ihm nutzt, wenn er zahlt. Wir verschaffen ihm einen Vorsprung: Er kann zum Beispiel seine Flucht vorbereiten, während wir noch ein paar Tage den Mund halten, bis Magett endgültig aufwacht.«

Werner Hirnreuther antwortete nicht gleich. Er überlegte wohl. »Du hast recht. Wie viel kann man aus ihm rausholen?«

»Ich weiß nicht, vielleicht hundert?«

Er begann zu rechnen. »Sein Einkommen, dazu die Extras, drei Jahre, in denen er was zurücklegen konnte. Zweihundert, denke ich, müssten drin sein.«

Die Stimmen bewegten sich vom Ofen weg. Rena streckte die Hand aus zu dem Notizbuch, das im Ofenfach lag. Da musste der Name des Erpressungsopfers stehen. Doch Doro Hirnreuthers Stimme veranlasste sie, sich schnell wieder zurückzuziehen. Gerade noch früh genug, denn der Ofen wurde von der anderen Seite geöffnet und ein Geräusch teilte Rena mit, dass das Notizbuch entnommen wurde.

Hastig zog sie sich an und lief in den Flügel des Schlosses, den das Museum einnahm. Die Räume waren leer, das Museum öffnete erst eine Stunde später.

Inga meldete sich sofort. »Ja?«

»Hier tut sich was. Die Hirnreuthers wollen jemanden erpressen wegen des Mordes.«

»Woher hast du das?«

»Belauscht, durch den Ofen.« Rena flüsterte, obwohl sie niemandem begegnet war. Inga pfiff leise.

»Weißt du, wen?«

»Einen Namen haben sie nicht genannt, aber ich tippe auf Maiwald oder Kern, weil sie von seinem Spielzeug redeten und beide mobile Geräte haben.«

Rena hörte ein Geräusch aus den oberen Räumen. War da jemand? Sie zog sich in den Ausstellungsraum mit dem Porzellangeschirr zurück.

»Bleib wachsam«, lautete Ingas Anweisung. »Wir haben gleich ein Meeting, danach werde ich mir den Banker und Kern vorknöpfen. Weil Maiwald Kroskotkin das Alibi entzogen hat, hat er ja auch selbst keines mehr für die fraglichen Zeiträume. Und Kern könnte von seiner Frau gedeckt werden. Was anderes: die Hose?«

Rena biss sich auf die Lippen. »Nichts. In meiner Gegenwart hat niemand so eine Hose getragen. Aber irgendetwas in meinem Gedächtnis sagt mir, dass ich den Stoff schon mal gesehen habe.«

Inga stieß ein trockenes Lachen aus. »Vermutlich an einem Gestell in einem Kaufhaus. Lass gut sein. Obwohl der Name des Kaufhauses vielleicht Aufschluss über das Einkommen des Hosen-Trägers geben könnte.«

Ohne Abschiedsfloskel beendete Inga das Gespräch. Rena hörte ein Geräusch aus der Empfangshalle und zog sich noch einen Raum weiter zurück. Sie musste noch Hannah anrufen.

»Was wissen wir über Dennis Maiwald?«, eröffnete Inga das Meeting.

Carsten blätterte in seinen Aufzeichnungen. »Nichts. Völlig unbeschriebenes Blatt. Eine Geschwindigkeitsübertretung vor drei Jahren. Hat ihn einen Monat Führerscheinentzug gekostet. Sonst nichts.«

»Eltern? Woher kommt er?«

»Er stammt aus Ansbach. Die Eltern hatten einen Lebensmittelladen, so Tante-Emma-mäßig. Es hat wohl gereicht, um ein kleines Häuschen zu kaufen und den Sohn BWL studieren zu lassen. Er bekam in kurzer Zeit einen Superabschluss hin. Einstieg bei der Deutschen Bank, Beförderung, nach vier Jahren zur Acconit-Bank. Da hat er eine rasante Karriere hingelegt. Er scheint sehr ehrgeizig zu sein. Da ist sicher noch mehr drin für ihn.«

»Und er hat eine Menge zu verlieren«, ergänzte Inga.

Inga sah verärgert auf, als Simone in den Raum kam. Sie mochte es nicht, wenn ihre Leute zu spät kamen.

»Sorry, aber ich war noch bei Frau Wagenfeld«, entschuldigte sich die Kollegin.

Inga nickte ihr zu. Simone berichtete von ihrem Besuch in der letzten Nacht und wie sie Doro Hirnreuther vor dem Krankenzimmer abgefangen hatte.

»Zusammen mit dem Bericht von Rena ergibt sich ein Bild. Vielleicht ist Frau Wagenfeld kurz aufgewacht oder hat im Schlaf geredet. Und die Hirnreuther hat sich was zusammengereimt.«

»Wir werden ihr das Geschäft vermasseln. Carsten, wir beide fahren mit Gregorius zum Schloss und nehmen Maiwald und Kern eine Speichelprobe ab. Verhören sie richtig scharf. Derjenige von beiden, der von den Hirnreuthers erpresst wird, muss sich verraten vorkommen. Er wird sich weigern zu zahlen, weil er damit nichts mehr retten kann. Simone, organisiere bitte eine zweite Wache vor dem Zimmer von Frau Wagenfeld. Noch so eine Panne können wir uns nicht leisten!«

Nachdenklich legte Hannah den Hörer auf. Vielleicht konnte das Gehörte Mechthild etwas aufrichten. In der Küche saßen die Frauen beim Frühstück.

»Siehste!«, Hannah legte eine Hand auf Mechthilds Schulter, »hab ich ja gesagt. Die werden den Mörder heute noch fassen. Rena meint, es kommen nur noch zwei von denen infrage.«

»Dann ist es tatsächlich einer von den Bonzen aus dem Seminar?« Mechthilds Stimme war so leise, dass Hannah genau hinhören musste.

»Ja, sieht so aus.«

Bestürzt bemerkte Hannah, wie Mechthild sich aufrichtete. »Ich fahr da hin.«

Auch auf den Gesichtern der anderen Frauen zeigte sich Betroffenheit. Marlies versuchte, Mechthild wieder auf ihren Stuhl zu ziehen.

»Mechthild, mach das nicht. Du wirst bloß die Polizei bei ihrer Arbeit stören.«

Aber Mechthild schüttelte Marlies' Hand ab. »Ist mir egal, ich will dem Kerl ins Gesicht sehen.«

Beschwörend redete Hannah auf sie ein. »Das wirst du auch. Wenn der nämlich erst vor Gericht steht. Dann hast du auch das Recht, als Nebenklägerin Fragen zu stellen.«

»Stell dir vor, du kommst da an und der kann fliehen, weil du unbedacht handelst«, versuchte Edith es mit vernünftigen Argumenten.

Mechthild hielt inne. Sie sah Edith enttäuscht an und ließ sich in den Stuhl zurückfallen. Hannah atmete auf. Das war ja gerade noch mal gut gegangen. Es würde Mechthild nichts bringen, an einer Mörderjagd teilzunehmen. Und für Rena konnte es verflixt unangenehm werden, wenn sich herausstellte, dass sie Informationen aus der laufenden Ermittlung an die Frauen-WG weitergegeben hatte.

Hannah bot Mechthild an, sich bei verschiedenen Beerdigungsinstituten nach den Bedingungen für eine Überführung von Birtes Körper zu erkundigen, denn Mechthild wollte ihre Tochter zu Hause bestatten. Sie hoffte, ihre Freundin auf diese Weise ein Weilchen zu beschäftigen, bis der Drang, den Mörder ihrer Tochter zu treffen, wieder stärker würde. Hannah holte sich die »Gelben Seiten« hervor und begann zu blättern.

24

Die Stimmung beim Frühstück war angespannt. Kroskotkin alias Gromowejev saß wieder unter den Seminarteilnehmern, tat aber so, als sei nichts geschehen. Rena fiel auf, dass er einen Platz wählte, der von Maiwald möglichst weit entfernt lag. Das schienen auch die anderen bemerkt zu haben. Doch es gab nur fragende Blicke, keine Kommentare. Maiwald war etwas blass, gönnte aber allen ein aufgesetzt wirkendes Lächeln. Er schien als Einziger übersehen zu haben, dass der Russe nicht neben ihm sitzen wollte. Rena überlegte, ob Maiwald die Erpresserbotschaft vielleicht schon erhalten hatte und deshalb so still war.

Aber auch Kevin Kern schien nervös zu sein. Er setzte mehrmals zu einer Äußerung an, brach aber jedes Mal wieder ab. Seine Frau seufzte bei jedem Versuch leise und gab ihm schließlich einen leichten Stoß mit dem Ellbogen.

»Äh, also«, begann Kevin, »was ich sagen muss, es tut mir natürlich leid, aber …« Ein weiterer Stoß von Natalie brachte ihn wieder aus dem Konzept. Er sah seine Frau an, dann Doro Hirnreuther. »Leider müssen wir nach dem Frühstück bereits abreisen.« Er sackte etwas zusammen, so als ob er nun ein Donnerwetter erwartete.

»Das ist sehr bedauerlich.« Die Seminarleiterin legte den Kopf schief. Sie machte eine kleine Kunstpause. »Doch angesichts der wirklich unerfreulichen Umstände kann ich Ihre Entscheidung verstehen.«

Sie blickte in die Runde und sah jedem Einzelnen ins Gesicht. »Natürlich trifft uns an diesen Umständen keine Schuld. Allerdings haben sie unsere Bemühungen, Ihnen allen ein angenehmes Seminar zu bereiten, empfindlich gestört. Ihre Aufmerksamkeit galt leider nicht immer unseren Inhalten. So verständlich dies einerseits ist, so ärgerlich ist es andererseits.«

In den Gesichtern der Teilnehmer zeichnete sich Verwunderung und gespannte Erwartung ab.

»Wie gesagt, es lag nicht in unserem Vermögen, daran etwas zu ändern. Gleichwohl sind wir für den Erfolg des Seminars verantwortlich. Wir haben uns deshalb entschlossen, Ihnen einen Rabatt in Höhe von 25 Prozent einzuräumen. Außerdem laden wie Sie herzlich zu unserem jährlichen Sommerfest im nächsten Jahr ein. Wie Sie vielleicht schon gehört haben, erwarten wir bei diesem Event über 300 Gäste aus Politik, Wirtschaft, Kultur und Sport.«

Frau Liebig konnte einen begeisterten Kiekser nicht länger unterdrücken und schlug sich die Hand vor den Mund. Herr Liebig brummte. Maiwald und Kroskotkin blieben teilnahmslos, Kevin und Natalie Kern nickten zustimmend. Rena machte sich zum allerersten Mal Gedanken darüber, wie hoch eigentlich die Seminargebühr war und ob sie die als Weiterbildung erstattet bekäme? Aber sprach nicht alles dafür, dass man die Hirnreuthers im Anschluss an das Seminar wegen räuberischer Erpressung verhaften würde? Aus dem Gefängnis heraus würden die beiden ihr Geld sicher nicht einklagen können …

Sie wurde aus ihren Überlegungen gerissen, weil Kevin Kern mühsam eine passende Antwort zu formulieren begann: »Äußerst freundlich, äh, sehr zu Dank verpflichtet, so viel Verständnis.« Er war tatsächlich rot geworden. Konnte es sein, dass er der Mörder war und insgeheim seine Flucht vorbereitete?

Inga betrachtete das Schloss mit gemischten Gefühlen. Dies war ein Tatort, mehr noch, der Zufluchtsort des Täters. Der Fall hatte hier begonnen und würde – da war sie sich sicher – auch hier mit einer Verhaftung enden. Für die harmlose Seite des Gebäudes, das mit viel ehrenamtlichem Engagement aufgebaute Museum und seine historische Bedeutung für Schönebeck, hatte sie bisher keine Aufmerksamkeit entwickelt. Sie nahm sich vor, nach Abschluss des Falls einen Ausflug hierher zu machen, vielleicht mit ihrer Enkelin. Sie seufzte tief. Wie oft hatte sie sich schon vorgenommen, einen Tatort später mit anderen Augen zu betrachten und die Verwerfungen, die ein Verbrechen in einer bis dahin intakten Umgebung angerichtet hatte, nach Möglichkeit auszublenden?

Sie bemerkte, wie Gregorius, der mit seinem Koffer neben ihr herlief, sie kritisch von der Seite musterte.

»Kriegen ihn!« Er hob seinen Koffer wie drohend gegen das Schloss. »Zu dämlich gewesen.«

Inga lächelte ihn an und ließ ihn in dem Glauben, sie habe wegen des Falls geseufzt und benötigte Ermutigung. Sie registrierte, dass Carsten ihr mit zwei uniformierten Beamten folgte. Gut. Vielleicht verriet sich der Täter ja schon bei diesem vorletzten Schritt. Sie war sich sicher, dass es sich entweder bei Maiwald oder Kern um den gesuchten Mörder handelte. Spätestens die DNA-Untersuchung würde Klarheit bringen. Und das wäre nach diesem Gespräch dann auch dem Täter klar.

Sie postierte einen Kollegen am Toreingang zum Schlossplatz. Zusammen mit Carsten und Gregorius betrat sie die kleine Halle. Auch hier würde ein zweiter Polizist seinen Posten beziehen. Aus dem Speisezimmer waren gedämpfte Stimmen zu hören. Saßen die etwa noch beim Frühstück? Inga riss mit einem Ruck die Tür auf.

»Guten Tag, die Herrschaften.« Sie fixierte Doro und Walter Hirnreuther mit einem Blick, der keinen Widerspruch zuließ. »Ich störe ungern Ihre morgendliche Idylle, doch wir haben noch Fragen an die Herren Maiwald und Kern. Herr Maiwald möge uns freundlicherweise in den Aufenthaltsraum begleiten. Herr Kern, Sie warten bitte hier, bis wir Zeit für Sie finden.«

Inga nickte auffordernd Maiwald zu, der umständlich seine Serviette auffaltete, sein Jackett glatt strich, den anderen Anwesenden gegenüber entschuldigend die Hände hob und ihr auf den Flur folgte. Bis dahin hatte keiner der Anwesenden gesprochen. Kevin Kern wurde unruhig.

»Wir wollten aber gleich abreisen …«

Inga bat Carsten mit einer Kopfbewegung, sich darum zu kümmern, und betrat ohne Zögern die Lounge.

»Setzen Sie sich.« Sie zeigte auf einen einzelnen Sessel. Sie selbst nahm auf der Couch gegenüber Platz, während Gregorius mit seinem Koffer an der Tür stehen blieb und sich um einen möglichst grimmigen Gesichtsausdruck bemühte.

Angespannte Stille. Jetzt betrat Carsten den Raum und setzte sich neben sie, ohne eine Bemerkung zu machen. Maiwald zeigte keinerlei Anzeichen von Unruhe, nur seine Hände hinterließen feuchte Abdrücke auf dem Ledersessel. Inga wartete weiter. Maiwald vermied den Blickkontakt und versuchte angestrengt, seine beginnende Unsicherheit zu überspielen.

»Spielen wir, wer zuerst redet, hat verloren?«, fragte er schließlich verärgert.

»Halten Sie Mord und versuchten Mord für ein Spiel, Herr Maiwald?«, wies ihn Inga zurecht.

Sofort hatte er sich wieder halbwegs im Griff. Maiwald musste durch eine harte Schule gegangen sein, um so beherrscht aufzutreten. Inga dachte dabei an eine sektenähnliche Vereinigung, in der die Führungskader diese Form der Selbstbeherrschung lernten. Sie wollte beiden Verdächtigen gegenüber so tun, als habe sie sie bereits überführt, um eine unvorsichtige Reaktion zu provozieren. Bei Maiwald schien es ihr fraglich, ob diese Strategie zum Erfolg führen würde.

»Ich weiß nicht, wovon Sie sprechen. Ich habe niemanden ermordet und ich habe auch nicht versucht, jemanden umzubringen. Und meines Wissens gibt es nicht einmal eine Leiche!«

»Ja, die Leichen Herr Maiwald, kaum sind sie da, verschwinden sie auch schon wieder. Aber wissen Sie, man kann eine Leiche noch so gut herrichten, sie wird immer noch eine ganze Menge zu erzählen haben.« Von Gregorius kam ein heftiges Schnauben.

»Sehen Sie, unser Pathologe hier, Herr Dr. Ares Gregorius, hat herausgefunden, dass die Tote, die wir auf einem Campingplatz gefunden haben, ursprünglich hier im Schloss gelegen hat und dann in der Beeke zwischengelagert wurde.«

Maiwald sah sie verständnislos an. »In der was?«

»Sie haben das Gewässer sicher für den Schlossgraben gehalten. Es ist aber ein Bach, die Schönebecker Beeke.«

Maiwald zuckte die Schultern.

»Wir haben Faserreste an der Toten gefunden.« Inga beobachtete Maiwalds Miene genau und meinte, ein kleines Zucken um die Mundwinkel ausgemacht zu haben. »Und wir haben Blutspuren an einem alten Schürhaken gefunden. Blut, das zu der Toten gehört. Außerdem die DNA-Spuren einer weiteren Person.« War da eine Unsicherheit in Maiwalds Blick?

»Sehen Sie, Herr Maiwald. Wir wissen bereits, dass Sie die Tote abtransportiert haben, um einen Unfall vorzutäuschen.«

Hier schnaubte Gregorius ein weiteres Mal.

»Wir wissen weiterhin, dass Frau Wagenfeld als Zeugin für Sie eine große Gefahr darstellte, weshalb Sie sie überfallen und niedergeschlagen haben.«

Maiwald biss sich auf die Lippen, blickte Inga aber weiter trotzig an. Er war entweder immer noch der Meinung, dass man ihm nichts nachweisen konnte, oder er war tatsächlich unschuldig.

»Und außerdem wissen wir, dass Sie erpresst werden.«

Ein Zucken lief durch Maiwalds Gesicht. Endlich eine Reaktion. Hatte sie ihn nun? Würde er gestehen?

Maiwald blitzte sie aus schmalen Augen an. »Sie klopfen hier ja mächtig auf den Busch. Aber es kommt kein Mörder heraus, es kommt *gar* nichts.«

Inga ärgerte sich. Dieser Typ war wirklich schwer zu knacken. Also galt von nun an Plan B.

»Wie Sie meinen. Aber ich habe noch ein paar Wattestäbchen, die ich in den Busch jagen kann, um den Mörder ans Licht zu scheuchen.«

Maiwald stutzte und grinste dann übers ganze Gesicht. »Wattestäbchen. Und damit werfen Sie nach Verbrechern?«, fragte er amüsiert.

»So ähnlich.« Inga nickte Gregorius zu. Sie wusste, dass er nun den Koffer mit einer großen Geste auf den Tisch wuchten und seine Finger zu einem laut hörbaren Knacken verschränken würde, bevor er ihn umständlich öffnete. Nach einer Kunstpause, in der es so aussah, als meditiere er über den Inhalt, würde er ein paar Latexhandschuhe herausnehmen und sie sich sorgfältig anziehen. Erst dann würde er den rechten Ärmel mit einem theatralischen Ausdruck nach oben schieben und ein Speichelproben-Röhrchen aus dem Koffer holen.

Sie beobachtete Maiwald während der Prozedur genau. Als das Röhrchen erschien, wurde er kurz blass, doch er setzte schnell seine überhebliche Miene wieder auf.

»Ach, das ist Ihr Bluthund? Ihre ultimative Waffe?«

Inga lächelte. »Sagte ich doch. Wir haben Fremd-DNA an der Toten und ihrer Kleidung gefunden. Und wir haben verwertbare DNA an der Kleidung gefunden, die sich der Täter aus dem Museum ausgeliehen hat.«

Wieder wurde Maiwald kurz blass. Er nahm eine lauernde Haltung ein.

»Sie haben eine gerichtliche Verfügung?«

»Aber sicher, Herr Maiwald. Hier.« Sie reichte ihm das Schriftstück, das sie noch heute Morgen Richterin Rotbach aus den Rippen geleiert hatte. Die Richterin kannte Magetts Vater, den Freiherrn von Wagenfeld, glücklicherweise persönlich.

Sie merkte, dass Maiwald überlegte. Er betrachtete das Röhrchen, als wenn er es hypnotisieren wollte. Gregorius öffnete es und entnahm ihm das Wattestäbchen. Für einen Augenblick schien es Inga, dass er sich weigern würde, die Lippen zu öffnen. Doch Maiwald ließ zu, dass Gregorius mit dem Wattestäbchen über seine Mundschleimhaut strich. Gregorius versorgte das Röhrchen in seinem Koffer und nahm seinen alten Platz an der Tür wieder ein.

»Herr Maiwald, ich hoffe, Sie planen keine frühzeitige Abreise?«

Maiwald tat überrascht. »Warum sollte ich?«

»Das ist schön. Sie und Herr Kern werden nämlich das Schloss nicht verlassen, bis die Ergebnisse der DNA-Untersuchung vorliegen.«

Maiwalds Lippen kräuselten sich spöttisch. »Oh, ich habe also Hausarrest?«

»Wenn Sie es so nennen wollen …«, feixte Inga zurück.

Kevin Kern trat weniger selbstsicher auf, umgab sich aber dafür mit einer Aura der verfolgten Unschuld.

»Ich schwöre Ihnen, ich habe nichts zu tun mit irgendeinem Mord!« Er beugte sich zu Inga vor und hielt ihr die offenen Handflächen entgegen. Dem verordneten Schweigen zu Beginn des Verhörs hatte er nicht einmal zehn Sekunden standgehalten. »Wir finden die Atmosphäre hier aber inzwischen so bedrückend, dass wir vorzeitig abreisen möchten.«

»Daraus wird wohl nichts, Herr Kern. Sie gehören zum Kreis der Verdächtigen.«

»Ich bitte Sie, wir *helfen* Menschen, wir töten sie nicht.« Sein Augenaufschlag war sehenswert.

»Auch nicht, um Ihre kleinen Geldschiebereien geheim zu halten?« Inga studierte aufmerksam seine Gesichtszüge.

»Was für Schiebereien? Ach, Sie meinen die Kontobewegungen, die Sie aufgrund der gefundenen Kontoauszüge vermuten? Wir haben nur die Gelder der Stiftung vor dem Bankencrash in Sicherheit gebracht.« Kevin Kern war rot geworden, blickte ihr aber gerade in die Augen.

»Ach, die Gelder der Stiftung? Ich hatte doch tatsächlich angenommen, dass es sich um Gelder handelt, die Sie für private Zwecke aus dem Stiftungsvermögen abgezweigt haben.« Inga legte den Kopf schief.

Der junge Mann wischte sich die rechte Hand an der Hose ab. »Ganz sicher nicht. Unsere Stiftung verfügt über eine Reihe von Konten, schon aus Sicherheitsgründen. Ich weiß ja nicht, wie viel Sie davon verstehen …«

Inga grinste ihn an. »Nicht allzu viel, leider. Aber dafür haben wir ja unsere Spezialisten aus dem Dezernat für Wirtschaftskriminalität.«

»Also, das nenne ich eine Unterstellung!«, lautete der eher schwache Protest.

»Und ich, Herr Kern, nenne das ein Motiv. Erzählen Sie doch mal, wie ist Frau Schade Ihnen auf die Schliche gekommen?«

»Ich kenne keine Frau Schade. Und mit der Beschreibung unserer finanziellen Situation liegen Sie völlig falsch.«

Inga lehnte sich zurück und betrachtete Kevin Kern aus schmalen Augen. Ob er immer noch glaubte, ungestraft davonkommen zu können?

»Wir wissen, was Sie mit der Leiche gemacht haben. Wir wissen, wo Sie die junge Frau ermordet haben und womit. Wir wissen, dass Sie Frau von Wagenfeld überfallen haben.«

Kevin Kern erstarrte bei jeder von Ingas Behauptungen ein bisschen mehr. Er richtete sich auf. »Nichts davon können Sie wissen, weil nichts davon wahr ist. Hören Sie bitte mit Ihren Unterstellungen auf!«

»Setzen Sie sich wieder. Wir wissen sogar, dass Sie erpresst werden.«

Er riss den Mund auf und schien sehr verblüfft.

»Wir werden nicht erpresst! Was reimen Sie sich da alles zusammen?!«

»Wenn Sie wirklich unschuldig sind, dann können Sie das leicht beweisen, indem Sie uns eine Speichelprobe geben.«

Gregorius räusperte sich. Kern sah ihn aufgeschreckt an, lehnte sich dann aber zurück.

»Gut, wenn diese Geschichte damit ein für alle Mal ein Ende hat …«

Gregorius zog erneut seine Show ab, die aber ihre gewünschte Wirkung verfehlte. Inga war sich nicht sicher, ob Angst oder Wut oder eine Mischung von beidem in den Augen des jungen Mannes zu sehen war.

»Sie werden das Schloss nicht verlassen, bis ich die Ergebnisse habe.«

Kevin Kern erhob sich drohend. »Das ist Freiheitsberaubung.«

»Nein. Aber es steht Ihnen natürlich frei, sich zu beschweren.«

»Kann wenigstens meine Frau gehen?«

Auch Inga stand auf. »Ich fürchte, nein. Wenn wir Sie erst überführt haben, ist sie der Beihilfe schuldig.«

Kevin wandte sich zur Tür. »Unfassbar. Ich werde meinen Anwalt verständigen.«

Inga sah ihm nach. »Das ist eine gute Idee!« Aber sie war sich nicht sicher, ob er ihre Bemerkung noch gehört hatte.

25

Maiwald kam nicht zur Frühstücksrunde zurück. Rena fragte sich, ob er schon verhaftet worden war. Aber warum sollte Inga sich die Mühe machen und noch Kevin Kern verhören, wenn Maiwald bereits überführt war? Vermutlich war der Banker doch noch nicht verhaftet. Sie ärgerte sich, weil sie so wenig mitbekam und keine Fragen stellen konnte. War es nicht endlich Zeit, mit dem Versteckspielen aufzuhören und aktiv in die Ermittlungsarbeit einzusteigen? Doch ohne Ingas Zustimmung traute sich Rena nicht, ihre Undercover-Tätigkeit zu beenden und die Karten offen auf den Tisch zu legen.

Nach dem Frühstück sollten die Teilnehmer laut Programm an ihren »Schwächen« arbeiten. Die Hirnreuthers hatten sich während des Seminars Notizen gemacht und gingen diese nun mit den Anwesenden durch. Sie bildeten zwei Gruppen. Die eine übernahm Werner Hirnreuther, der das Thema Tischsitten vertiefte, während seine Frau die Teilnehmer ihre Defizite im Bereich des Small Talks bearbeiten ließ.

Rena fand sich in der Gruppe von Doro Hirnreuther wieder. Hieß das, dass sie in der anderen Disziplin nun perfekt war und einem weiteren Abendessen bei Frau Worms gelassen entgegenblicken konnte? Rena bemerkte mit leichtem Unbehagen, dass sich angesichts dieser Überlegung bei ihr ein Gefühl von Stolz einstellte.

Der Vormittag zog sich schier endlos in die Länge. Niemand schien mit voller Konzentration bei der Sache zu sein. In Renas Gruppe tauchten weder Kevin Kern noch Maiwald wieder auf. Vielleicht waren sie Werner Hirnreuther zugeteilt worden? Nach einer weiteren zähen Stunde entschuldigte sich Rena und lief auf ihr Zimmer, um in Ruhe zu telefonieren. Von draußen ertönte das Geräusch einer Motorsäge. Wie nervig!

Von Inga erfuhr sie, dass weder Kern noch Maiwald verhaftet worden waren, dass die beiden Männer aber das Schloss und seine Umgebung nicht verlassen durften. Das Team wartete ungeduldig auf die Ergebnisse der DNA-Untersuchung. Auch in Bezug auf Magett gab es keine Neuigkeiten: Die war noch nicht aufgewacht, sollte nach Ansicht der Ärzte aber wohl noch im Laufe des Vormittags zu Bewusstsein kommen. Simone hatte ihren Posten im Krankenhaus bezogen, um die junge Frau sofort befragen zu können.

»Warten können wir auch alleine, Rena. Du könntest höchstens eine Kopie vom Erpresser-Guide der Hirnreuthers anfertigen. Aber dafür haben wir auch noch Zeit, wenn unser Fall geklärt ist. Nein, bleib besser im Seminar und hab ein Auge auf Maiwald und Kern. Wer weiß, wie der Täter reagiert, wenn er sich bedrängt fühlt und keinen Ausweg mehr sieht …«

Rena seufzte missmutig. »Die beiden habe ich nicht mehr gesehen, seitdem sie von dir verhört worden sind.«

Inga seufzte. »Das ist blöd. Kannst du sie unauffällig suchen?«

»Nein, dieses Gespräch dauert schon zu lang, als dass ich auf dem Klo gewesen sein könnte. Ich kann nicht noch länger wegbleiben, das würde zu sehr auffallen.«

»Ich habe einen Mann am Durchgang zum Schloss postiert, damit sie nicht ungehindert fliehen können. Aber mir wäre schon lieb, wenn du sie im Blick behieltest. Lass dir was einfallen!«

Wie sollte Rena herausfinden, wo sich Maiwald und Kern jetzt befanden? Sie könnte in das Speisezimmer gehen und so tun, als habe sie sich in der Tür geirrt. Dann würde sie zumindest erfahren, ob die beiden an Werner Hirnreuthers Gruppe teilnahmen.

Eigentlich hatte Rena noch Hannah anrufen wollen. Sie hatte seit dem frühen Morgen nichts mehr von ihr und ihren Freundinnen gesehen oder gehört. Rena hoffte inständig, dass die lieben Alten nichts Neues ausbrüteten. Doch dieser Anruf musste warten.

Hannah atmete auf. Nachdem sie die Überführung von Birte mit einem sehr netten Angestellten eines Beerdigungsinstitutes geregelt hatten, konnte sie Mechthild überreden, sich hinzulegen. Mechthild hatte die Verhandlungen ganz Hannah überlassen. Auch die anderen drei hatten glücklicherweise darauf verzichtet, noch einmal ins Schloss zu gehen. Das lag sicher auch an Frau Findmann, die Edith erst am Donnerstag, wenn sie selbst wieder Dienst hatte, im Museum erwartete. Also gab es keinen Grund zur Sorge.

Es wurmte Hannah allerdings schon, dass sie so gar nicht mitbekam, wie weit die Ermittlungen gediehen waren und ob die Polizei vielleicht schon jemanden verhaftet hatte. In den Nachrichten brachten sie auch nichts, ob sie mal Rena anrufen sollte? Die musste doch was wissen.

Sie musste sehr besorgt ausgesehen haben, denn Edith, die mit ihr am großen Küchentisch saß, nahm ihre Hand. »Es wird alles gut, Hannah. Du machst das toll. Mechthild könnte keine bessere Freundin haben.«

Hannah war dankbar für dieses Lob. »Ihr habt aber auch super mitgeholfen. Ohne euch hätte ich das nicht hingekriegt!«

»Dann entspann dich doch jetzt mal. Ich würde ja auch gerne wieder zum Schloss fahren, aber manchmal muss man ja auch vernünftig sein.«

Hannah musste grinsen. »Ach, diesmal verstecken wir uns nicht, um die Verhaftung erleben zu können?«

Edith lachte. »Ich würde schon gerne. Aber es ist ja helllichter Tag …«

Hannah spürte, dass Edith trotz alledem gerne verfolgt hätte, was in Schönebeck geschah.

»Du hast recht. Zur Abwechslung sind wir mal vernünftig.«

Sie griff nach der großen Kanne, goss sich und Edith noch eine Tasse ein. Gemeinsam schlürften sie in stummer Eintracht ihren Tee.

Die Tür wurde aufgerissen und Mechthild stand schwer atmend im Türrahmen. »Ich halte das nicht aus. Ich fahre jetzt zum Schloss. Mit oder ohne euch!«

Erschrocken sprang Hannah auf. Sie nahm Mechthild in den Arm.

»Mechthild, bitte … du kannst doch dort gar nichts ausrichten.«

»Ich will den Dreckskerl aber mit eigenen Augen sehen! Ich wünsche mir so, dass er sich wehrt oder fliehen will … Die Polizei soll ihn erschießen!«

Hannah versuchte vergeblich, Mechthild zu einem Stuhl zu schieben.

»Ich muss endlich wissen, *warum* Birte umgebracht worden ist. Ich verliere sonst noch den Verstand. Immer wieder frage ich mich, was der Grund gewesen sein könnte. Ich muss es wissen. Ich *muss.*«

Hannah sah ein, dass sie ihre Freundin nicht von ihrem einmal gefassten Entschluss abbringen konnte. Aber vielleicht konnte sie ihren Aufbruch noch hinauszögern?

»Gut, wenn du das wirklich willst. Ich begleite dich. Wir nehmen wieder das Auto von Hedwigs Neffen. Aber ich muss es erst holen und es mit ihm absprechen. Versprich mir, dass du so lange wartest und nicht alleine losziehst!«

Mechthild schien so erleichtert, dass Hannah ihr helfen wollte, dass sie stumm nickte und erschöpft auf einen Stuhl sank.

Tatsächlich: Im Speisezimmer saß Kevin Kern und übte mit dem Besteck, aber von Maiwald war nichts zu sehen. Mit einer gemurmelten Entschuldigung verzog sich Rena wieder und ging lustlos zu ihrer eigenen Gruppe in der Lounge zurück. Sie musste wieder an den Hosenstoff denken, den Magett auf ihrem Foto festgehalten hatte. Wo war sie ihm nur schon begegnet? Jedenfalls nicht in einem Geschäft, wie Inga scherzhaft vermutet hatte! Nein, auch an keinem Bein, weder bei den Gästen noch beim Personal, wie zum Beispiel dem Gärtner. Sie stellte sich den Stoff zerknautscht vor, unordentlich. Hatte sie ihn zipfelweise aus einer Tasche oder einem Koffer hängen sehen? Das konnte sein, bei der Vorstellung klingelte etwas in ihr.

Zack, wieder wurde sie von Doro Hirnreuther ermahnt, mit ihren Gedanken bei der Sache zu sein und mitzuarbeiten. Nach einer weiteren zähen Dreiviertelstunde beendete die Seminarleiterin jedoch die Sitzung. Anna Liebig, Natalie Kern und Herrn Liebig erinnerte sie noch einmal an ihre Individualberatungen am Nachmittag, dann entließ sie endlich alle in die Pause.

Rena stürmte die Treppe hinauf zur Galerie und entdeckte dort Maiwald, der scheinbar gelangweilt auf einem Sofa saß und den Ankömmlingen entgegensah. Jetzt erhob er sich und lief an ihnen vorbei nach unten. Rena zögerte. Sollte sie ihm folgen? Aber was würden die anderen denken? Sie verschwand in ihrem Zimmer, wartete einige Augenblicke, prüfte, ob die Galerie leer war, und schlich sich zur Treppe. Hier musste sie einen Augenblick warten, weil ihr nun auch die Teilnehmer aus Werner

Hirnreuthers Gruppe entgegenkamen. Nur Kevin Kern fehlte, seltsam.

Kurz vor dem Speisesaal wurde Rena von Doro Hirnreuther aufgehalten. »Liebe Frau Dangers, ich möchte Sie gerne noch an Ihr kleines Folgegespräch erinnern, das wir Ihnen angeboten haben.«

Überrumpelt! Ausgerechnet jetzt waren Geräusche zu hören. Kamen die aus dem Speisezimmer oder aus der Lounge? Frau Hirnreuther bemerkte ihre Unruhe und deutete sie natürlich falsch. »Aber wir machen das doch gerne, Frau Dangers.« Sie berührte Rena am Ellbogen und schob sie leicht in Richtung Treppe. »Und dann habe ich noch eine kleine Überraschung für Sie …«

Rena blieb nichts anderes übrig, als mit ihr zurück zur Treppe zu gehen. Sie sah sich über die Schulter um, konnte aber nur entfernte Stimmen hören. Es waren tiefe Männerstimmen, doch zu wem sie gehörten, konnte sie nicht ausmachen. Als sie auf der Hälfte der Treppe angekommen waren, ertönte ein lauter Schrei. Doro Hirnreuther erstarrte zur Salzsäule, während Rena zwei Stufen auf einmal nehmend nach unten rannte.

Im Flur war niemand. Sie riss die Tür zum Speisesaal auf. Hier stand Kevin Kern am Fenster, die Hände in den Hosentaschen, und kaute an seiner Lippe. Er schien in Gedanken versunken, denn er zuckte zusammen, als Rena kurz in den Raum stürmte. Sie lief in die Lounge zurück. Auch hier war niemand.

Vielleicht war der Schrei vom Schlossplatz gekommen, weil Maiwald versucht hatte, das Schloss zu verlassen und der wachhabende Polizist ihn gewaltsam aufgehalten hatte? Doch während sich Rena umdrehte, hörte sie ein Stöhnen aus Richtung der Bar. Mit einem Sprung war sie am Tresen und beugte sich darüber. Werner Hirnreuther lag zusammengekrümmt auf dem Boden, er stöhnte und hielt sich mit der Hand das Kinn.

»Werner!«, schrie seine Frau, die in der Tür erschien. »Was ist passiert? Bist du verletzt?«

Die beiden Frauen halfen ihm auf die Beine und führten den arg benommenen Mann zum nächsten Sessel.

»Liebling, was ist geschehen?« Doro Hirnreuther setzte sich auf die Armlehne und streichelte ihrem Mann über den Kopf.

Rena versuchte, ihm die Hand vom Kinn wegzuziehen. Er jaulte auf und schüttelte den Kopf.

»Gestürzt«, quetschte er durch seine Finger, »ausgerutscht an der Bar.«

»Ich hole Ihnen Eis.« Rena war schon beim Eisfach.

»Wie kann man denn hier ausrutschen?«, wunderte sich Frau Hirnreuther. »Das ist doch alles Teppichboden.«

Rena wickelte einige Eiswürfel in ein Tuch und wandte sich wieder dem Verletzten zu. Mit einem dankbaren Blick presste er den provisorischen Eisbeutel auf sein Kinn, dann flüsterte er seiner Frau etwas ins Ohr, das Rena nicht verstand. Doro Hirnreuther sah ihren Mann entsetzt an und starrte zur Tür, als erwarte sie dort eine Gefahr.

Sie schien völlig aufgewühlt. »Warum hat er …«

Ihr Mann unterbrach sie jedoch unvermittelt mit einem Stoß gegen ihre Schulter. Sie keuchte auf, verkniff sich aber nach einem Seitenblick auf Rena jeden Kommentar.

Was war hier geschehen? Natürlich war Hirnreuther nicht auf dem Teppichboden ausgerutscht. Hatte es einen Kampf gegeben? Vielleicht zwischen ihm und Kevin Kern? Aber wohin war Maiwald entschwunden? War er der Angreifer gewesen und inzwischen über alle Berge?

»Herr Hirnreuther, was genau ist geschehen? Man könnte meinen, Sie hätten einen Kinnhaken einstecken müssen.«

Er warf Rena einen schrägen Blick zu und grummelte etwas Unverständliches.

Doro Hirnreuther übernahm die Regie. »Danke für die schnelle Hilfe, Frau Dangers. Mein Mann kann manchmal so ungeschickt sein. Nicht, mein Dummerchen?« Sie tätschelte ihm die Schulter. »Aber ich glaube, das Schlimmste war der Schreck, nicht? Ich denke, wir gehen jetzt auf unser Zimmer und mein Mann legt sich ein paar Minuten hin. Zum Mittagsmahl ist er dann sicher wieder so gut wie neu.«

Sie fasste ihn energisch unter den Arm und geleitete ihn aus dem Raum. Rena schaute dem Paar kopfschüttelnd nach. Dann lief sie zum Ausgang und sah sich um. Niemand war zu sehen. Zurück im Flur, stolperte sie fast über Maiwald, der aus der Tür zu den Toiletten trat. Rena kam es so vor, als blickte er sie betont gleichgültig an.

Er zog die Augenbrauen hoch. »Wollen Sie hier hinein?«

Er machte ihr Platz. Rena schüttelte den Kopf und trat den geordneten Rückzug an.

Hätte sie Maiwald fragen sollen, ob er die ganze Zeit in der Toilette gewesen war? Konnte sie ihn beschuldigen, Werner Hirnreuther geschlagen zu haben? Das würde ihre Tarnung gefährden – aber bestand die überhaupt noch? Vielleicht hatte der Täter sie belauscht, als sie in den Ausstellungsräumen mit Inga telefoniert und ihr von der Erpressung erzählt hatte? Was, wenn der Täter längst wusste, dass sie Polizistin war, und ihr heimlich folgte, um etwas über die Ermittlungen zu erfahren? Vielleicht schon seit dem Zeitpunkt, als er Hannah im Kellerraum mit der Leiche eingesperrt hatte?

Verdammt, es wurde Zeit, die Hirnreuthers unter Druck zu setzen. Doch ohne Ingas Einverständnis konnte sie nichts unternehmen. Von ihrem Zimmer aus wollte sie allerdings nicht mehr telefonieren. Das Risiko, dass die Hirnreuthers was mitbekamen, wenn sie ihr wertvolles Büchlein aus dem

Ofen holten, war zu groß. Rena dachte nach und entschied sich für die Toilette bei den Gemeinschaftsräumen unten. Hier war ja niemand mehr, alle waren in der Galerie oder auf ihren Zimmern.

Vom Handy aus berichtete sie Inga von dem angeblichen Unfall des Seminarleiters und ihren Vermutungen.

»Gut, setze sie unter Druck. Gib ihnen zu verstehen, dass sie wegen ihrer Erpressereien nur dann mit Milde rechnen können, wenn sie uns den Täter nennen.«

Rena seufzte laut auf. »Klasse. Ich bin es so leid, nicht eingreifen zu können.«

Inga lachte laut auf. »Unser ungeduldiges Küken! Ich glaube, du brauchst noch viele solcher Undercover-Aktionen, in denen du die Füße still halten musst!«

»Bitte nicht!«

»Mal sehen. Du befragst die Hirnreuthers und unterrichtest mich dann, verstanden? Kein Alleingang gegen den Täter!«

Rena lag eine maulige Antwort auf der Zunge, doch die schluckte sie schnell herunter.

26

Hannah schlurfte so langsam wie möglich vom Auto zur Haustür, um die unvermeidliche Fahrt zum Schloss ein wenig hinauszuschieben. Doch wenn Mechthild mitbekam, dass sie extra trödelte, würde sie womöglich auf eigene Faust losfahren. Dann hätten sie keinerlei Einfluss mehr auf ihre Eskapaden. Also quälte sich Hannah die Treppe hinauf. Im Flur wartete schon Mechthild in Schal und Mantel, eine Tasche in den unruhigen Händen. Die Tür zur Küche stand offen und Hannah sah ihre Freundinnen mit sorgenvollen Mienen um den Küchentisch sitzen.

»Endlich!« Mechthild krampfte ihre Finger stärker um den Taschengriff.

Edith gesellte sich zu ihnen und berührte Mechthild sanft an der Schulter. »Siehste, wir haben doch gesagt, dass Hannah gleich kommt!«

»Dann mal los!« Hannah wollte Mechthild die Tasche abnehmen.

»Und wir?«, erscholl es aus der Küche. Hedwig und Marlies waren gleichfalls aufgestanden und zogen Schmollgesichter. »Du willst uns doch wohl nicht ausschließen?«

Hannah sah Hedwig entgeistert an. »Ja, glaubst du, wir fahren zum Picknick? Meinst du, das wird ein netter, kleiner Ausflug? Das, was Mechthild vorhat, kann verdammt gefährlich werden! Denkt ihr, der Mörder sagt artig ›Hallo‹, wenn Mechthild ihn zur Rede stellt? Was glaubst du, warum ich sie eigentlich gar nicht gehen lassen will?«

Hedwig sah sie beleidigt an. »Immer willst du die spannenden Sachen alleine durchziehen. Wir könnten Mechthild doch auch unterstützen!«

»Hedwig Borgos, du bist eine Idiotin! Ich fahre nicht nach Schönebeck, um was Spannendes zu erleben! Ich fahre, um das Schlimmste vielleicht zu verhindern!«

Sie hoffte, dass ihre Freundinnen nach dieser unmissverständlichen Ansage endlich den Ernst der Lage begriffen. Doch Hedwig blieb stur.

»Du musst nicht beleidigend werden. Ich weiß auch, dass das kein Spaß wird. Aber statt hier rumzusitzen und abzuwarten, dass wir was von dir hören, wäre ich mit von der Partie, um dir zu helfen!«

»Taten statt Warten!«, ergänzte Marlies.

Hannah sah eine nach der anderen an. »Mädels, diesmal gibt's kein Theater, keine Halte-den-Mörder-Party. Ich bin dagegen, dass irgendeine von uns hinfährt, aber ich kann Mechthild nicht stoppen, sondern nur versuchen, Schlimmeres zu verhindern, kapiert? Ich bin überzeugt, wenn Rena hier wäre, würde sie uns einsperren, damit wir der Polizei nicht in die Quere kommen!«

Hedwig ließ die Schultern hängen, Marlies verzog sich wieder in die Küche. Hannah entging nicht, dass sie eine Thermoskanne auf die Arbeitsplatte zurückstellte.

Edith gab schließlich nach. »Ist in Ordnung, Hannah. Wir bleiben zu Hause.«

Hannah nickte Mechthild zu, die während des Streits unruhig neben ihr gestanden hatte. Schon riss sie die Tür auf und rannte die Treppe hinunter.

Hannah drehte sich noch einmal um. »Danke, dass ihr noch ein paar Minuten rausgeschunden habt.«

Simone saß neben dem Krankenbett und blätterte in einem Fachmagazin. Von Zeit zu Zeit hob sie den Blick und betrachtete Magetts Gesicht. Die junge Frau stöhnte hin und wieder, ihre Augenlider flatterten, öffneten sich aber nicht. Alle halbe

Stunde kam eine Schwester vorbei, denn auch das Klinikpersonal ging davon aus, dass die Patientin bald aufwachen würde. Für den Nachmittag hatte sich Frau von Wagenfeld angekündigt. Sie wollte die Gesundung ihrer Tochter selbst überwachen.

Wieder stöhnte Magett und bewegte ihre Hand. Sie wand sich im Bett. Simone legte ihre Lektüre weg. Die bewusstlose junge Frau fuhr sich mit dem Arm, an den der Tropf angeschlossen war, zum Gesicht. Die Schläuche an der Nadel strafften sich. Sie ließ den Arm auf die Bettdecke fallen und jammerte leise. Simone drückte auf den Klingelknopf. Ein Krankenpfleger erschien und beobachtete die Bemühungen seiner Patientin, ins Bewusstsein zurückzukehren.

»Ich hole die Ärztin!« Er nickte Simone zu und verließ das Zimmer.

Simone hielt die Hand mit dem Tropf fest, damit sie nicht noch einmal die Nadel unter Zug setzte. Magett wurde etwas ruhiger und schlug plötzlich die Augen auf. Ihr Blick irrte durchs Zimmer und blieb an Simones Gesicht hängen.

»Wo …«, kam krächzend ihre Stimme.

»Im Krankenhaus. Es ist alles in Ordnung. Wissen Sie noch, dass ich Polizistin bin?«

Die junge Frau starrte sie an, als suche sie etwas Bekanntes und nickte.

»Gut. Wir beschützen Sie hier. Können Sie mir sagen, wer sie niedergeschlagen hat?«

Wieder ein Nicken. »Hat mir aufgelauert …«, flüsterte sie heiser, »… wollte die Sitzung verhindern …« Sie schloss die Augen.

Simone befürchtete, dass Magett wieder abdriftete. »Bleiben Sie bei mir! Wir kriegen ihn, wer war es?«

Die junge Frau stöhnte auf.

Natürlich empfand Simone Mitleid, doch sie brauchten endlich einen Hinweis. »Ganz ruhig, Sie werden wieder völlig gesund, Magett. Aber bitte, sagen Sie mir den Namen!«

Magett murmelte etwas Unverständliches.

»Können Sie das bitte wiederholen?«

Die Tür wurde aufgerissen und der Krankenpfleger kam herein, im Schlepptau eine Ärztin.

»Sie verlassen jetzt bitte das Zimmer. Wir informieren Sie, wenn es unserer Patientin wieder besser geht und sie mit Ihnen reden kann.«

Simone setzte zum Protest an.

»Raus«, blaffte die Ärztin. »Jetzt sind wir dran!«

Nachdenklich ging die Polizistin aus dem Zimmer. Hatte sie Magett gerade richtig verstanden? Auf jeden Fall musste sie Inga verständigen.

Rena klopfte dreimal an die Tür zum Zimmer der Hirnreuthers.

»Frau Dangers, wir haben Sie erst für 17 Uhr eingeplant.« Die Seminarleiterin blieb in der Tür stehen und schien Rena abwimmeln zu wollen.

»Ich muss Sie dringend sprechen!« Rena machte ein sehr ernstes Gesicht.

»Wir befinden uns gerade in der Vorbereitung des Dinners für heute Abend, aber kommen Sie doch kurz herein.«

Rena schritt an ihr vorbei ins Zimmer. Werner Hirnreuther saß mit gesenktem Kopf in einem antiken Polstermöbel.

»Ich bin Rena Dangers«, Rena machte eine Kunstpause, doch die Hirnreuthers verzogen keine Miene, »Kriminalkommissarin in der Bremer Mordkommission.«

Doro Hirnreuther schnappte hörbar nach Luft, ihr Mann kniff seine Augen zusammen. Rena blickte ihn spöttisch an.

»Ich weiß, dass Sie den Namen des Mörders kennen.«

Frau Hirnreuther trat drohend auf Rena zu.

»Sie haben uns getäuscht, doch darüber könnte ich hinwegsehen. Ihre soeben geäußerte Unterstellung ist allerdings infam.«

»Dieser Ofen«, Rena wies auf die geschlossene Zwischentür in Richtung des Kachelofens, »eignet sich nicht nur als Versteck ...«

Der Seminarleiterin entfuhr ein Stöhnen, doch sie hatte sich schnell wieder im Griff.

»Ich kann mir beim besten Willen nicht vorstellen, worauf Sie anspielen.« Ihre Stimme klang schnippisch.

»Ach, Frau Hirnreuther, die ›kleine Dangers‹ hatte eben doch etwas zu verstecken.«

Werner Hirnreuthers Hand suchte an der Lehne des Sessels Halt.

»Sie blufft«, zischte Frau Hirnreuther ihrem Mann zu.

»Liebe Frau Dangers«, mit süßlicher Stimme wandte sie sich an Rena, »angesichts der tragischen Umstände wird Ihre Fantasie mit Ihnen durchgegangen sein. Vielleicht halten Sie diese kleine Szene für einen Scherz? Seien Sie versichert, wir können solcherart Scherzen nichts abgewinnen.«

»Liebe Frau Hirnreuther«, Rena bemühte sich, den Ton zu imitieren, und begann, die Situation zu genießen, »... seien Sie bitte versichert, dass mir nichts ferner liegt, als Ihnen einen Scherz vorzuspielen. Das, was ich auf meiner Seite des Ofens versteckt habe, ist nichts Geringeres als meine Dienstwaffe.« Sie zog ihre Waffe und zielte beiläufig auf das Knie ihres Gegenübers.

Frau Hirnreuther ging automatisch einen Schritt zurück und trat mit ihrem Absatz auf den Fuß ihres Mannes, der aufjaulte.

»So, genug der seichten Konversation«, Rena kehrte zu ihrer normalen Ausdrucksweise zurück. »Ich habe mich für

Ihr Seminar angemeldet, um eine junge Frau aufzuspüren, die zu diesem Zeitpunkt auf Schloss Schönebeck vermisst wurde. Der Ofen ist nicht nur ein gutes Versteck, man kann bei geöffneten Klappen auch belauschen, was im Nachbarraum gerade gesprochen wird.« Sie ließ ihre Worte einen Augenblick auf das Paar vor ihr wirken.

Herr Hirnreuther schien eingeschüchtert, seine Frau wollte sich aber offensichtlich noch nicht geschlagen geben.

»Was auch immer Sie gehört zu haben glauben, Frau Dangers, Sie haben es in jedem Fall vollkommen falsch interpretiert. Wie auch immer, Sie können uns nichts nachweisen.«

Rena grinste. »Das lassen Sie mal unsere Sorge sein beziehungsweise die des Staatsanwalts. Ich will den Namen des Täters. Ich weiß, dass Sie ihn kennen, und ich weiß, dass Sie ihn erpressen.«

»Erpressen!« Die Seminarleiterin spuckte das Wort förmlich aus. »Wissen Sie eigentlich, mit wem Sie reden, liebes Kind? Jeder, aber auch wirklich jeder wird Ihnen bestätigen, dass wir niemals mit dem Gesetz in Konflikt geraten sind!«

»Natürlich. Ihre vermeintlich weiße Weste interessiert mich aber nicht, ich will den Namen!«

»Wir wissen nichts! Wir sind genauso ratlos wie Sie!« Doro Hirnreuther rang theatralisch ihre Hände.

»Frau Hirnreuther, wegen Ihrer Erpressereien können Sie mit acht Jahren davonkommen, unter der Voraussetzung, dass Sie alles zugeben. Aber wenn Sie mir noch länger den Namen des Mörders verschweigen, dann ist das Beihilfe zum Mord, das kostet Sie mindestens 15 Jahre!«

Die Seminarleiterin keuchte. »Sie werden uns weder das eine noch das andere nachweisen können!«

Rena schloss kurz die Augen und rief sich die Seiten des kleinen Büchleins ins Gedächtnis zurück. »Irrtum. 5. November 2006. Sternberg, Onkel. Unterschlagung in Firma des

Vaters. Ca. 4000 Euro jeden Monat. Kontakt ab Januar. 15.000 Euro einmalig. 12. November 2006, Kellmann, Freundin Frau Grießhammer, Ehebruch, 12.000 Euro einmalig. 13. April, Klostergarten ...«

»Aufhören!«, schrie Doro Hirnreuther. »Sie Hexe! Sie miese kleine ...«

»Oh, oh, bitte bewahren Sie doch Contenance!«, feixte Rena. Sie wurde ernst. »Den Namen!«

Sie trat drohend einen Schritt auf die völlig hysterische Frau zu, die nach hinten auswich und etwas umstieß. Mit lautem Klatschen fiel eine Golftasche zu Boden. Die Verschlusslasche klappte auf und einige Golfschläger rutschten aus der Tasche.

27

Rena starrte die Tasche verdutzt an. Eine Golftasche! Jetzt wusste sie endlich, wo sie den Hosenstoff gesehen hatte! Also führte die Spur doch zu Maiwald. Sie schloss kurz ihre Augen, um besser nachdenken zu können. Bei welcher Gelegenheit hatte sie dieses Bild abgespeichert? Als Maiwald das erste Mal vom Golfplatz zurückkam, war die Tasche zwar offen, aber es steckten nur Schlägergriffe darin. Aber als sie ihn zum zweiten Mal sah? Ja, genau: Die Golftasche war ausgebeult, fünf Schläger ragten heraus und ein Stückchen Hosenstoff war zu sehen. Maiwald hatte alle belastenden Kleidungsstücke aus dem Schloss gebracht – er war der Täter.

Rena musste furchterregend grimassiert haben, denn als sie die Augen wieder öffnete, sah Doro Hirnreuther sie angstvoll an.

»Ich bin kooperativ! Ich will reden!«, flehte sie Rena an.

Rena warf ihr einen verächtlichen Blick zu. »Zu spät! Das Zeitfenster für eine Kooperation hat sich soeben geschlossen. Rufen Sie schon mal Ihren Anwalt an – aber es sollte ein Strafverteidiger sein!«

Sie drehte sich um und stürzte aus dem Raum. Wo war Maiwald? Sie hämmerte mit dem Griff ihrer Waffe an seine Tür, doch niemand öffnete. Anna Liebig streckte ihren Kopf aus der Zimmertür, zog ihn aber gleich wieder zurück. Gut so. Sie sprang zum Fenster und schaute hinaus. Wollte Maiwald fliehen? Aber wie wollte er an dem Polizisten vorbeikommen, der am Tor zum Schlosshof stand? Rena stürmte die Treppe hinab und rannte zum Ausgang. Hier war niemand.

Rena rang nach Atem, langsam setzte auch ihr Verstand wieder ein. Was hatte sie gelernt? Nicht einfach blindlings jemandem folgen. Die Situation erkennen, einschätzen und dann erst handeln. Sie holte tief Luft, bevor sie einmal kurz um die Ecke schaute und den Kopf schnell wieder zurückzog.

Da am Ufer der Beeke stand Maiwald, einen Koffer in der Hand. Er sah aus, als betrachte er in aller Ruhe das Wasser. Wollte er sich etwa umbringen? Dazu war das Wasser nicht tief genug. Nein! Er wollte durch den Bach waten, um den Wachposten am Tor zu umgehen. Rena schlich vorsichtig auf Maiwald zu, immer darauf bedacht, in seinem Rücken zu bleiben. Sie konnte Maiwald nicht einschätzen. Der brutale Überfall auf Magett ließ jedoch darauf schließen, dass er sehr verzweifelt sein musste.

Inga sah auf, als die Kollegin in den Raum stürzte.

»Wir haben ihn!« Simone wischte sich die Haare aus der Stirn und atmete schnell, sie war die zwei Stockwerke über die Treppe hochgerannt.

Inga hielt die Mappe mit den gentechnischen Ergebnissen hoch. »Stimmt!«

Simone prustete. »Und ich dachte, ich bin schnell. Magett hat geredet.«

Inga grinste. »Die DNA-Spuren auch.«

»Maiwald!« Gleichzeitig nannten sie den Namen.

»Los!«, rief Inga. »Den schnappen wir uns. Carsten?« Sie riss die Tür zum Nebenraum auf. »Wir fahren!« Sie schnappte sich ihre Jacke und zog sie im Gehen an. »Simone, du informierst Rena. Sie soll nur beobachten. Sag ihr das mindestens dreimal, ja? Carsten, du rufst den Kollegen am Schloss an. Höchste Wachsamkeit, Maiwald könnte versuchen zu verschwinden.«

Im Auto starrte Mechthild stumm vor sich hin. Sie wirkte wie betäubt und hatte die Finger ineinandergekrallt. Hannah wäre gerne einen Umweg gefahren, um die Ankunft zu verzögern, aber das Verhalten ihrer Freundin machte ihr Angst. Vielleicht war es besser, schnell anzukommen und das, was dort geschehen würde, schnell hinter sich zu bringen. Hannah bog auf die Zufahrt zum Schloss ein und suchte einen Parkplatz. Kaum stand der Wagen, stürzte ihre Freundin aus dem Fahrzeug. Hannah beeilte sich, den Motor abzustellen, und hastete Mechthild hinterher, ohne den Wagen abzuschließen.

»So warte doch!«, rief sie atemlos.

Mechthild reagierte nicht und verschwand für einen Moment aus Hannahs Blickfeld. Hannah rannte schneller, fegte um die Ecke, an der Brauteiche vorbei und immer ihrer Freundin hinterher. Auf dem Schlosshof blieb diese abrupt stehen, beinahe wäre Hannah in sie hineingerannt. Mechthild blickte regungslos am Schloss vorbei. Hannah folgte ihrem Blick und entdeckte einen Mann, der mit einem Koffer dicht am Ufer stand und so aussah, als wolle er gleich ins Wasser springen.

»Das ist er«, flüsterte Mechthild.

Hannah spürte, wie ihre Freundin zitterte, und legte behutsam einen Arm um ihre Schultern.

»Warte, sieh mal!« Sie zeigte auf Rena, die sich langsam an Maiwald heranpirschte.

Mechthild machte sich los und lief auf den Mann zu. »Warum?«, schrie sie ihm entgegen.

Der fuhr herum und blieb schlagartig stehen. Abwehrend streckte er seine Hände den Frauen entgegen.

Mit Entsetzen bemerkte Rena, wie eine Frau auf Maiwald losstürmte, dicht gefolgt von Hannah. War das Mechthild Schade, Birtes Mutter? Verdammt, was hatte Hannah sich bloß dabei gedacht, die Mutter hierher zu bringen? Andererseits war

Maiwald jetzt abgelenkt und sie konnte sich ihm unbemerkt nähern. Nur noch ein paar Schritte und – ihr Handy klingelte. Maiwald drehte sich verstört um. Rena kümmerte sich nicht um das schrille Läuten und zielte mit der Waffe auf Maiwald.

»Stellen Sie den Koffer ab und heben Sie die Hände.«

Frau Schade hatte Maiwald jetzt fast erreicht. Rena musste sie stoppen.

»Bleiben Sie stehen. Gehen Sie zurück!«, rief sie ihr zu.

Doch die Frau schien wie von Sinnen. »Warum? Warum? Ich will wissen, warum!«

Maiwald sah sich panisch um, dann warf er den Koffer weg und machte einen Satz auf den Baum am Ufer zu, wo eine Schubkarre stand. Wollte er etwa mit der Schubkarre fliehen? Rena legte auf ihn an. Aber Frau Schade stand jetzt keuchend in der Schusslinie. Rena fluchte. Maiwald hatte inzwischen die Schubkarre erreicht und Rena hörte das Aufheulen eines Motors. Eine Kettensäge!

Während Mechthild Schade nach seinem Hemdkragen griff, erhob Maiwald die laufende Kettensäge gegen sie. Hannah schrie auf. Die Frau zögerte, wich aber nicht zurück. Hannah war endlich bei Mechthild angekommen und zog sie mit aller Kraft am Arm zurück.

»Fallen lassen!«, rief Rena Maiwald zu. »Schaff die Frau hier weg, Hannah!«

Maiwald hielt Mechthild die Kettensäge jetzt drohend vors Gesicht. »Zurück! Hauen Sie ab! Sonst hack' ich der hier den Kopf ab!«

Hannah mühte sich nach Kräften, Mechthild wegzuziehen, doch diese war völlig erstarrt.

Maiwald keuchte und versuchte, sowohl Rena als auch die beiden Frauen vor ihm im Auge zu behalten. Endlich gelang es Hannah, Mechthild aus ihrer Starre zu holen. Ganz langsam bewegten sich die Frauen rückwärts.

»Sagen Sie mir, warum!« Die Frau war schon wieder stehen geblieben.

War sie denn von allen guten Geistern verlassen? Diese Fragerei würde Maiwald noch wütender machen.

»Sie war meine Tochter!«

»Diese dreckige kleine Ratte? Sie hätte nicht versuchen sollen, mich anzuzeigen!«

»Legen Sie die Kettensäge weg!« Rena versuchte Maiwalds Aufmerksamkeit wieder auf sich zu ziehen.

Er warf ihr einen kurzen Blick zu. »Hau ab, blöde Kuh! Waffe weg, sonst gibt es ein Massaker!«

Sein wilder Blick verriet, dass er zu allem fähig war. Rena wusste, das jederzeit der kleine Rest an Rationalität, der noch in ihm war, in Raserei umschlagen konnte. Ganz langsam senkte sie den Arm, drehte die Waffe um den Daumen. Maiwald beobachtete sie. Sie beugte sich im Zeitlupentempo herab, als wolle sie die Waffe auf den Boden legen. Dankbar sah sie, wie Hannah die Frau Schritt für Schritt vorsichtig aus der Gefahrenzone zog. Noch zwei Schritte, dann konnte sie Maiwald außer Gefecht setzen. Jetzt: Rena wirbelte die Waffe entschlossen herum und richtete sie auf Maiwald.

Maiwald schrie wütend auf. »Waffe weg!«

»Rennt!«, rief Rena Hannah zu.

Maiwald drehte sich um seine eigene Achse.

»Weg mit der Säge!«, schrie Rena.

Maiwalds Blicke jagten von ihr zu den beiden Frauen, die sich nun außerhalb seiner Reichweite befanden. Unvermittelt sprang er auf Rena zu und richtete die Motorsäge auf sie. Ende der diplomatischen Verhandlungen! Rena zielte auf Maiwalds Arm und drückte ab. Maiwald stolperte und ließ dabei die Motorsäge los, die auf Rena zuschoss. Sie spürte einen heftigen Schmerz am rechten Bein, gleichzeitig verstummte das Kreischen der Motorsäge. Rena stöhnte auf. Maiwald wälzte sich einen Meter vor ihr am Boden, er blutete heftig.

Hannah warf sich auf ihre Nichte. »Kind!«, schrie sie ihr ins Ohr.

Rena schob ihre Tante von sich und setzte sich auf. Ihre Jeans war über dem rechten Bein zerfetzt, sie blutete aus einer klaffenden Wunde. Hannah schob geistesgegenwärtig ihren Pullover hoch, zog ihr Unterhemd aus der Hose und riss mit einem Ruck ein Stück davon ab. Sie ließ sich neben Rena auf den Boden fallen und presste das geknüllte Stück Stoff auf die Wunde. Rena sank zurück und stöhnte. Dabei fiel ihr Blick auf die Waffe, die sie beim Aufprall der Motorsäge hatte fallen lassen. Sie lag etwa einen Meter entfernt. Wenn sie sich streckte, könnte sie sie erreichen, allerdings nicht mit Hannah an ihrem Bein.

»Hannah …«, begann sie.

»Schon gut, Kind. Der Arzt ist sicher gleich da, nur ruhig …«

»Hannah, meine Waffe! Ich muss …«

Sie versuchte sich zu strecken, doch der Schmerz in ihrem Bein ließ sie aufjaulen. Offensichtlich hatte Hannah endlich begriffen, worum es ging, und langte nach der Waffe. Doch eine große, runde, bunte Kugel war schneller. Mechthild kam an ihnen vorbeigeschossen, stürzte sich auf die Waffe und zielte auf Maiwald.

»Und jetzt sagst du Schwein mir, warum du meine Tochter getötet hast!«

»Legen Sie die Waffe weg!«, beschwor Rena die zitternde Frau.

Die nahm den Blick nicht von Maiwalds Gesicht.

»Erst sagt er mir, was ich wissen muss.«

Maiwald hörte zu jammern auf und versuchte, von der Frau wegzurobben. Mechthild trat einmal gegen seinen verletzten Arm. Er jaulte auf und blieb liegen.

»Rede endlich!«, schrie Mechthild ihm zu.

»Sie wollte … die Polizei rufen … mich anzeigen«, kam es stoßweise von Maiwald.

»Weiter!«, brüllte Mechthild und holte mit dem Fuß aus, um ihn noch einmal zu treten.

Maiwald schrie auf. »Ja, ja. Ich hatte doch nur mit dem kleinen Punk rumgemacht.« Schwer atmend machte er eine Pause.

Drohend hob Mechthild ihren Fuß.

»Sie hatte schon … ihr Telefon rausgeholt … tippte schon … ich stieß sie … sie fiel und kreischte mich an … ich rannte weg … konnte sie aber doch nicht dalassen … meine Karriere … alles so gut geplant …« Wieder machte er eine Pause, stöhnte, blickte Mitleid heischend in die Augen der Frau, suchte Beistand bei Rena und Hannah.

»Der Schürhaken in dem Küchendings. Kein Skandal, bloß kein Skandal, ich stehe doch kurz davor … ich bin zu ihr, sie rappelte sich gerade hoch … und dann habe ich zugeschlagen … es ging doch nicht anders!« Seine Stimme hörte sich flehend an.

Mechthild sagte nichts und bewegte sich auch nicht.

»Bitte, gib mir die Waffe!«, forderte Hannah. »Mechthild, das ist er nicht wert!«

Langsam ließ Mechthild den Arm sinken. Hannah sprang zu ihr hin und entwand ihr die Waffe. Sie legte sie in Renas ausgestreckte Hand. Rena stöhnte tief auf.

Hinter sich hörte sie Martinshorn und Motorengeräusche. Endlich, die Kollegen! Mit quietschenden Reifen kamen die Wagen zum Stehen. Türenschlagen und plötzlich stand Inga neben Rena.

»Alles okay?«

Rena nickte. Es war alles in Ordnung, niemand war mehr in Gefahr. Plötzlich machte sich ihr Bein mit höllischen Schmerzen bemerkbar. Sie spürte, wie sie zu zittern begann und verlor das Bewusstsein.

28

Rena fuhr hoch und sah mindestens sechs Augenpaare auf sich gerichtet. War sie im Meeting eingeschlafen? Sie versuchte, sich aufzusetzen.

»Langsam, bleib liegen.« Conny drückte sie zurück ins Kissen.

Conny im Meeting? Was hatte er dort zu suchen? Und war da nicht auch Hannah? Was tat sie denn hier? Und überhaupt: Kissen? Kissen im …

Das war nicht der Besprechungsraum.

»Du bist im Krankenhaus«, half Inga ihr auf die Sprünge.

Langsam kam die Erinnerung zurück. Maiwald, die Säge, das Bein. Sie spürte ihr Bein nicht! Hektisch hob sie die Bettdecke. Das Bein war da, dick bandagiert.

»Alles noch dran«, beruhigte sie Hannah.

»Du hast Glück gehabt.« Carsten nickte ihr zu. »Der Handschutz der Kettensäge hat dich zuerst getroffen und den Motor ausgeschaltet. Die Ketten haben sich kaum noch bewegt. Sonst …« Er ließ offen, was mit ihrem Bein passiert wäre, wenn es nicht so gelaufen wäre.

»Und Maiwald?«, fragte Rena.

»Liegt im Gefängniskrankenhaus. Hat nur eine Fleischwunde. Der kommt wieder auf die Beine, zumindest gesundheitlich.«

»Ich habe nicht verstanden, warum er Birte …« Rena sah Inga fragend an.

»Nachdem wir nun Frau Wagenfeld und ihn befragen konnten, wissen wir, dass Birte wegen eines blöden Irrtums sterben musste. Maiwald wurde von Magett herausgefordert. Sie wollte wohl noch einmal so richtig über die Stränge schlagen. Sie lotste ihn in den Keller und verführte ihn. Dann kam plötzlich Birte um die Ecke. Magett stieß Maiwald von sich, der verstand nicht, was los war, und drückte sie an die Wand. Magett schrie ›nein, nein‹. Birte muss gedacht haben, dass Magett vergewaltigt wird, und forderte Maiwald auf, das Mädchen sofort loszulassen. Das hat er dann auch getan, Magett verschwand.

Birte hat wohl gesagt, dass man ihn eigentlich anzeigen müsste, dass solche Schweine wie er hinter Gitter gehörten. Dann wollte sie zu dem Zähler und bereitete ihr Gerät für die Eingabe vor. Maiwald aber dachte, sie ruft die Polizei, und schubste sie, um sie davon abzuhalten. Birte stürzte und beschimpfte ihn. Maiwald floh erst, besann sich dann aber. Was, wenn sie nun erst recht die Polizei rief? Im Keller fand er den Schürhaken und ging zurück. Birte tippte gerade den Zählerstand ein. Er erschlug sie und versteckte die Leiche in dem kleinen Nebenkeller. Maiwald glaubte vermutlich, dass viel Zeit vergehen würde, bis man die Tote finden würde. So ein ›Lumpenmädchen‹, wie er sich ausdrückte, wurde doch von niemandem vermisst.«

Hannah schnaubte laut.

Inga lachte auf. »Ja, Maiwald konnte natürlich nicht ahnen, dass das Lumpenmädchen unter dem besonderen Schutz von vier ambitionierten Amateur-Detektivinnen stand. Er war wohl sehr verblüfft, als er merkte, dass sich jemand Zugang zu seinem Kellerversteck verschafft hat. In einer Kurzschlusshandlung hat er den Raum einfach abgeschlossen. Vermutlich wollte er später wiederkommen und den ungebetenen Gast auch umbringen, ausgesagt hat er das aber bei der Vernehmung nicht.«

»Und warum hat er die Tote zum Camping…« Rena hatte noch viele Fragen.

»Maiwald dachte, er könnte die Spuren verwischen, damit die Tote nicht mit dem Schloss in Verbindung gebracht wird. Dann würde man der alten Schachtel …«

Hannah schnaubte wieder.

»… der alten Schachtel nicht glauben. Maiwald hatte nur mitbekommen, dass eine ältere Frau in den Keller gegangen ist. Das muss ein gehöriger Schreck für ihn gewesen sein, als er mitbekam, dass wir trotzdem die ganze Umgebung absuchten. Er durchsuchte die Tote und fand außer dem Autoschlüssel auch den Transponder für den Campingplatz – die Adresse steht auf dem Anhänger groß drauf. Er konnte sein Glück kaum fassen und beschloss, den Mord wie einen Unfall aussehen zu lassen.«

»Er lief tatsächlich durch das Kleingartengebiet in der Nähe des Campingplatzes zurück, fand den Bahnhof und nahm den Zug nach Bremen-Nord – ganz wie ich es vermutete«, berichtete Karla stolz. »Er besprach sich mit Kroskotkin wegen des Alibis, worauf der nur zu gerne einging. Eine genauere Untersuchung wollte der auf keinen Fall.«

»Ich weiß jetzt wieder, wo ich den Hosenstoff schon mal gesehen habe.«

Inga lachte. »Ach ja? Wo denn?«

Rena schmunzelte. »In Maiwalds Golftasche, da schaute so ein Stück Stoff raus. Ich habe mir nichts dabei gedacht, als ich ihn von seiner Golftour kommen sah. Aber er hatte vermutlich seine Klamotten darin und die irgendwo entsorgt.«

»Deshalb die vielen Golfschläger in seinem Zimmer!«, kam Carsten die Erleuchtung.

»Und Magett? Warum hat er Magett …«

»Er hatte Angst, dass Magett bei der Séance etwas ausplaudern würde. Sie hat ihn nie direkt beschuldigt, wusste ja auch gar nichts, hat sich aber wohl einiges zusammengereimt.«

Rena nickte. »Sie hat ihn die ganze Zeit von der Seite beobachtet, als sie sich für die Séance gemeldet hat.«

Inga blickte Hannah ernst an. »Über die Séance und Ihre Aktivitäten im Schloss müssen wir noch einmal in Ruhe reden!«

Hannah hob die Arme. »Bin ich die Hüterin meiner Freundinnen? Und Mechthild habe ich nur von Schlimmerem abhalten wollen.«

»Magett dachte sich irgendwann auch, dass nur Maiwald als Mörder infrage kommt«, übernahm Carsten den Bericht. »Er hatte die junge Frau schließlich als Letzter gesehen. Sie begann, ihn zu provozieren. Er folgte ihr und schlug sie nieder. Zu seinem Glück lag sie im Koma, zu seinem Unglück konnte sie jederzeit wieder aufwachen.«

»Aber Maiwald konnte doch nicht ernsthaft geglaubt haben, dass er damit durchkommen würde!« Rena schüttelte den Kopf.

»Er hat seit der Schulzeit an seiner Karriere gearbeitet«, übernahm Inga wieder. »Er wollte unbedingt dem Kleinstadtmief seines Elternhauses entfliehen. Er hat gebüffelt, kaum Freizeit gehabt, auch im Studium. Mit Bestnoten fand er eine gute Stelle, arbeitete sich hoch. Nun war er kurz vor der Beförderung zum Niederlassungsleiter. Er brauchte noch ein bisschen Schliff, um die letzten Reste seiner kleinbürgerlichen Vergangenheit loszuwerden. Und dann kommt so eine Gasableserin und macht aus einem Quickie eine Vergewaltigung. Selbst wenn Magett ihn entlastet hätte, wäre der Makel geblieben, die Beförderung dahin. Das wäre ein Fleck gewesen, den er niemals wieder losgeworden wäre. Dachte er zumindest.«

»Was für ein Glück, dass du dich in das Seminar geschmuggelt hast.« Simone lächelte Rena an.

Rena hielt die Luft an und warf einen vorsichtigen Seitenblick auf Conny. Conny runzelte die Stirn.

»Geschmuggelt? Ich dachte ...« Er sah Rena scharf an.

Rena biss sich auf die Lippen. Autsch. Wie gerne hätte sie Conny das alles in einer ruhigen Stunde bei einem Glas

Rotwein erklärt. Sie blickte Hannah flehend an. Die war schließlich schuld an allem. Hannah schien sie zu verstehen und erhob sich.

»So, dann wollen wir unsere Heldin mal in Ruhe lassen!« Sie wies zur Tür. Inga nickte Rena bedeutungsvoll zu und winkte dem Rest des Teams, ihr zu folgen.

»Also?« Conny war unerbittlich.

»Naja, das passte so gut. Dieses Seminar, die verschwundene Birte …«

Rena sah ihn zerknirscht an.

»Bist du nun wegen des Seminars oder wegen der verschwundenen Frau hingegangen?« Connys Stimme klang sehr ernst.

»Na, weißt du, zwei Fliegen mit einer Klappe! Ich habe ja auch viel gelernt, du solltest mal sehen, wie gut ich jetzt die Gläser …«

»Nimm mich bitte nicht auf den Arm!« Conny presste die Lippen aufeinander.

»Das tue ich doch gar nicht! Hannah hatte mir von der jungen Frau erzählt, an dem Abend bei der Worms. Und du mir von dem Seminar. Und beides passte wunderbar zusammen. So konnte ich dir einen Gefallen tun – und Hannah auch.« Das klang doch überzeugend. Das musste Conny doch einsehen.

»Und warum konntest du mir das an dem Abend nicht genauso erklären?«

Verdammt, da hatte er natürlich recht. »Ich dachte, du würdest es vielleicht falsch verstehen.«

»Du hast also kein Vertrauen zu mir.« Conny stand auf und betrachtete Rena. »Deshalb hast du es mir nicht gesagt.«

»Das stimmt nicht«, begehrte Rena auf. »Aber wir hatten schon dieses blöde Essen. Und dann sollte ich dir sagen, dass ich wegen … ich meine auch wegen einer Vermissten in dieses Schloss wollte?«

»Okay, Rena. Ich will dir glauben. Aber in Zukunft wünsche ich mir von dir mehr Ehrlichkeit, ja?«

Er drehte sich um und verließ ohne ein weiteres Wort das Krankenzimmer.

Rena zog sich die Decke über den Kopf und ließ die Tränen laufen. Was war sie bloß für eine blöde Kuh.

»Ist er sehr wütend?«, hörte sie die Stimme ihrer Tante. Hatte Hannah auf dem Flur gewartet, bis Conny weg war?

Schnell trocknete sie die Augen mit dem Zipfel des Bezuges und tauchte aus der Bettdecke auf.

»Ich glaube, er ist nicht wütend, er ist nur enttäuscht. Er fühlt sich hintergangen.«

Hannah sah sie lange an. »Und, hat er recht damit?«

Rena wusste, dass sie Hannah nicht täuschen konnte. »Ein bisschen schon, aber …«

»Du wirst dich entscheiden müssen, wie ernst es dir mit Conny ist. Und du solltest vielleicht ein bisschen erwachsener werden.«

»Du wolltest doch, dass ich …«, fauchte Rena aufgebracht.

»Ich wollte, dass du dich um Birte kümmerst, ja. Aber ich wollte nicht, dass du dafür deine Beziehung zu Conny aufs Spiel setzt.« Hannah wirkte sehr streng.

»Und was soll ich deiner Meinung nach jetzt tun?«

Nun lächelte Hannah. »Erst mal gesund werden, dann lädst du ihn zu einem tollen Essen ein und machst ihm klar, dass du von nun an ganz ehrlich zu ihm sein wirst. Weißt du, ich glaube, er ist auch ein bisschen sauer, weil er sich ausgeschlossen fühlte.«

Rena schluckte. Gut, das war ein Plan. Sie musste sich nur daran halten …

Ende

Die Autorin

Geboren 1954 in Rheine (Westfalen), brach Doris Köhler aus Langeweile eine Beamtenlaufbahn ab, studierte Informatik in Bremen, wo sie insgesamt 32 Jahre lang lebte und als wissenschaftliche Mitarbeiterin an verschiedenen Hochschulen arbeitete. Heute wohnt sie vor den Toren Bremens in ländlicher Idylle. Doris Köhler ist Autorin eines Krimis und einer Vielzahl von Kurzgeschichten und Drehbüchern, von denen diverse mit Preisen ausgezeichnet wurden.

Danksagung

Eine Autorin, die früh Feedback zu ihrer Geschichte und dadurch Anregungen für die Überarbeitung bekommt, kann sich glücklich schätzen. Ich gehöre zu diesen glücklichen Autorinnen und danke ganz herzlich Melanie Bryant, Ernst Clemens und Erich Zepter für ihr kritisches Lesen und ihre wertvollen Hinweise, ganz besonders aber Daniela Pusch für ihre genaue Analyse und den Vorschlag für diesen hinreißenden Titel.

Die Deutsche Bibliothek verzeichnet diese Publikation in der Deutschen Nationalbibliografie; detaillierte bibliografische Daten sind im Internet unter http://dnb.ddb.de abrufbar.

Hohenlohestraße 21
28209 Bremen
Tel. 0421-34843-0
Fax 0421-348094
info@edition-temmen.de
www.edition-temmen.de

Printed in Hong Kong
ISBN 978-3-8378-7030-5

Martha Bull

Frau Friese und der Fenstersturz

Bremen-Krimi

208 S.
19,5 x 12,5 cm
ISBN 978-3-8378-7019-0

9,90 €

Waltraud Friese, Rentnerin und Witwe aus dem Bremer Stadtteil Peterswerder, wird eines Nachts aus ihrem eintönigen Dasein gerissen und Zeugin eines Mordes im Haus gegenüber. Hat der Täter sie auch gesehen? Getrieben durch ihre Angst spürt Waltraud neuen Lebenswillen und ungeahnte Kräfte. Das ist auch dringend nötig, denn sie gerät zunehmend in Gefahr, als sie entdeckt, dass ihre Nachbarn zu einem verbrecherischen Netzwerk gehören.

Martha Bull

Frau Friese und das Bunkergrab

Bremen-Krimi

224 S.
19,5 x 12,5 cm
ISBN 978-3-8378-7027-5

9,90 €

Waltraud Friese kommt auch nach ihrem Umzug nicht zur Ruhe. Der Abriss des benachbarten Bunkers sorgt schon seit Wochen für einen Höllenlärm. Schlimmer noch: Hund Gottfried spürt im Sand der tiefen Baugrube die Knochen eines Toten auf. Das Verbrechen reicht weit in die NS-Vergangenheit zurück, weckt böse Kindheitserinnerungen und beschert der alten Dame unruhige Träume.

Zum Glück! Weil Waltraud nachts nicht schlafen kann, beobachtet sie, dass im Schutze der Dunkelheit auf der Baustelle und in ihrer Nachbarschaft merkwürdige Dinge vor sich gehen. Frau Friese schlägt erneut Alarm, denn der Tote aus vergangenen Tagen hat augenscheinlich Freunde in der Neonazi-Szene, die auch vor Bombenanschlägen und Mord nicht zurückschrecken ...

Hannes Sprado

Kalt kommt der Tod

Thriller

416 S.
22 x 15 cm
ISBN 978-3-8378-7020-6

9,90 €

Millionen Barrel Öl schlummern unerreichbar im Grund unter dem ewigen Eis der Arktis. Doch der Klimawandel reißt Löcher in die weiße Festung. Ein Mini-U-Boot hat die russische Flagge in den Meeresboden gerammt – und auf Spitzbergen bereitet eine skrupellose Privatarmee den Angriff auf das Öl vor.

In dies hochexplosive Szenario jagt Hannes Sprado seinen Ermittler Phong Packer. Er soll die von einer Expedition nicht zurückgekehrte Tochter eines erfolgreichen Bremer Reeders finden. Doch statt auf die Wissenschaftlerin stößt er in der Eiswüste Spitzbergens auf einen exklusiven Callgirl-Ring, einen russischen Multimilliardär und viele blutige Spuren.

Jan Schröter

**Nur mal kurz ...
schon ist es vorbei**

75 morddeutsche Krimis

3. Auflage 2013
208 S.
19,5 x 11,5 cm
ISBN 978-3-86108-970-4

9,90 €

Haben Sie Feinde? Es gibt mehr davon, als man denkt ... Jan Schröter erzählt in 75 Kurzkrimis, was einem alles seitens der lieben Mitmenschen »nur mal kurz« widerfahren kann. Ob im Büro, in der Ehe oder im Urlaub ... »schon ist es vorbei« mit dem Leben. Aber manchmal gibt es auch Engel, die einen vor schlimmen Dingen bewahren. Auch die kommen in den vielen überraschenden Wendungen der schaurigen Geschichten vor.